dtv

Ein heißer Sommer in Salzburg 1935. Auf Schloss Leopoldskron treffen außergewöhnliche Menschen zusammen, die nicht nur ihre durch Hitler bedrohte Gegenwart, sondern auch ihre Vergangenheit verbindet: Max Reinhardt und Helene Thimig, Alma Mahler-Werfel und Franz Werfel, Eleonora von Mendelssohn und ihr Bruder Francesco, Carl Zuckmayer, Ferenc Molnár und Kurt Weill. Und der alte Maestro Toscanini, Weltstar und Frauenheld, Antifaschist und selbst Diktator. In dieser Klausur der Schönheit und des Luxus, über der sich das Unheil bereits zusammenbraut, entblößen sie ihre Begehrlichkeiten und ihre Verzweiflung und versuchen, in Zeiten des Verrats sich selbst treu zu bleiben.

Lea Singer studierte Kunstgeschichte, Musik- und Literaturwissenschaft. Sie ist Publizistin, Roman- und Sachbuchautorin und lebt in München. Bisher hat sie neben dem Prosastück ›Die österreichische Hure‹ (2005) folgende Romane veröffentlicht: ›Die Zunge‹ (2000), ›Wahnsinns Liebe‹ (2003), ›Das nackte Leben‹ (2005), ›Vier Farben der Treue‹ (2006), ›Mandelkern‹ (2007) und ›Konzert für die linke Hand‹ (2008).

Lea Singer

Vier Farben der Treue

Roman

Deutscher Taschenbuch Verlag

Von Lea Singer
sind im Deutschen Taschenbuch Verlag erschienen:
Die Zunge (12954)
Wahnsinns Liebe (13434)
Das nackte Leben (21022)

Ungekürzte Ausgabe
August 2009
Deutscher Taschenbuch Verlag GmbH & Co. KG, München
www.dtv.de
© 2006 Deutscher Taschenbuch Verlag GmbH & Co. KG, München
Erstveröffentlichung 2006 bei der Deutschen Verlags-Anstalt,
München,
in der Verlagsgruppe Random House GmbH
Umschlagkonzept: Balk & Brumshagen
Umschlaggestaltung nach einer Idee von R. M. E.,
Roland Eschlbeck und Rosemarie Kreuzer
Umschlagfoto: Can Cobanli
Gesetzt aus der Stempel Garamond 10/12,25·
Gesamtherstellung: Druckerei C. H. Beck, Nördlingen
Gedruckt auf säurefreiem, chlorfrei gebleichtem Papier
Printed in Germany · ISBN 978-3-423-21154-3

*Im August 1935 – zweieinhalb Jahre nach Hitlers Macht-
ergreifung, ein Jahr nach der Ermordung des österreichischen Bundeskanzlers Engelbert Dollfuß – kamen auf
Schloss Leopoldskron in Salzburg ein paar außergewöhnliche Menschen für einige Tage während der Festspielzeit
zusammen. Ein Jahr zuvor war auf das Barockschloss,
das Max Reinhardt, Mitbegründer der Salzburger Festspiele, nach dem Ersten Weltkrieg erworben hatte, ein
Bombenattentat verübt worden. Dort trafen nun bei dem
Regisseur, seiner Frau, der Schauspielerin Helene Thimig,
und seinem Majordomus und Agenten Rudolf K. Kommer folgende Gäste ein: der erfolgreiche, aber in Deutschland bereits verbotene Dichter Franz Werfel mit seiner
Frau, Alma Mahler-Werfel, der einschlägig beleumunde-
ten* femme fatale; *der Komponist Kurt Weill, der aus
Frankreich angereist kam, gerade wieder frisch verliebt
in seine geschiedene Frau Lotte Lenya; der skandalöseste
Glamour-Boy des Zwanziger-Jahre-Berlins, der Ban-
kierssohn, Cellist und Regisseur Francesco von Mendelssohn, Bruder der ebenso schönen wie unglücklichen Eleonora von Mendelssohn, die Reinhardt wie Toscanini seit
Jahrzehnten nicht nur verehrte, sondern begehrte; der
zionistische Theatermann Meyer W. Weisgal, in den USA
lebender Osteuropäer, der Reinhardt gebeten hatte, eine
Bibelrevue zu inszenieren, die Reinhardt von Werfel ge-
textet und von Weill vertont haben wollte; Francesco von
Mendelssohn war als Organisator und Hilfsregisseur vor-*

gesehen. Zudem verhalf in diesem Sommer Arturo Toscanini, damals der berühmteste Dirigent der Welt, bekennender Antifaschist und berüchtigter Weiberheld, zum zweiten Mal Reinhardts Salzburger Festspielen als Dirigent von Beethovens »Fidelio« und Verdis »Falstaff« zu Renommee und hohen Einkünften; er wurde mit seiner Frau Carla Toscanini ebenfalls auf Schloss Leopoldskron geladen. Ob er und Eleonora von Mendelssohn, beide mehrmals Gäste auf Leopoldskron, sich in genau diesen Tagen dort aufhielten, ist zwar wahrscheinlich, aber nicht belegt.

Alle Beziehungen, Verflechtungen, Affären, Betrugsmanöver, Ehen, Scheidungen, die in diesem Roman zur Sprache kommen, sind durch Autobiografien, Briefe und weitere Zeitzeugnisse verbürgt.

I.

Auf den ersten Blick war ihm nicht anzusehen, dass alles nur noch Blendwerk war, hinter dem das Unheil dräute. Auf den ersten Blick wirkte Schloss Leopoldskron so, als wäre seine Schönheit rein, gesund und unanfechtbar. Weiße Mauern vor blauem Himmel. Barocke Ordnung in dreizehn Achsen, giebelbekrönt, zwischen einem Weiher voller Frieden und einer Bergkulisse von unerschütterlichem Gleichmut, festlich wie Trompetenklänge aus einem Händel-Oratorium. Der Augustgeruch vom nassen Holz der Bootsstege, von Heu, Levkojen und Pilzen umfing jeden, der hier herauskam. Doch die Indizien der Gefährdung waren eindeutig. Schon der Trupp Soldaten, der sich betont unauffällig vor dem Eingang herumtrieb, machte misstrauisch, dann die Wunden in der Mauer des Portals, schließlich die notdürftig geflickten Löcher in den massiven Eichenholztüren. Wer genau hinschaute, sah, dass einige der alten Fensterscheiben im Erdgeschoss und ein paar Bleiverglasungen in der Kapelle durch neue ersetzt worden waren. Der Bombenanschlag vor etwas mehr als einem Jahr, im Juni 1934, ließ sich auch durch Tünchen nicht vergessen machen; noch immer waren die Täter nicht gefasst, obwohl jeder wusste, wo sie zu suchen waren.

Diese Idylle zwischen Weiher und Wundern trog. In Zeitungen von Berlin bis Wien hatte es gerade erst gestanden, dass das Anwesen bei Salzburg, bis in die Studios von Hollywood berühmt durch seine Feste, bereits zum zweiten Mal zwangsgepfändet worden war, dass der deutsche Reichsfiskus sein Pfandrecht darauf eingetragen und der Besitzer nur mit Mühe den Kopf aus der Schlinge gezogen hatte. Nicht nur die im Hetzen schon lange bewährten Blätter wie »Der Eiserne Besen« waren über den Besitzer hergefallen, hatten dessen Lebensstil als protzige Großmannssucht gegeißelt und ihn selbst als jüdischen Schmarotzer angeprangert; auch solche, die aus triftigen Gründen zu ihm hätten halten müssen, geiferten.

Das alles wusste sie, die Frau, die dort am 23. August in einem dunkelblauen Horch vorgefahren wurde. Im Gepäck hatte sie die druckfrische Ausgabe der Zeitschrift »Fackel«, worin deren Herausgeber Karl Kraus abrechnete mit dem Herrn von Leopoldskron, der hier seine reichsten Inszenierungen zelebrierte, den seine Freunde einen Magier nannten und seine Feinde einen Ichbesessenen, der Speichellecker um sich schare. Sie kam zweier Männer wegen hierher, und einer davon war der Geschmähte.

Mit ihrer schmalhüftigen Gestalt, dem überlangen schlanken Hals und der kindlich stark gewölbten hohen Stirn sah sie aus der Ferne aus wie ein Mädchen. Aus der Nähe aber wirkte ihre Haut fahl und welk, und um die Augen mit dem Schlafwandlerblick lag ein Netzwerk feiner Falten, die nicht von Heiterkeit, sondern von Enttäuschungen erzählten. Aus der Nähe konnte auch jeder sehen, dass ihr Lächeln älter war als sie selber, zehn oder zwanzig Jahre älter. Nur diejenigen, die sie gut und lange kannten, hätten sich gewundert, an diesem Sommertag in ihrem Lächeln und in ihrem Blick Entschlossenheit zu entdecken.

Eleonora von Mendelssohn hatte keinen weiten Weg

hinter sich, sie war nur von dem eigenen Anwesen, Schloss Kammer am Attersee, hierher gereist. Trotzdem wirkte ihr Schritt müde, als sie durch den Eingangssaal im Parterre ging und stehen blieb vor ihr, der stummen Frau, die von allen männlichen Besuchern angebetet wurde, ob sie nun über deren Herkunft unterrichtet waren oder nicht. Dieses willenlose Gesicht, aufgelöst in Hingabe, weckte in ihnen wohl weitgehend die gleichen Gedanken, und dass sie aus einem Freudenhaus in der Wiener Bäckerstraße stammte, erhöhte ihren Reiz eher, als dass es ihn minderte. Der Hausherr hatte jedenfalls lange darauf hingearbeitet, sie der Bordellmutter auszuspannen, und kräftig dafür bezahlt. Nun stand sie seit Jahren schon hier, die Madonnenfigur von einer alten Hausfassade, Wahrzeichen dessen, was hier auf Leopoldskron gefeiert wurde: die weibliche Schönheit und die des Barock. Lebende Schönheiten mit barocken Formen allerdings weniger. Eleonora stand vor der Figur, als wolle sie mit ihr reden oder einen Rat erbitten. Der Hausherr Max Reinhardt bevorzugte Frauen, die ihn wie seine langjährige Lebensgefährtin und seine Stars auf der Bühne nicht mit reifer Weiblichkeit bedrängten, Frauen mit kleinen Brüsten, engem Becken, ohne ausladende Rundungen. Deswegen hatte Eleonora bei ihm auch Chancen gehabt und genutzt, war unangemeldet in sein Zugabteil gestiegen und hatte sich ihn genommen, den Mann, der siebenundzwanzig Jahre älter war.

Reglos stand sie vor der hölzernen Gestalt, die Finger ineinandergeflochten, hochaufgerichtet, das Gesicht andächtig emporgewandt. Wer sie beobachtete, hätte meinen können, sie bete. Doch in ihrem Kopf brannte ein Wort: Entscheidungsschlacht. Warum konnte sie das hässliche Wort nicht wegschieben? Hier, auf Schloss

Leopoldskron, musste in den nächsten paar Tagen die Entscheidung fallen. Und Eleonora war bereit, mit allen Waffen zu kämpfen. Sie wollte einen Mann gewinnen, der bereit war, mit ihr Europa für immer zu verlassen. Die beiden Kandidaten: Reinhardt und Toscanini. Beide seit Jahren, Jahrzehnten sogar fest gebunden, aber das schreckte Eleonora nicht ab.

Sie betrachtete ihre Hände. Schmale, fast knochige Hände, nur dünn bezogen mit weißer Haut. Doch die Hände waren kräftig, sichtbar gewohnt zuzupacken und auch gröbere Arbeiten zu verrichten.

Sie lächelte, ohne es zu wollen. Wieder dachte sie an jenen Überfall im Zug. Wie lange war das her? War sie damals zwanzig oder einundzwanzig gewesen? Sie war, das erinnerte sie genau, erst kurz verheiratet mit Edwin, dem Pianisten, der nur seine Tasten liebevoll berührte, sonst nichts. Jede Art geschlechtlicher Erregung, hatte Mutter Fischer ihrem Sohn eingetrichtert, schade seinem Genie und richte auf die Dauer seine klaviertechnischen Fähigkeiten zugrunde. Sie hätte es ihrer Schwiegertochter Eleonora also nicht verübeln können, dass die ihre Bedürfnisse anderweitig befriedigte. Ermuntert zu dem begehrlichen Überfall auf Max Reinhardt hatte sie jedenfalls ihre enge Freundin Else, die einen Körper besaß wie diese Muttergottes in der Nische über dem Kamin; damals schon lebte sie getrennt von Reinhardt, war aber noch mit ihm verheiratet.

Das war nun vorbei. Eleonora hatte Reinhardt zum letzten Mal in diesem Frühling 1935 drüben, in den USA, gesehen, als er es feierte, endlich von Else geschieden worden zu sein, nach einem Papierkrieg, der eineinhalb Jahrzehnte gedauert hatte. Viele verzweifelte Versuche hatte er unternommen, sich gegen den Willen der Ehemaligen freischlagen zu lassen, doch jedes Mal war die Scheidung hinterher annulliert worden. Diese aber war nach Vermittlungen seines erwachsenen Sohnes Gottfried von Elses Anwalt anerkannt worden. Jetzt war Reinhardt frei. Für wen? Konnte er an dieser farblosen Helene Thimig, die immer wirkte, als habe sie ihre Unschuld noch nicht verloren, nach wie vor interessiert sein, nach all den Jahren in einer wilden Ehe, die so wenig Wildes hatte? Dass er sie nie beim Vornamen ansprach, musste jedem auffallen, ebenso dass er nie Arm in Arm mit ihr ging, nicht einmal Hand in Hand. Und dass Reinhardt sie niemals zum Geburtstag beschenkte, hatte sich herumgesprochen. Immerhin war Helene mittlerweile sechsundvierzig, elf Jahre älter als Eleonora. Zwar hatte Helenes Gesicht noch immer dieses Frischgewaschene, was es jung erscheinen ließ, doch der kühle Glanz ihrer Augen, fand Eleonora, hatte an Leuchtkraft verloren, als habe jemand Silber mit Stahlwolle geputzt. An der Seite eines hoch verschuldeten Sonderlings zu leben, wie genial er auch war, griff offenbar an.

So ein Mann brauchte eine Frau mit Geld. Eine Bankierstochter wie sie, die aufgewachsen war zwischen Rembrandts, Corots, Cézannes, Rubens und Renoirs, Stradivaris und Steinways, der also jener feudale Luxus, den Reinhardt liebte, von Kind an vertraut war.

In New York war, sie hatte es selbst vernommen, das Gerücht umgegangen, er habe Helene in Reno geheiratet, aber das hatte möglicherweise Helene selbst in die Welt gesetzt. Mit seinen Versuchen, die Scheidung einzuklagen, war Reinhardt in Berlin und Wien, in Prag, Pressburg und Riga gescheitert. Außerdem, ob eine Trauung in Nevada vor irgendeinem Friedensrichter in Europa Gültigkeit besaß, schien Eleonora fraglich.

In der Halle war es trotz der hochsommerlichen Temperaturen draußen angenehm kühl. Eleonoras Mund hatte etwas Zufriedenes. Sie fühlte sich siegessicher, denn das, was ihn an ihr gestört, sogar angewidert hatte, war sie losgeworden. Künstlichen Rausch jeder Art fand Reinhardt abstoßend, und Sucht erklärte er für ein Zeichen innerer Verwahrlosung. Seit Monaten war sie nicht rückfällig geworden. Ob er ihr das ansehen würde? Die Spritzen hatte sie im Attersee versenkt, alle bis auf eine. Man wusste nie. Wenn Schmerzen unerträglich wurden, wie ihre bei den Nierenkoliken damals, verordneten schließlich sogar die Ärzte Morphium. Und sie hatte dazugelernt seit dem letzten Versuch, den Mann zu betören, der einen halben Kopf kleiner war als sie, zur Dicklichkeit neigte und zum Eigenbrötlertum, der kein Portemonnaie besaß, nie Bares bei sich trug, nur Münzen für Trinkgelder lose in den Taschen seiner Maßanzüge klimpern ließ, nach Lavendel roch, schüchtern war, aber Zigarren rauchte, als gehöre ihm ein Industrieimperium. Noch vor zehn, elf Jahren hatte Eleonora die Freundin Else gebeten, ihr zu verraten, wie man Reinhardt wirkungsvoll verführe. Und hatte Else angeboten, an Eleonoras Stelle zum Ausgleich einen 38-jährigen Mann zu entjungfern, genauer gesagt, ihren Ehemann Edwin Fischer.

Jetzt, mit fünfunddreißig, kam sie sich erfahrener vor. Imre von Jescensczky, Eleonoras zweiter Gatte, der sich hier Emmerich nannte und von allen Jessi gerufen wurde, hatte keinerlei Manieren, aber von Pferden und Frauen verstand der ungarische Rittmeister einiges. Und was ein Mann, zumindest einer wie er, von einer Frau erwartete, das hatte er ihr so gut beigebracht wie seiner Trakehner-Stute, auf Kandare geritten zu werden. Nur, waren Jessis Wünsche denen Reinhardts ähnlich? Konnten sie es überhaupt sein? Gab es ein fast allen Männern zu allen Zeiten gemeinsames Begehren, etwas, das sie hungrig machte und dadurch an diejenige band, die den Hunger stillte? Jener Gesichtsausdruck der Freudenhaus-Madonna erinnerte Eleonora an den der heiligen Theresa Berninis im Petersdom. Und vor der war einem französischen Diplomaten angeblich der Satz entfahren: »Wenn das die himmlische Ekstase ist, dann kenne ich sie auch.«

Noch immer verharrte sie vor der Heiligenfigur, als von hinten, mit den Armen wie mit Flossen rudernd, eine ihr wohlvertraute Gestalt kam, ein wallerähnlicher Gründler mit übergroßem, beinahe kahlem Schädel. Der Mann von fünfzig hatte wie so oft kurze Hirschlederhosen am gedrungenen Leib und eine Zigarette im Mundwinkel, neben der er heraussprach. »Und wo wollen Sie einquartiert werden, Eleonora?«

»Nicht im Meierhof drüben, Kätchen, nicht bei den anderen Gästen. Hier im Haus, am liebsten im zweiten oder dritten Stock.«

»Aber Sie wissen: im dritten haust das Personal, mich eingeschlossen, im zweiten residieren Reinhardt und Frau Thimig und möchten von niemandem gestört werden.«

»Das sagt Frau Thimig. Dabei haben sie doch ohnehin getrennte Schlafzimmer. Dann eben im dritten.«

»Da wird es eng. Außerdem hat Reinhardt oben seine Sonnenterrasse, wo er auch nicht ...«

»Enge macht mir nichts und Sonne vertrage ich nicht.«

Noch bevor Reinhardt und sein Konvoi zurückkamen aus der Stadt, hatte Eleonora sich eingerichtet in einem Zimmer, gegenüber dem Appartement von Rudolf Kommer, jenem bukowinischen Majordomus des Schlosses, dem Reinhardt nach dem Tod des Bruders Edmund vor sechs Jahren seine Geschäfte übertragen hatte und dem die meisten Frauen ebenso willig ihre Geheimnisse anvertrauten, auch die intimen. »Kätchen«, nannten ihn fast alle, und mit ironischem Stolz unterzeichnete er deshalb immer mit Rudolf K. Kommer. Doch Eleonora gehörte zu den wenigen, die wussten woher er den Namen hatte; sie kannte jene *cat*, eine dicke Katze, die im Wiener Café in London noch bis vor ein paar Jahren in der Ecke gesessen hatte, mit dichten schwarzen Büscheln über ihren grauen Augen. Und die wie er schlagartig zur fauchenden Furie werden konnte. »It is useless, to bark and growl. Es ist nutzlos, zu bellen und zu knurren«, beruhigte sie dann der Cafetier. Und manche der Eingeweihten riefen mit genau diesen Worten Kommer zur Ordnung, sobald er als Regieassistent für Reinhardt aus dem gewohnten Gleichmut geriet und die Schauspieler zusammenschimpfte.

Jedes Mal, wenn Eleonora auf ihrem Schloss Kammer, wo er oft gastierte, hier auf Leopoldskron oder sonst wo in der Welt von London bis New York Gelegenheit hatte, *cat*chen alias Kätchen unbemerkt zu beobachten, stellte sie fest, dass er mit dieser Katze, die üblicherweise schnurrte und zutraulich war, vieles gemeinsam hatte. Auch bei ihm wusste keiner wirklich, wo er sich überall herumtrieb, keiner kannte die Ziele seiner nächtlichen Ausflüge, keiner wusste, was vorging in diesem runden Schädel. Immer hatte er bei aller vordergründigen Freundlichkeit etwas Rätselhaftes. Dennoch ließen ihn die Menschen, berühmte, verwöhnte, reiche, nah an sich heran, so wie sie diese unberechenbare Katze auf den Schoß nahmen und streichelten. Churchill ebenso wie englische Lords und Ladys, Einstein ebenso wie die großen Opern- und Theaterstars. Sie alle vertrauten ihm. Auch Eleonora. Und es waren nur kurze Augenblicke, in denen sie sich fragte, ob dieses bedingungslose Vertrauen in einen Mann, dessen Einkommensquellen und Kontakte, dessen Herkunft und erotische Wünsche im Dunkeln lagen, berechtigt war.

»Es ist was mit Ihnen«, sagte Kommer, während Frau Vogl, mit ihrem Mann als zuweilen barock kostümiertes Dienerpaar in Leopoldskron angestellt, Eleonora das Bett herrichtete. »Sie haben etwas Euphorisches. Dabei haben Sie das grandiose Orchesterkonzert mit Toscanini gestern versäumt, Reinhardts ›Faust‹ und den Besuch von Thomas Mann danach hier bei uns.«

»Den ›Faust‹ kenne ich, Thomas Mann interessiert mich nicht brennend und an Toscanini in diesem Jahr vor allem sein gefeierter ›Fidelio‹, der erst morgen wieder aufgeführt wird.«

»Sie meinen: es interessiert Sie, wie Lotte Lehmann ihre achtzig Kilo in eine Hosenrolle zwängt?«

Eleonora schwieg, stellte sich ans Fenster und sah hinunter auf die Rabatten, die Buchskegel und Rosenkugeln, auf die rosafarbenen Flamingos unter Buchen und die großen Orangen- und Zitronenbäume in hölzernen Kübeln. Sie aus der Orangerie von Schönbrunn zu beschaffen, hatte sich Max Reinhardt ein Vermögen kosten lassen zu Zeiten, als in Salzburg drin eine Hungerrevolte wütete, die Auslagen der Geschäfte geplündert wurden, sich unterernährte Menschen um Brot prügelten, das nach Pech und Leim schmeckte, um Bier, das nur gelbes Wasser zu sein schien, und um ungenießbare erfrorene Kartoffeln, als man den Wein aus den Kellern des Hôtel de l'Europe auf die Bahnhofstraße laufen ließ und es aussah, als werde die Schönheit der Stadt bald völlig zerfallen sein.

Kommer sprach beiläufig. »Toscanini soll die große

Leonoren-Arie im ersten Akt für die Lehmann einen halben Ton nach unten transponiert haben ...«

»Was? Toscanini soll sich an Beethoven vergangen haben? Nie und nimmer, Rudolf! Ich kenne ihn seit meiner Kindheit. Seine Frau hat er damals schon betrogen, aber die Werktreue, die ist ihm heilig. Nicht mal für die Garbo würde er nur einen Triller streichen.«

»Die Garbo singt auch nicht.« Kommer ließ Asche auf den Boden fallen und kickte sie mit der Fußspitze unter die barocke Kommode. Er versuchte, seine Mimik zu beherrschen. »Wir werden es morgen hören, liebe Eleonora. Und vielleicht erwischen wir ihn ja in flagranti.«

Durch die offenen Fenster drang das Geräusch vorfahrender Autos herauf. Eleonora durchschritt das Zimmer, überquerte den Flur und schaute aus Kommers Bibliothek hinunter auf die Auffahrt. Sah, wie nach dem Chauffeur Reinhardt, auch bei diesen Temperaturen im Zweireiher, aus dem Auto stieg, auf der anderen Seite Helene Thimig in einem Dirndl mit weißer Bluse, auf dem blonden Haar einen Lamberghut. Aus dem Wagen dahinter schälte sich eine Matrone mit dekoriertem Hut, die dann aufatmend stehen blieb in der Haltung einer beleidigten Königinmutter, und ein Mann, der in seinem Anzug zerfloss, eine zu kleine Brille im geröteten Gesicht, die langen Locken an der Kopfhaut klebend. Seine dunkelrote Fliege hing schlapp herab.

Kommer war ebenfalls hinübergegangen und bröselte die Asche auf den Fenstersims. »Wussten Sie denn, dass die Genie-Amme mit ihrem Säugling Werfel herkommt? Er ist wegen seines jüdischen Gesamtkunstwerks angereist.«

»Was ist das denn bitte?« Eleonora wandte den Blick nicht von den Ankömmlingen.

»Offiziell«, sagte Kommer, »ist es ein großes Bekenntnis zum Judentum, das dieser Meyer Weisgal initiiert und produziert hat. Werfel hat den Text geschrieben, und Weill hat ihn vertont. Reinhardt soll das Ganze inszenieren, und ich soll es verkaufen. ›Weg der Verheißung‹ nennt sich das Ding.« Er stöhnte. »Aber bisher verheißt es nur Schulden.«

»Und warum lässt sich Reinhardt dann drauf ein?«

»Sie kennen doch diesen Weisgal, der lässt nicht locker. ›Dieses Schauspiel muss Hitler unsere Antwort geben‹, hat er gesagt. Der weiß nicht, dass Hitler solche Antworten nicht mal ignoriert.«

Eleonora runzelte die Stirn. »Aber was stört Sie denn so an dem Projekt?«

Kommer schwitzte. »Dass Werfels Machwerk die pathetische Schmonzette eines Katholiken ist, der sich noch nicht zur Taufe getraut hat und nun auf einmal sentimental wird, wenn er an seine mosaischen Wurzeln denkt.«

»Reden Sie nicht so böse daher.« Eleonora sah Kommer von der Seite an, diesen beleibten schillernden Fisch, der auf seinen Visitenkarten wie ein Adelsprädikat »a. Cz.« vermerkt hatte – aus Czernowitz, wie er jedem unaufgefordert erzählte. Wohl wissend, dass er sich damit denen, die Bescheid wussten und ihm zuhörten, als Jude auswies, noch zudem aus einer Stadt, über deren Bewohner besonders viele Witze gerissen wurden.

»Stimme hin oder her«, sagte Eleonora, ohne den Blick vom Geschehen im Hof zu wenden, »ich verstehe nicht, wie Arturo auf die Idee verfallen konnte, die Lehmann nach Salzburg zu holen. Da redet er von Salzburg als Gegen-Bayreuth, garantiert befreit von Naziheroen und -heroinen, und dann verfällt er ausgerechnet auf sie.«

Kommer betrachtete Eleonora. Wenn sie auf Politik

zu sprechen kam, dann veränderte sich ihr Gesicht auf dieselbe Weise wie ihre Stimme. Beides wurde härter, schärfer, entschiedener.

»Erstens«, sagte Kommer paffend, »war sie schon vor ihm da. Ich meine in Salzburg, als Festspielstar. Und dann hat er sie in Wien singen hören. In der Boulevardpresse stand, man habe in seinem Gesicht Anzeichen von hingebungsvoller Entrücktheit entdeckt. Angeblich verrät sich so der Beginn einer Liebschaft bei ihm. Aber das wissen Sie besser als ich, meine Liebe. Sie kennen ihn ein paar Jahrzehnte länger.«

Eleonora beobachtete, wie Werfel Alma den Arm bot, Reinhardt und Helene aber wie gewohnt, ohne sich zu berühren, dastanden, sicher einen halben Meter voneinander entfernt. Sie atmete auf.

»Was haben Sie eigentlich gegen die Lehmann?«, sagte Kommer. »Als Frau ist sie doch beileibe – und das meine ich wörtlich – keine Konkurrentin für Sie.«

Eleonora sah ihn an, als habe er sie aus ganz anderen Gedanken aufgeschreckt. »Ach, Sie reden von der Lehmann. Nein, ich wundere mich nur, was Arturo in diesem Fall dazu bringt, die Augen zu verschließen.«

»Er ist eben ganz Ohr, sobald sie den Mund aufmacht.«

Die vier vor dem Portal schienen etwas zu diskutieren. Werfels Tenorstimme erhob sich über Almas verkratzten Mezzo, was er sagte, war nicht zu verstehen.

»Hat denn niemand Toscanini gesteckt, dass die Lehmann einen großen Auftritt hatte am Tag von Potsdam im März 33? Und dass sie beim Schlussapplaus nach den ›Meistersingern‹ in der Königsloge empfangen worden ist?« Eleonora sprach jedes Wort so aus, als wollte sie damit schneiden.

»Und dort saß?«

»Dort saßen von Papen, Göring und Hitler. Finden Sie übrigens, dass der Thimig diese Trachtenkleider stehen?«

Reinhardt, die Thimig, Alma Mahler und Werfel verschwanden unter dem Portal, Kommer spazierte durch seine Bibliothek, Eleonora drehte sich zu ihm um. »Und weiß Arturo, dass die Lehmann sich mit deutschem Gruß verabschiedet hat vom Führer? Nur die blonde Perücke, die er ihr empfohlen hat, trägt sie noch nicht.«

Kommer legte den breiten Schädel schief, die Zigarette hing im unteren Mundwinkel auf Halbmast. »Sie sind zu viel in der Welt unterwegs, schöne Freundin. Oder zu lange im Abseits auf Schloss Kammer. Jedenfalls ist Ihnen entgangen, dass unsere Lehmann, obwohl sie schon auszurutschen drohte auf der braunen Butter, die man ihr hingeschmiert hat, im letzten Moment noch die Kurve gekriegt hat.«

Aus dem Treppenhaus war Lärm zu hören, Stimmengewirr, Geklapper. Doch Kommer machte keine Anstalten, seines Amtes zu walten. Seine Augen glitzerten zwischen sonnengebräunten Wülsten. Eleonora fragte sich wieder einmal, ob sie diesen Mann durchschaute, ob er Reinhardts Verbündeter war oder eher sein gut getarnter Widersacher. »Aber sie ist doch noch immer diesem singenden Göring-Intimus verfallen, diesem Fritz Wolff.«

Kommer grinste. »Ja, der Wolff war ganz ihr Typ. Und ihrem Typ bleibt sie im Gegensatz zu ihrem Gatten treu. Kleines Hirn, großes Ritterkreuz, mittlerer Tenor, aber mächtiges Kavaliersgehabe. Nur, ich muss Sie enttäuschen, meine Liebe: Es ist vorbei. Die Lehmann ist wieder auf Galanschau. Fritzi hat sie fallen lassen wie eine heiße Kartoffel, weil sie den Vertrag mit Berlin platzen ließ. Einen Traumvertrag, wohlgemerkt. Hitler hat angeblich vor Wut alle Lehmann-Platten in seiner Sammlung auf dem Fußboden zertreten.«

»Und warum hat sie das getan?«

»Weil sie bei all ihrer Naivität doch genügend Intelligenz und Charakter hat und der Forderung, sich von ihrem jüdischen Ehegespons, diesem Otto Krause, zu trennen, nicht nachkommen wollte.«

Adele Vogl betrat in schwarzem Kleid und blütenweißer Schürze nun Kommers Zimmer mit der Resolutheit eines echten Faktotums, das keinen Widerspruch kennt. Sie fegte Kommers Asche zusammen und murmelte Richtung Parkett: »Ach was, dieser Otto Krause ist doch nur noch auf dem Papier mit ihr verheiratet. Das weiß ja sogar ich, dass er es mit den Mädels vom Chor und vom Ballett treibt, das weiß jeder ...«

»Trotzdem«, kam es von Kommer. »Wenn es für ihn alleine schwarz aussieht inmitten dieser uniformierten Exkremente, hält seine Frau zu ihm.«

Eleonora konnte nicht entscheiden, ob Kommers Stimme spöttisch klang oder gerührt. »Die Lehmann hat«, sagte er, »also ein gewisses Recht, uns morgen von Leonores Gattentreue vorzusingen. Eher frage ich mich, wo unser Diktator Arturo die Überzeugungskraft hernimmt, die eheliche Treue zu feiern.«

In der Tür stand ein kurz gewachsener Mann, eine übergroße Brille mit dicken Gläsern auf der Nase, mit einer Stirn bis zum Scheitelpunkt des Kopfs und Lippen, nach denen sich jede Hollywood-Diva gesehnt hätte. »Hier stecken Sie, gutes Kätchen. Sie werden gesucht. Aber ich verstehe – die Gelegenheit, mit Ele allein zu sein ...« Sein Blick tastete Eleonoras Brüste, Taille, Hüfte und Oberschenkel ab, schwenkte dann zu Kommer und wieder zurück. »Vielleicht kann ich Sie für die Störung entschädigen mit einer Auskunft über den Kollegen Beethoven. Dem ging es im ›Fidelio‹ nicht um körperliche Treue, sondern um die Idee der Treue. Und ich kann es aus eigener Erfahrung sagen: darüber können die körperlich Untreuen sich am allerbesten verbreiten.«

Kommer legte seine Stirn in tiefe Falten. »Haben Sie Ihre neue Geliebte nebst Ehemann in Frankreich gelassen, Monsieur Weill?«

»Es wundert mich sehr, bestes Kätchen, dass ausgerechnet Sie auf einmal hinterdrein sind. Als ich letzten Sommer hier in Salzburg war, da war noch Erika aktuell, jetzt aber ist es wieder einmal meine Lotte. Nur singt die gerade in Paris.«

»Aber von Lotte Lenya sind Sie doch geschieden?«

»Das«, strahlte Weill, »lässt sich rückgängig machen, wenn zwei Menschen erkennen, dass sie zusammengehören, mehr noch: ideal zusammenpassen, weil sie beide gemeinsam ihrer Untreue treu bleiben wollen.« Er räusperte sich. »Ich habe den Auftrag, Sie abzukommandieren.« Wieder wanderte sein Blick zwischen Kommer und Eleonora hin und her. »Nur ist mir klar, dass ich Ihre Qualitäten als Seelentröster für das schöne Geschlecht, wenn es diesen Namen verdient, nicht ersetzen kann.« Er blinzelte Eleonora zu. »Und was treibt dich her? Hat man dich zum Abpuffern unserer Geweihkämpfe geholt? Oder weil eine Eleonora so schön passt, wenn morgen Leonore über die Bühne schwebt?«

»Die Lehmann und schweben? Nur mit Hilfe eines Krans«, brummte Kommer.

»Kurz: Ich überreiche Ihnen, gutes Kätchen, nur den diskreten Hinweis und trete ab in der Gewissheit, dass Sie wissen, was zu tun ist.«

Kommer und Eleonora schwiegen, bis Weills Schritte

auf der Treppe zu hören waren. »Was macht der denn hier?« Eleonora verzog die Brauen.

»Das fragt er sich selber auch. Er redet über den Festspielzirkus nebst den internationalen Zirkuspferden so liebevoll wie Herr Kraus über unseren Gastgeber. Aber er geht eben den dornigen ›Weg der Verheißung‹ – ›Eternal Road‹, wie sie drüben dazu sagen. Weills Vertonung von Werfels Erguss ist übrigens die Rettung für dieses Machwerk.«

»Aber warum ist er hier, wenn alles schon fertig ist?«

»Weil sich die vier Verdächtigen hier noch einmal zusammenrotten wegen der Uraufführung in New York. Und unser Tonsetzer sitzt am Klavierauszug, sucht hier draußen die arbeitsfördernde Stille. Und eine willige Schönheit, die sie stört.«

Eleonora schloss den obersten Knopf ihres Kleides. Kommer reichte ihr den Arm. »Gehen wir, meine Liebe. Reinhardt wird sich freuen, Sie zu sehen. Und Frau Thimig wird zumindest so tun.«

II.

Schon im Flur hörten sie seine Stimme, diese nasale Stimme, die jeden zum Zuhören zwang. Als Eleonora und Kommer durch das holzvertäfelte Kupferstichkabinett gingen, war Reinhardt deutlich zu vernehmen. »Wissen Sie, keiner kann hier dem anderen entkommen. Die hassen und lieben sich, begehren und betrügen sich, wechseln die Partner, denken sich neue Verführungstricks, neue Listen und Intrigen aus. Trotzdem kleben sie aneinander in wechselnden Positionen. Unverbesserlich, unbelehrbar.«

Mit dem Rücken zur Tür stand er im Venezianischen Zimmer neben Weill. Zwei kleine Männer in Anzügen, beide die Hände in den Hosentaschen, vor einer Wand, lückenlos bedeckt mit vergoldeten Rokokorahmen, in denen Harlekin und Colombina, Pantalone und Pulcinella, Brighella und der Dottore, Pierrot und der Capitano ihr Spiel miteinander trieben. Keiner von beiden schien zu bemerken, dass sie nicht mehr allein waren. »Verstehen Sie, die *commedia dell'arte* ist für mich die *commedia umana,* die tragische menschliche Komödie. Weil sie nicht von der großen Liebe erzählt, bestenfalls von der Sehnsucht danach. Sie spiegelt uns in unserer Unfähigkeit, treu zu sein. Keine der Figuren darin ist treu, keinem Menschen, keiner Überzeugung, nicht einmal sich selber. Sie zeigt, auch wenn wir uns dabei krumm lachen, lieber Kurt, dass das Leben im Grunde nur aus zwei Elementen besteht: aus Liebe und Kampf. Und die Liebe selbst ist auch ein dauernder Kampf.

Deswegen sammle ich Stiche, Bücher, Bilder über die *commedia dell'arte*. Das ist mein großes Lehrbuch.«

»Aber dieses Lehrmaterial macht Ihren Kopf offenbar nicht nüchtern, sondern es berauscht Sie«, kam es von Weill. »Es ist Ihre Art von Droge.«

»Was wollen Sie denn damit sagen?«

»Dafür, dass Sie, lieber Max, seit Jahren am finanziellen Abgrund entlangbalancieren, ist es doch abenteuerlich, dass Sie auch noch dieses ganze Zimmer von irgendeinem feudalen Bankrotteur aufgekauft haben, nicht eben zu einem Schleuderpreis, wie ich mal vermute, um es hier einzubauen. Und die sechzehn prächtigen Harlekinszenen drüben im Saal haben wohl auch mehr gekostet, als ich in einem Jahr zum Leben brauche. Oder reicht es für drei?«

Reinhardt spielte mit der Schuhspitze auf dem gewürfelten Parkett. »Im Rausch geschieht bei mir nichts, gar nichts, mein Guter.« Kommer schnalzte leise mit der Zunge, Weill und Reinhardt drehten sich gleichzeitig wie zwei Glockenspielfiguren zu den beiden um.

»Serviert wird doch drüben im Weißen Zimmer, oder?«, fragte Reinhardt, nickte Eleonora zu, fixierte dann aber seinen Majordomus. »Haben Sie geplaudert, Kommer? Meiner treuen Frau Adler kommen niemals Zahlen über die Lippen.«

»Ich würde die 54 000 Lire für die Serie aus Rom auch nie erwähnen, wenn ich nicht davon ausgehen könnte, dass alles ohnehin schon publik ist. Ihre Kontoauszüge, mein lieber Reinhardt, sind doch quasi veröffentlicht worden.« Kommer lächelte in Weills fassungsloses Gesicht hinein, als spiegle er sich darin. Demütig beinahe redete er weiter. »Ich persönlich bin übrigens äußerst dankbar, dass ich ebenfalls von diesem Lehrmaterial profitiere. Ich bin erst dadurch zu der Einsicht gelangt, dass es im Grunde nur zwei Sorten Menschen gibt: Hochstapler und Schwachsinnige.«

Weill starrte ihn an. »Ach, Kätchen entpuppt sich als Philosoph. Wozu zählen Sie sich denn selber?«

Kommer legte eine Hand auf die Brust und neigte den Kopf. »Aber bitte. Zu den Hochstaplern, selbstverständlich. Die Schwachsinnigen sind edel, hilfreich und gut.«

»Danke«, sagte Eleonora und versuchte mit so viel Erfolg in seinem Gesicht zu lesen wie in einem altpersischen Schriftstück. Seinem Majordomus hatte Reinhardt mit Sicherheit verraten, dass er mit ihr gemeinsam ein Täuschungsmanöver plante. Und in diesen Tagen eine Pfändung seiner teuren Möbel aushandeln wollte, seiner Bilder und Skulpturen, Vasen, Murano-Lüster und Meißner Porzellanleuchter, was natürlich nur zum Schein geschehen sollte, seine Schätze jedoch vor dem Zugriff der Nationalsozialisten schützte und ihm Gelegenheit gab, von der vermögenden Freundin eine satte Summe Geld anzunehmen. Wusste Helene Thimig davon? Oder sollte auch sie getäuscht werden wie die Feinde in Deutschland, damit sie nicht auf Mutmaßungen verfiel, warum diese Eleonora von Mendelssohn bereit war, Max Reinhardt einen solchen Liebesdienst zu erweisen?

Eleonora senkte den Blick, Kommer schien ihre Gedanken dennoch zu erraten. Er neigte sich zu ihr. »Und was erwarten Sie, liebe Eleonora«, flüsterte er, »eigentlich als Gegenleistung? Sind Sie wie gewohnt selbstlos?«

Reinhardt wandte sich ihm, die blauen Augen aufgerissen, lauschend zu. »Was war das, Kommer? Was haben Sie mit unserer Ele zu besprechen?«

Der schüttelte den Kopf. »Diskretion gehört zu meiner Stellung hier im Hause, tut mir leid.«

Reinhardt drückte seine Zunge in die Backe und verschränkte die Hände auf dem Rücken, Kommer stand mit schiefgelegtem Kopf da, Eleonora mit verlegenem Lächeln. Weills Stimme zerschnitt das Schweigen. »Kann es sein, lieber Max, dass Sie diese menschliche Komödie hier im Schloss aufführen wollen? Rund um die Uhr, mit uns, Ihren Gästen, als Darstellern, die gar nicht wissen, was gespielt wird?«

Reinhardt deutete mit dem Kinn auf Kommer. »Wenn hier einer Regie führt, dann er. Er ist wie Brighella derjenige, der die Fäden in der Hand hält, zurrt oder locker lässt, der jeden dazu bringt, genau das zu tun, was ihm, Brighella, gefällt. Er lässt den Juden jodeln und den Nazi jüdeln. Er weiß im Voraus, wer wen mit wem hintergeht. Ich bin da bestenfalls für das Bühnenbild verantwortlich.«

Weill sah Kommer von der Seite an. »Da habe ich unser Kätchen ja gewaltig unterschätzt. Was die Affären und Amouren hier im Hause angeht, sind Sie da auch der Regisseur?«

Kommer zuckte die Achseln. »Bestenfalls der Haremswächter ...«

Hinter ihm erschien in der Tür eine Frau im Staubmantel, das dunkle Haar wie eine glänzende glatte Kappe auf dem Scheitel, mit langen Lidern, langer Oberlippe und langem Hals, der kirschrote Mund stand leicht schief im Gesicht. »... und der Beichtvater, Liebesbriefschreiber und Liebeskrankenpfleger, Tröster und Schmiersteher.«

»Wie kommen denn Sie hierher, Lili?« Kommer atmete einen Kuss auf ihren Autohandschuh, nahm die Hand, wandte sich Weill zu. »Lili Darvas, Herrn Molnárs Gattin Nummer drei. Noch vor fünf Jahren hat sie hier im

›Jedermann‹ die ›Guten Werke‹ verkörpert, nun verrichtet sie die nur noch privat.«

»Zumindest wird das Hermann Thimig behaupten«, kam es von der Tür. Ein Monokel im rechten Auge, die Mimik um jenes Einglas herum modelliert, stellte sich ein untersetzter Mann neben Lili, der den Raum mit seinem Gesichtsausdruck verfinsterte. Er legte seine Rechte auf Lilis Schulter, als wolle er sie verhaften. »Die guten Werke«, sagte er und saugte am Stumpen seiner Zigarre, »werden hier auf Leopoldskron leider oft an Unwürdige vergeudet. Aber ich kann ja schlecht den Bruder der Hausherrin zum Duell fordern. Außerdem wird mir Frau Vogl es verübeln, wenn ich ihr frisch gebohnertes Parkett mit Blutflecken verderbe. Wir befinden uns hier schließlich in einem der letzten künstlichen Paradiese, wo nichts das Auge, den vollendeten Stil oder gar die gute Laune stört.« Er drückte die Zigarre in der Silberschale auf dem Konsoltisch aus, griff in die Innentasche seines Jacketts, zog ein paar zusammengefaltete Zettel heraus. »Aber damit Herr Weill sich als bekennender Kommunist nicht so verlassen fühlt in diesem Schloss, habe ich etwas mitgebracht. Von draußen, aus der Wirklichkeit. Ich habe es aufgeklaubt vom Boden der Tatsachen, sprich der Straße vor dem Arbeitslosenamt, dem Bahnhof, den Notunterkünften.«

Alle erstarrten, denn nicht nur Molnárs Komödien, diese gallebitteren *petits fours* mit Zuckerguß, auch seine Einlagen waren berüchtigt; fast jeder hier kannte die Geschichte, wie er dem amerikanischen Filmproduzenten Gilbert Miller eingeflüstert hatte, die berühmten Gäste auf Leopoldskron, von der Prinzessin bis zum Erzbischof, vom Landeshauptmann bis zum Präsidenten, vom General bis zum Anarchisten, vom Nobelpreisträger bis zum Industriebaron, von der Primadonna an der Metropolitan Opera bis zum Star-Dirigenten, seien nur bezahlte Statisten. Und wie Miller wutentbrannt, dass er genarrt worden war, das Schloss verlassen hatte. Reinhardt war zwar Theatermann genug, um Molnár die intrigante Komödie nicht zu verübeln, wenngleich das Ganze zu seinen Lasten gegangen war, aber dass er ihn meistens »den teuflischen Molnár« nannte, bewies, dass er diesen Mann nicht unterschätzte.

Molnár öffnete den ersten Zettel und fing mit schnarrender Stimme zu lesen an. »Kein Geld für die Ausgesteuerten, Millionen für die Habsburger. Und bald wieder Krieg!« Er schob den Zettel nach unten und nahm sich den nächsten vor. »Was wir brauchen: Das Volk braucht einen Kaiser. Die Habsburger brauchen ihre Schlösser. Die Arbeitslosen brauchen nichts zu fressen.« Er griff den nächsten Zettel. »Vorwärts im Geiste unserer Toten! Im Geiste Liebknechts, Luxemburgs, Lenins. Kämpft mit den Kommunisten! Für die sofortige Freilassung unserer seit letztem Februar schmachtenden Klassengenossen.« Und ohne dass jemand nur ein Wort hätte dazwischenschieben können, ging es weiter. »Für Euch: Galgen, Kerker und Wöllersdorf. Für Habsburg: Ab sofort zehn Millionen. Heil Österreich!«

»Was ist Wöllersdorf?«, fragte Weill scharf. Reinhardt räusperte sich, Lili wippte auf den Zehenspitzen und zischte, aber Molnár stand in seinem eigenen Dröhnen: »Arbeiter! Klassengenossen! Die Februarmörder bewaffnen sich zu neuem Arbeitermord! Stellt die Einheit des Proletariats her, bildet sofort Komitees zum Kampf gegen Faschismus und Krieg. Der Naziterror blüht. An allen Ecken und Enden kracht es. Eisenbahnschienen werden gesprengt, Telefonleitungen zerrissen, Fensterscheiben zertrümmert. Habt ihr euch schon überlegt, warum das alles? Was die Nazis eigentlich damit wollen? Wenn zwei faschistische Gruppen sich raufen, um was kann es dann gehen? Was ist das Kampfobjekt? Das Kampfobjekt sind wir, die Arbeiter. Die faschistische Diktatur in Österreich soll nach dem blutigen Hitler-Muster noch verschärft werden. Die Nazis wollen das Dritte Reich auch in Österreich. Ist das ...«

Lili Darvas hatte mit einer geschickten Bewegung ihrem Mann den Stapel entrissen. »Deklamiere auf der Toilette, wenn du es nicht lassen kannst. Aber es ist unfair, Helene Thimig dafür büßen zu lassen, dass du mich verdächtigst, ich hätte mit ihrem Bruder ...«

»Nur Kätchen ist es zu verdanken, dass die Beweise fehlen.« Molnár nahm das Monokel aus dem Auge, Lid und Braue fielen herab wie eine Draperie. In seinem fahlen Gesicht blitzte es, während er mit einem großen Taschentuch das Glas putzte.

Weill schaute Kommer an. »Nun, wie lautet die Diagnose: Hochstapler oder Schwachsinniger?«

»Schwachsinniger«, kam es sanft von Kommer. »Verzeihen Sie, bester Molnár. Aber nur so einer glaubt noch an die Rettung der Menschheit im Allgemeinen und Österreichs im Besonderen. Und daran, ausgerechnet in Leopoldskron den revolutionären Geist wachkitzeln zu können.« Er zog seine Uhr heraus. »Darf ich nun meiner angenehmen Pflicht genügen und daran erinnern, dass im Weißen Zimmer gedeckt ist?«

Reinhardt atmete hörbar durch, ging auf Molnár zu und legte seine Hand auf dessen Unterarm. »Ich liebe die Wahrheit zu sehr, um sie dauernd im Mund zu führen, mein Lieber. Und wie gefährdet das alles ist, spürt keiner deutlicher als ich. Doch das Schöne an diesen Festspielsommern ist ja gerade, dass jeder der letzte sein kann. Man hat den Geschmack der Vergänglichkeit auf der Zunge.«

Molnár gab ein leise grunzendes Geräusch von sich. »Hoffentlich nicht, wenn wir jetzt den Wildschweinbraten verzehren.«

»Oh, ich denke doch nicht, dass ausgerechnet Sie neben der Alma Mater sitzen«, sagte Weill. »Sonst kann sich natürlich schon ein Hautgout auf der Zunge breitmachen.«

»Frau Mahler-Werfel ist die Tischdame von Meyer Weisgal«, sagte Kommer. »Der Herr Theateragent hat darum gebeten.«

»Klug von ihm«, strahlte Weill. »Denn er muss jede Gelegenheit nutzen, um die gewerfelte Mahler gefügig zu machen.« Reinhardt sah ihn beschwörend an, Kommer grinsend. Beide wussten sie, was Weill meinte. Weisgal wollte hier Alma Mahler dazu bringen, seinen Plänen für die New Yorker Premiere zuzustimmen, denn ohne Almas Jawort unternahm Werfel nichts.

Weill ging einen Schritt näher zu Kommer und Reinhardt. »Ich weiß nur nicht recht, wie sie auf die flammenden Reden des Zionisten Weisgal reagieren wird. Wo sie ihren katholisch frömmelnden Franzl immer noch zu jüdisch findet.«

»Sie als jüdischen Kommunisten hat Alma doch auch verdaut«, sagte Reinhardt.

Weill sah ihn an. »Großartig, lieber Max, Sie haben wirklich Instinkt für das treffende Wort.«

Kommer reichte Eleonora den Arm. »Schön, solch ein Abend.« Seine Stimme war voller Wärme. »Leicht, herzlich und friedlich, wie es sich gehört. Lauter Menschen reinen Herzens, frei von Eifersucht und Geltungsbedürfnis. Keiner verbirgt irgendwelche Absichten …«

An Eleonoras Seite ging er in den Flur hinaus, wandte sich kurz um und sah, dass ihm die anderen wie eine Herde folgten. Lili, den Staubmantel über dem Arm, Seite an Seite mit ihrem Mann, Weill neben Reinhardt. »Dem Leittier sind alle treu ergeben«, grinste er, »wenn es sie zu den Futtertrögen führt.«

»Haben Sie mit den Absichten auf meine angespielt, ganz unabsichtlich natürlich?« Eleonora betrachtete Kommer von der Seite. Er ging wortlos weiter den Flur entlang. Erst als sie an der Schwelle zum Weißen Zimmer ankamen, blieb er stehen. »Mit Verlaub, schöne Eleonora: Sie müssen welche haben«, sagte er, ohne sie anzusehen, »denn Ihr Blick ist entschlossen und Ihr Mund verschlossen. Aber in der *commedia dell'arte* kommt bekanntlich alles an den Tag. Oder sollte ich sagen – an die Nacht? Das muss sein, damit das Publikum seine Unterhaltung hat. Und dem ist es gleichgültig, wenn sich einer der Komiker dann hinter den Kulissen suizidiert.«

Er spürte, dass die Frau, deren Arm er hielt, zitterte. An einem schwülen Abend im August.

III.

War er gewarnt worden? Oder war er von Natur aus misstrauisch? Der Mann im Smoking mit dem dichten, schwarzen, krausen Schopf, der neben Alma Mahler-Werfel saß, prüfte zwischen Daumen und Zeigefinger das Tischtuch, hielt sein Glas gegen das Licht, drehte den Teller um, fuhr mit dem Finger den vergoldeten gewellten Rand entlang, nahm ein Messer in die Hand, wog es, hielt den Löffel mit dem Wappen am unteren Ende der Lasche ganz nah vor die Augen. »Ist das echt?«, fragte er seine Tischdame.

»Es ist«, übernahm Kommer von der anderen Seite der Tafel her die Antwort, »echter Damast, echtes böhmisches Kristall, echtes handbemaltes Porzellan, Modell Vieux Saxe, echtes Silber und das Wappen ist auch echt, lieber Mister Weisgal.«

Der ließ seinen Blick die weiß stuckierten Wände mit den darin eingelassenen, nachgedunkelten, teils etwas rissigen Ölgemälden entlangspazieren, ließ ihn über den barocken Kachelofen in lichtem Türkis gleiten und über die weißen Kommoden mit vergoldeten Rocaillen.

»Der Ofen gehört wie alle Öfen hier zu dem geringen Bestand an Originalinventar, das der Vorbesitzer nicht verscherbelt hat«, kam es unaufgefordert von Kommer. Doch Weisgal schenkte ihm keinen Blick, er legte den Kopf in den Nacken, schaute hinauf in den mit Kerzen besetzten Porzellanleuchter und schüttelte den Kopf.

»Um Missverständnissen vorzubeugen, lieber Mister Weisgal«, sekundierte Kommer, »wir haben keinen Kurzschluss.«

»Aber warum das alles?«, brach es aus dem Gast im Smoking. »Warum etwas so Unpraktisches wie tropfende, rußende Kerzen statt elektrischer Lampen, warum diese verrückten Öfen, nachdem die Zentralheizung nicht erst seit gestern erfunden ist, warum diese Kommoden, auf denen man, wie mir gesagt wurde, kein Glas absetzen soll, um Ränder zu vermeiden ... Wozu dieser ganze *picture-postcard*-Plunder? Sie drehen hier doch keine Kostümfilme, oder?«

Kommer lächelte. »Mister Reinhardt liebt dieses Schloss als Gesamtkunstwerk. Und deshalb liegt ihm daran, dass jedes Detail stilgetreu ist.«

»Wobei«, sagte Eleonora, die an Weisgals linker Seite saß, »Stiltreue oft bedeutet, dass etwas gefälscht ist.«

Weisgal legte seine Hand auf ihre. »Tut mir leid, da komme ich nicht mehr mit. Sie reden daher wie ein Antiquitätenhändler, dabei hatte Reinhardt mir Sie letztes Jahr in New York als Schauspielerin vorgestellt. Was sind Sie denn jetzt wirklich?«

Ein Blick von Kommer ermunterte Eleonora. »Fälscherin«, sagte sie.

Weisgal sah sie an, als habe er in diesem Augenblick beschlossen, bei einem absurden Spiel mitzumachen, in dem jeder verlor, der etwas für bare Münze nahm. »Ah ja, und was fälschen Sie? Rembrandts oder Leonardos?«

»Möbel«, sagte sie. »Kommoden, Tische, Konsolen, Sekretäre ...«

»Ich verstehe«, sagte er. »Mobiliar für Schlösser wie dieses.«

»Nein, hier ist das meiste echt.« Sie wandte den Kopf zu Paul Vogl, der in einem Rokokoensemble mit schwarz-gelben seidenen Hosen nachschenkte.

Meyer Weisgal besah Eleonoras Profil, ihr Kleid aus Crêpe de Chine, den Schmuck. »Bis auf die Gäste. Es stimmt doch, dass Sie Schauspielerin sind?«

»Das war ich im Hauptberuf, aber nachdem Mister Reinhardt mich für mäßig begabt hält, Tischlermeister hingegen abgöttisch verehrt, habe ich umgelernt und schauspielere nur noch nebenbei.«

Kommer richtete sich steil auf. »Eleonora, ich bitte Sie! Warum sind Sie auf einmal so vulgär und sagen die Wahrheit? Das kenne ich doch nicht an Ihnen.«

Weisgal trank von seinem Aloxe-Corton und bemerkte, dass das Glas seiner Nachbarin zur Rechten bereits leer war. Er gab Vogl einen Wink, flüsterte kurz mit ihm und nahm eine Flasche Burgunder in Besitz, aus der er Alma, die mit Hut am Tisch thronte, nachgoss; dann stellte er die Flasche neben seinen Stuhl.

»Ist das, was Reinhardt hier treibt, nicht eher Verrat am Echten?«, fragte er. »Ist das hier nicht alles zu schön, um wahr zu sein, und zu perfekt, um schön zu sein?«

»Es ist ein Reservat, das wird Max sicher auch zugeben«, mischte sich der Gast gegenüber von Alma ein, ein wohlgenährter Mann mit breitem Kiefer im weißen Bau-ernleinenhemd und stark patinierter Lederhose. Sein sonnenverbranntes Gesicht glänzte. »Und dass wir die-ses Salzkammergut, – noch schlimmer – seine Traditio-nen lieben, ist Irrwitz, ganz klar. Ich, so wie ich da sitze, bin nämlich in den Augen der Traditionshüter ein Geset-zesbrecher, und Herr Kommer ist es auch.«

Weisgal stutzte. Der Straftäter legte die Daumen unter seine bestickten Hosenträger. »Wussten Sie nicht, dass

Juden das Tragen von Tracht in Salzburg schon seit längerem verboten ist? Lederhosen werden nur in arischen Geschäften verkauft und offiziell auch nur an Arier. Nur würden die Umsätze von Lanz einen jähen Einbruch erleiden, wenn das irgendeiner wörtlich nähme. Man braucht uns, verstehen Sie? Kommer kleidet ja jeden unserer Gäste von auswärts, ob er aus London oder Minnesota kommt, erst mal dort ein.«

»Weil sie«, sagte Kommer freundlich, »sich dann heimisch fühlen und aussehen wie echte Salzburger ... finden sie jedenfalls selber. Und wenn sie zur Lederhose noch weiße Wadenstutzen tragen, dann sehen sie aus wie echte Nazis.«

Sein Lederhosenfreund lehnte sich weiter zurück, als es dem barocken Stuhl guttat. »›Geschlechter kommen, Geschlechter geh'n. Lederne Hosen bleiben besteh'n‹ ... so werben sie jetzt in Salzburg. Und das ist natürlich die angemessene Kleidung für das ›Tausendjährige Reich‹.«

Weisgals Gesicht war gerötet. »Auch das, Herr ...«

»Zuckmayer, Carl Zuckmayer.«

»... finde ich offen gestanden besorgniserregend. Ihnen allen muss doch die Angst im Nacken sitzen. Aber Sie verjagen die wie eine lästige Fliege. Wir bekommen das drüben doch mit, was für eine unflätige Hetze gegen ›die verjudeten Festspiele‹ getrieben wird. Warum ziehen Sie nicht die Konsequenz, solange Sie noch Gelegenheit dazu haben?«

»Wollen Sie damit sagen, dass ich meine Lederhosen wegwerfen soll? Wissen Sie, an dieses antisemitische Gesabber haben wir uns doch seit Jahrzehnten gewöhnt. Schon Anfang der Zwanziger zogen die Zeitungsschmierer her über watschelnde, mauschelnde semitische Festspielbesucher mit Hakennasen, Wulstlippen und – Entschuldigung, Mister Weisgal – negroidem Kraushaar. Aber nur der Kollege Zweig ist letztes Jahr abgehauen«, sagte Zuckmayer. »Nachdem Polizisten sein Haus nach Waffen durchsucht hatten.«

»Und nachdem er festgestellt hatte, dass ein Leben mit seiner Sekretärin bequemer sein würde als das mit seiner lieben Gattin«, grinste Kommer. »Denn die Gattin schreibt und übt Kritik, die Sekretärin, die siebenundzwanzig Jahre jünger ist als er, tippt und himmelt ihn an.«

»Ist es nicht besser, er bleibt sich selber treu als seiner Gattin? Vielleicht sollten Sie auch eine Sekretärin suchen, die Sie anhimmelt, wenn Sie es anders nicht schaffen, die Augen zu öffnen und den Absprung zu wagen.« Meyer Weisgal hatte das Besteck zur Seite gelegt, obwohl sein Teller noch halb voll war. Sein Körper strahlte Hitze aus, derer nicht einmal Eleonora an diesem Sommerabend bedürftig war.

Zuckmayer aß weiter, während er redete. »Oh, da irren Sie. Wir sehen und hören alles. Bei uns in Henndorf draußen gibt es ein Salzburger Original, den Otto Pflanzl. Er ist das älteste Mitglied der ›Alpinia‹, und die ›Alpinia‹ ist der älteste Gebirgstrachten-Erhaltungsverein. Und weil Sie vorher nach dem Echten gefragt haben: Der Otto ist so echt, dass es kracht. Alle lieben seine Sprüche, seine Reden und Witze. Seit zwei Jahren allerdings dichtet er vor allem hoffnungsschwangere Verse, dass Österreich endlich heim ins Reich geholt werden möge.«

Weisgals Kopf glühte. Er schlug mit der flachen Hand auf den Tisch. »Aber Sie liefern mir doch ein Argument nach dem anderen, dass es höchste Zeit ist ...«

Zuckmayer schüttelte den Kopf. »Sehen Sie den Herrn dort unten am anderen Ende des Tischs, den mit Doppelkinn, Brille und Trachtenjanker? Das ist der Landeshauptmann Rehrl. Der hält seine Hand über uns. Und die Hand ist so beachtlich wie seine Kleidergröße.«

»Und was stimmt den Herrn derart gütig?« Weisgal beugte sich so weit vor, dass seine weiße Hemdbrust mit den Resten des Wildschweinbratens nebst Honigsauce in Kontakt kam.

»Wir bringen Devisen. Der Zirkus Reinhardt samt Flitter und Flor beschert Salzburg die Fremden. Und das können die Nazis selbst mit ihrer Tausend-Mark-Sperre nicht verhindern. Damit halten sie zwar die Deutschen ab, die es sich nicht leisten können, für den Grenzübertritt eine derartige Unsumme hinzublättern, aber die Musikfreunde aus England, Italien und der Schweiz, aus Frankreich und den USA, die kommen erst recht. Das ist so ein Trotzdemtourismus der Luxusklasse. Rehrl hat mir vorher verraten, dass in diesem Jahr doppelt so viele ausländische Gäste eine Übernachtung gebucht haben wie im letzten. Vermutlich werden das die ersten Festspiele seit Beginn, die pechschwarze Zahlen schreiben – und das wegen der Braunen.«

Weisgal zog die Brauen hoch und blickte hinunter zu Rehrl, der mitbekommen hatte, dass von ihm und dem Tourismus die Rede war. »Ich wehre mich dagegen«, verkündete er so laut, als stünde er wie gerade erst, am 5. August, bei der Eröffnung der Großglockner-Hochalpenstraße in weiter Bergwelt, »dass der *homo alpinus* betteln gehen muss, um etwas von den Wiener Zentralstellen zu bekommen. Und wir werden es ohne diesen Gang nach Canossa schaffen.« Er nahm einen großen Schluck Burgunder. »Salzburg ist eine österreichische Insel der Schönheit inmitten einer leidenschaftlich erregten Welt.«

»Na ja, wenn leidenschaftliche Erregung heute so aussieht, ist meine Gattin wohl von gestern«, kam es von Molnár. Lilis Stuhl war leer. Nur der Staubmantel hing alleingelassen über der barocken Stuhllehne.

»So steht es in der Tourismuswerbung, Mister Weisgal«, erklärte Zuckmayer in begütigendem Ton. »Und Leopoldskron ist die Insel auf der Insel. Salzburg kann allerdings nicht bieten, was der Mattsee schon seit vierzehn Jahren offeriert – eine garantiert judenfreie Sommerfrische.«

Weisgal starrte ihn an, schüttelte den Kopf wie über einen armen Irren, wandte sich Alma Mahler zu und goss ihr leeres Glas zum vierten Mal voll. »Sie sollten diese Insel verlassen, Frau Mahler-Werfel, bevor sie eine Toteninsel wird. Wenn Sie Ihren Mann lieben, dann kommen Sie im November zur Premiere des Oratoriums nach New York und bleiben Sie ...«

»Ob ich ihn liebe, weiß ich nicht. Manchmal wundert es mich, dass mich ein o-beiniger Jude mit schwimmenden Schlitzaugen jemals reizen konnte, aber ...«

Weisgal betrachtete Alma wie ein monströses, noch nie gesehenes Tier, fasziniert und abgestoßen. Sie schien das nicht zu bemerken und redete mit ihrem kraftvollen, doch vom unsachgemäßen Wagnerschmettern ramponierten Mezzo weiter. »Er war ein Glückskind, wissen Sie, ein Götterliebling, bis er vierzig wurde und noch drüber hinaus. Jetzt ist er fünfundvierzig. In Deutschland werden seine Bücher verbrannt, er wird nicht mehr umworben, er ist auf einmal, wie es heißt, ein vorlauter kleiner Jude von mäßiger Begabung ... Jetzt werde ich zu ihm halten.« Sie reckte den Hals und das Kinn, als werde sie fotografiert.

Weisgal neigte sich zu Eleonora. »Helfen Sie mir,

bitte«, sagte er leise. »Was ist an dieser Frau echt? Ihr Antisemitismus oder das Gegenteil?«

»Da müssen Sie Reinhardt fragen, der kennt sie. Aber ich befürchte, es ist beides echt. Sie kann offenbar ohne Juden nicht leben und mit ihnen genauso wenig.«

Weisgal seufzte kurz auf und nahm sich Alma erneut vor. »Denken Sie daran: zu zweit wegzugehen ist viel leichter als alleine, da nehmen Sie ein Stück Heimat mit.«

Er bemerkte nicht, wie Eleonora zusammenzuckte und wie sie ihn ansah bei diesem Satz. Erahnte dieser Weisgal ihre Gedanken und Pläne? Konnte er irgendetwas erfahren haben? In derselben Sekunde spürte sie Kommers Blick. Sie schaute ihn an, und er schaute sie an, und sie wusste, dass er wusste, warum sie gekommen war. Und dass die Pfändungsangelegenheit ihr nur ein willkommener Anlass war.

Werfel war von seinem Platz am anderen Tischende aufgestanden, schwerfällig über das Parkett zu seiner Frau geschlurft und berührte ihre Schulter. »Almschi, du solltest dich, glaube ich, ein wenig ausruhen. Darf ich dich ...«

Alma erhob sich unsicher, Werfel reichte ihr den Arm. Und wie sie neben ihm, einen Kopf größer, breitschultrig, die Büste starr unter dem eng sitzenden Kleid, zur Tür ging, unter der Krempe heraus mit Blicken grüßend, fühlte sich Eleonora an Freunde ihres Bruders Francesco erinnert, die oft in theatralischem Fummel durch die Nachtlokale zogen oder auch am helllichten Tag über den Ku'damm. Während Francesco selbst im gelben Seidenschlafrock oder im Anzug aus blutrotem Leder, sogar im paillettenbesetzten Abendkleid bei solchen Auftritten für Eleonoras Geschmack noch durchaus etwas Lasziyes besaß und auch keine schlechte Figur gemacht hatte, als er auf irgendeinem Ball seinen Pelz fallen ließ und zeigte, dass er darunter nur Haut trug, wirkte Gustav Gründgens, sein Engvertrauter, in ihren Augen lächerlich in seinen Verkleidungen. Auch Francescos andere Intimfreunde, vom Pianisten Horowitz bis zum Ausdruckstänzer Kreuzberg, ließen oft jenen verfeinerten Geschmack vermissen, der dem Skandalösen die Note eines teuren Parfums verlieh, das sich nicht jeder leisten konnte. Ja, natürlich würde sie zusammen mit Francesco Europa für immer verlassen, so wie sie mit ihm Berlin verlassen hatte. Doch der Gedanke an seine Nähe ermüdete sie wie der an eine Knochenarbeit.

»Sie haben recht«, sagte sie zu Weisgal. »Aber es hilft nicht, dass man zu zweit geht, wenn der Zweite einer ist, der nicht mal bei sich selber zu Hause ist, der in sich etwas zutiefst Heimatloses trägt.« Und Eleonora dachte, dass es bei Francesco noch mehr war – etwas unstillbar Trostloses. Immer durstig, hungrig, bedürftig wirkte er, auch wenn er die Sitze seines Cabriolets mit Hermelin hatte beziehen lassen.

»Sind Sie denn auch …?« Weisgal musterte Eleonora genau.

»Nicht echt, nach Ihren strengen Maßstäben. Aber immerhin einer Überzeugung treu. Sie wissen ja, ich heiße Mendelssohn, und obwohl mein Vater evangelisch getauft ist und die Sippe meiner Mutter katholisch ist, seit es Katholiken gibt, mit diesem Namen bleibt man Jude. Ich habe mit meinem Bruder 1933 Berlin verlassen.«

»Wann genau?«

Sie schloss kurz die Augen. Sah sich im weißen Kleid der Helena beim Schlussapplaus. Ihre rechte Hand hielt Francescos Intimus Gustav Gründgens, der den Mephisto gespielt hatte, die linke Werner Krauß, auch bei diesem »Faust II« in der Titelpartie, neben ihm stand Veit Harlan, für den Francesco vier Jahre zuvor Trauzeuge gespielt hatte. »Er ist so begeisterungsfähig«, hatte Francesco den ehrgeizigen Freund immer verteidigt. Auch ihr Bruder hatte erregt applaudiert am Ende dieser umjubelten Vorstellung von »Faust II«. Das war am 21. Januar 1933 gewesen, acht Tage vor der Machtergreifung. Ungefähr zwei Wochen danach hatte Veit dem »Völkischen Beobachter« ein Interview gegeben und keinen Hehl aus seiner Begeisterung für die Politik der Nazis gemacht. Und im Sommer war Werner Krauß, der vor fünfzehn Jahren bei der Uraufführung des »Jedermann« in Salzburg als Teufel geglänzt hatte, an den Ort seines Triumphes zurückgekehrt, um seinen alten Bekannten Max Reinhardt bei den Festspielen mit einem besonderen Geschenk zu überraschen: Er trug den Vorschlag von Goebbels, Reinhardt zum Ehrenarier zu ernennen, in der Tasche.

»Was ist mit Ihnen? Schmerzt Sie der Gedanke an Berlin und an das, was Sie dort vielleicht aufgeben mussten?«

Eleonora schüttelte den Kopf. Sie spürte, wie ihre Gedanken nervös wurden, sie hatten eine Fährte aufgenommen und ließen sich kaum mehr halten. Nächstes Jahr, hatte sie vernommen, sollte ausgerechnet Werner Krauß hier in Reinhardts »Faust« den Mephisto spielen. Wie sollte das gut gehen? Wer hatte das gewünscht? Sie berührte Weisgals Hand, als müsse sie ihn um Vergebung bitten. Weisgal atmete durch. Er wirkte erschöpft. »Ich bin heute leider nicht wirklich weitergekommen«, sagte er.

»Dann«, meinte Kommer, »sollten Sie sich auf Kräuterlikör, Marke Bénédictine, verlegen. Der wirkt auf Alma zuverlässig.«

Weisgal erhob sich, ging zu Reinhardt und Helene Thimig und tuschelte Reinhardt etwas ins Ohr. Eleonora beobachtete, wie Helene aufstand, Weisgal ihren Stuhl anbot und mit ihrem leichten, aber energischen Schritt auf sie zukam. Sie stellte sich hinter Weisgals leeren Stuhl. »Darf ich?« Eleonora wandte ihr das Gesicht zu. Die hellen Augen ließen sie an einen Himmel im Januar denken. Sie nickte und meinte zu frösteln. Was wollte Helene Thimig von ihr?

»Reinhardt hat mir gesagt, dass Sie uns helfen.«

Sie sagte nach wie vor Reinhardt, nicht etwa »Max« oder »mein Mann«. Eleonora versuchte, sich so schmal wie möglich zu machen, presste die Arme an den Leib und schlang die Hände auf der Serviette ineinander.

»... dass Sie ihm helfen«, verbesserte sich Helene.

Eleonora nickte.

»Ich weiß«, redete Helene weiter, »dass Ihre Busenfreundin, die Bergner, immer betont, Sie seien von Natur aus unfasslich großzügig, ich glaube, sie hat sogar mildtätig gesagt. Aber – wir können uns dafür nicht revanchieren, Sie wissen es. Nicht einmal mit guten Rollenangeboten für Wien. Seine Anteile am Josefstädter Theater hat Reinhardt hergegeben, um Leopoldskron zu retten und ...«

»Es ist nur«, sagte Eleonora, »weil wir uns ja so lange kennen. Seit ich – seit ich fünfzehn bin. Und so lange sie sich nicht braun verfärben, bin ich all meinen alten Freunden treu.«

»Den Ehemännern weniger«, entglitt es Helene.

»Die bisherigen haben es auch nicht verdient.« Eleonora erhob sich und fühlte sich, als werde sie krank. Die

Knie schienen zu schwach, um sie zu tragen, die Glieder blutleer.

Helene Thimig sah sie noch einmal an mit ihren winterlichen Augen. »Die bisherigen, ich verstehe.« Und ihre mädchenhafte Stimme klang bitter.

Im Flur holte Weisgal mit kurzen schnellen Schritten Eleonora ein, die sich an der Wand entlangtastete wie angetrunken, dabei aber eine schmerzliche Nüchternheit in sich spürte. Er umklammerte mit seiner Rechten ihren Arm.

»Hören Sie, helfen Sie mir. Ich habe gerade mit dem anderen Herrn am Tischende geredet, der neben Reinhardt sitzt und behauptet, er sei der Erzbischof von Salzburg. Zwischen lauter Juden, größtenteils unfrommen Juden, aber trotzdem. Ich weiß nicht mehr, wie ich hier dran bin.«

Eleonora roch, dass Weisgal nach Lavendelwasser duftete, und hörte, dass er mit der freien Hand mit Geld in der Tasche seines Smokings klimperte. »Ich auch nicht«, sagte sie.

»Was ist das für ein Haus?«, seufzte Weisgal.

Sie lehnte den Kopf an die kühle Mauer. »Ein Haus, das Fürsterzbischof Firmian für seinen Neffen errichten ließ. Ein wahrer Christenmensch, dieser Landesfürst, der vor ungefähr zweihundert Jahren die Protestanten von seinen Soldaten aus dem Land schassen ließ. Ohne die geringste Habe mussten sie fliehen, in den Kleidern, die sie gerade am Leib hatten. Sie sehen – Leopoldskron ist der passende Ort für jüdische Gäste im Jahr zwei von tausend.« Eleonora stieß sich ab von der Wand. »Aber mir wurde erzählt, die Vertreibung der Protestanten sei immerhin unblutig vor sich gegangen.«

IV.

Francesco von Mendelssohn wusste, was er seinem Ruf schuldig war, auch hier in Leopoldskron. Der Wagen, in dem er vorfuhr, hatte eine Farbe, die er gerne als *caput mortuum* bezeichnete, allein schon, weil er die Ratlosigkeit liebte, in die er dann blickte. Er trug einen weißen Leinenanzug, offenbar auf nackter Haut, und weiße Mokassins an nackten Füßen. Von Menschen, die sich in alpiner Gegend alpin kostümierten, hielt er so viel wie von solchen mit Sparbüchern.

Es war halb zehn Uhr morgens, und Leopoldskron, wo die Nächte erst im Morgengrauen endeten, schien noch zu schlafen.

An den Rosen neben dem Eingang machte sich Frau Vogl zu schaffen. Sie sah dem Gast entgegen, sah ihm auch eine Weile zu, wie er durch den Garten irrte. »Was suchen Sie denn, Herr von Mendelssohn?«

Er lächelte. »Den Sinn des Lebens, Frau Vogl. Und meine Schwester.«

»Die habe ich heute noch nicht gesehen. Aber hier sucht dauernd irgendwer irgendwen. Und ich glaube, es finden sich dann meistens die Falschen, ich meine: die sich gar nicht gesucht haben.«

Während Francesco durch die Halle ging, ins Treppenhaus hinauf lauschte und dann hinaus auf die Terrasse zum Weiher trat, stand die Gesuchte in der Kapelle. Und konnte den Blick nicht wenden von dem, was sie dort sah. Ein Licht, das alles verklärte, fiel auf das Gesicht, den Hals, das rote und blaue Gewand der Muttergottes, die auf dem Altarblatt über ihren Anbetern thronte. Doch da fuhr ihr etwas über die Wangen, die Stirn, den Mund, etwas Mausgraues, Unförmiges. Zweimal, dreimal fuhr das mausartige Gebilde über Gesicht und Hals, huschte nach unten, über die Brüste hinab in den Schoß. Eine raue, tiefe Frauenstimme war zu hören. »*Ave Maria gratia plena, dominus tecum, benedicta tu in mulieribus ...*« – Wieder glitt der graue Mopp über die sitzende Gestalt, nun von unten nach oben. – »*Maria ora pro nobis, nobis peccatoribus, nunc et in hora mortis nostrae*«, sang diese Stimme, die zum Singen nicht gemacht war. Die Frau, die in schwarzer Schürze auf der Leiter stand, schien nichts um sich her wahrzunehmen. Stumm sah Eleonora ihr zu, wie sie die Muttergottes abstaubte, dann bewegte sie sich weiter in die Kapelle hinein. Obwohl sie sacht auftrat, waren ihre Schritte auf dem Marmorboden unüberhörbar. Die Frau, die in einer schwarzen Schürze auf der Leiter stand, drehte sich um. »Oh, Entschuldigung, kommen Sie zum Beten?«

Eleonora schwieg und bewegte sich nicht. Die Frau redete, während sie auf der Bockleiter abwärts kletterte, vor sich hin. »Wär ja schön, wenn hier mal jemand beten würde. Der Herr Professor und seine Damen, die proben hier drin immer nur ihre frommen Stücke für die Festspiele, aber richtig gebetet oder gesungen wird nie in der Kapelle. Es ist eine Schande. Ich bin die Einzige, die sich kümmert hier ...«

Am Fuß der Leiter angekommen, warf sie einen zweifelnden Blick auf Eleonora, die ein violettes Chiffonkleid trug, eine kurze Perlenkette und eine zweite, die bis zum Schamhügel reichte, wandte sich unwirsch zum Altar, beugte das Knie, neigte den Kopf und schlug, mit der Rechten den Mopp umklammernd, mit der Linken das Kreuz. Dann drehte sie sich um und schlurfte an Eleonora vorbei.

Der Stuck, die Wände strahlten blendend weiß, der Altar schimmerte lachsrosa marmoriert, über dem Altarbild mit der Muttergottes glänzte ein Relief, das Gottvater zeigte, auf Wolken thronend, umgeben von Cherubsköpfen; alles musste mit großem Aufwand neu vergoldet worden sein. Wann? Das konnte sie nicht sagen. Bewusst hatte Eleonora die Kapelle hier noch nie betreten. Damals, vor genau zehn Jahren, als Reinhardt in Salzburg »Das Mirakel« inszeniert hatte, war sie der Premiere sogar ferngeblieben, um zu zeigen, dass ihr seine Verherrlichung des Marienwunderglaubens zuwider war, in ihren Augen die Anbiederung eines Juden an seine katholischen Gastgeber. Dass für ihn diese Riten und Mysterien eine Art von Urtheater waren, ließ sie so wenig gelten wie Karl Kraus, der ätzenden Spott über diese Aktion gegossen hatte. Es wurde ihr dann zwar hinterbracht, irgendwer – war es Helene? – habe behauptet, der Grund für Eleonoras Fernbleiben sei nur Eifersucht auf die prominenten Hauptdarstellerinnen gewesen, die nicht allein Schönheit, Prominenz und Luxuslimousinen, sondern auch Glamour bieten konnten; die Rolle der Madonna hatte Lady Diana Manners übernommen, eine dreißigjährige Alabastergestalt aus dem englischen Hochadel, die Rolle der gefallenen und reuigen Nonne eine mädchenhaft junge amerikanische Millionenerbin namens Rosamond Pinchot, nebenbei noch die Nichte des Gouverneurs von Pennsylvania. Doch wer Eleonora damals kannte in ihrer noch unbeschädigten Anmut, die jedem den Atem raubte, wusste es besser.

Eleonora spürte, wie das Licht, das durch die farblosen matten Scheiben fiel, sie erwärmte, dennoch fühlte sie sich bedroht. Sie fuhr zusammen, als sie Reinhardts Stimme hörte.

»Aha, du hast die Schwellenangst überwunden?« Max Reinhardt blieb einen halben Schritt hinter ihr stehen, sie atmete seinen Geruch nach Lavendel und Zigarren ein. »Ich habe es ohnehin nie verstanden, was du gegen die Kapelle hast. Das ist ein Andachtsraum, der dir hilft, zu dir zu finden.«

Eleonora drehte sich nicht nach ihm um. »Zu mir? In einer katholischen Kirche soll ich zu mir finden, ich bitte dich. Auch wenn es manche herausstreichen, dass ich nur Vierteljüdin bin – als könne man Jüdischsein portionieren wie Milch.«

Beide schwiegen. Eleonora wandte den Blick nicht von dem vergoldeten Gottvater, der wie von einem Bühnenscheinwerfer bestrahlt schien.

»Wurde hier irgendwann mal ... eine Ehe geschlossen?« Ihre Stimme wankte. Sie stolperte ein wenig nach hinten, so dass sie Reinhardt kurz berührte.

Er ließ sich Zeit mit der Antwort. »Bisher, soviel ich weiß, nicht. Im Gegensatz zu Raitenau mit seinen, ich glaube, fünfzehn Kindern und seinem Nachfolger Markus Sittikus mit überschaubaren zwei Mätressen waren die späteren Fürsterzbischöfe ziemlich brav, zumindest, was die geschlechtlichen Begierden anging. Auch Leopold Anton Firmian, der das Schloss eigentlich für seinen Neffen hatte hinbauen lassen.«

»Aber der Neffe hat sich«, kam es überdeutlich und hell von hinten, »mit Vögeln beschäftigt, vor allem mit ausgestopften. Er hat sogar einen Vogel Strauß besessen.«

Reinhardt und Eleonora sahen den Mann an, der unter

der Kapellentür stand in weißem Leinenanzug, das dunkle halblange Haar glatt nach hinten gekämmt.

»Wo kommst du denn her?«, fragte Eleonora. »Und wozu?«

»Ich komme aus der Sonne Venedigs, wie man mir hoffentlich ansieht, liebe Schwester. Und zwar aus einem absolut überraschenden Grund: man braucht mich hier ... oder besser gesagt: man kann mich brauchen.« Er verschränkte die Hände hinter seinem Kopf, schön wie der Eleonoras und auf verwirrende Weise ähnlich. Die gleiche kindlich hohe, stark gewölbte Stirn, der gleiche verletzliche Mund und dieser verlorene Blick.

Eleonora musterte ihn von der sonnenbraunen Stirne bis zu den Schuhen.

»Ziegenleder«, sagte Francesco von Mendelssohn. »Von Bergziegen aus den Abruzzen.«

Eleonora sah ihn an. »Das war es nicht, worüber ich nachgedacht habe. Wer braucht dich denn hier?«

»Werfel, Kommer, Meyer Weisgal und ...« – er deutete mit einer höfischen Geste, die den Ring an seinem rechten Zeigefinger zur Geltung brachte, auf Reinhardt – »unser Gastgeber. Keine Angst, keiner ist konvertiert zum Orden der warmen Brüder, sie brauchen mich für Besetzungsfragen.« Er schlug sich auf den Mund. »Klingt schon wieder so verboten. Ich gehe wohl besser, bevor ich die heilige Halle hier entweihe.«

Reinhardt und Eleonora schauten auf den Altar.

»Aber hat hier nicht auch mal Ludwig I. gewohnt, nachdem er abgedankt hatte wegen der Lola-Montez-Affäre?«, kam es nach einer Weile von Eleonora.

»Doch, sogar achtzehn Jahre lang hat Leopoldskron ihm gehört, dem ausrangierten Bayernkönig.«

»Und hat er wenigstens davon geträumt, seine Lola

doch noch hierherzuholen und zu heiraten, hier, in dieser Kapelle, und mit ihr alt zu werden an diesem wunderbaren Platz?«

»Ach, dich besetzt die Idee von der idealen Liebe, Ele«, sagte Reinhardt leise. »Und das ist nichts anderes als eine verweltlichte Gottesidee. Menschen wie du verlassen lieber ihren Mann als ihr Liebesideal.«

Eleonora schaute ihn an und zog die Brauen hoch. »Ach ja. Und wie sieht das meine aus, allwissender Meister?«

»Deines sieht aus wie dein Vater, oder besser gesagt: ein Vater. Überlegen muss er sein, erfahren und erfolgreich. Und Macht sollte er besitzen.«

»Ach nee. Hast du beim Doktor Freud den noch warmen Platz auf der Couch von Stefan Zweig übernommen?«

Eleonora stand nun nah neben Reinhardt, beide schauten wieder zum Altar, während sie redeten, Reinhardt hatte die Arme auf dem Rücken verschränkt, Eleonora unter den Brüsten.

»Ele, sperr dich doch nicht so. Es ist doch keine Schande. Du warst sechzehn, als dein Vater starb. Du hast ihn zu Lebzeiten vergöttert. Und nach seinem Tod noch mehr, weil deine Mutter ihn gehasst hat. Wobei ich gestehen muss: lustig war es ja nicht für sie, dass sie quasi über seiner Leiche erfuhr, wie lange er doch mit ihrer Intimfreundin und deiner Patin Eleonora Duse ein Verhältnis gehabt hat. Er war nicht nur ihr Finanzberater.«

»Er wird sie schon gebraucht haben und sie ihn.« Eleonora wickelte ihre Perlenkette um die Finger. »Außerdem konnte man mit meiner Mutter nichts Besseres machen, als sie zu betrügen. Sie ist herrschsüchtig, dumm und verdorben.«

»Dumm? Kann eine erfolgreiche Konzertpianistin und Sängerin dumm sein?«

»Wie anders als mit Dummheit würdest du es dir erklären, dass sie Gründungsmitglied der faschistischen Partei ist und Mussolini bis heute anbetet?«

Reinhardt lächelte. »Ich erinnere mich noch genau, in wen du alles verliebt warst. Nicht nur in Napoleon, Noel Coward und Toscanini, auch ... ja, ich weiß, davon willst du heute nichts mehr wissen ... in Mussolini. Sogar in einen gewissen Max Reinhardt warst du verliebt.«

»Warum redest du in der Vergangenheitsform?«, kam es von Eleonora.

»– weil das mit der Liebe doch ein Ende hatte, als ich deine Schauspielkünste in Wien so harsch kritisiert habe, dass du weinend davongelaufen bist und einem ungarischen Rittmeister in die Arme. Da hat alles, was danach kam, nicht mehr viel retten können.«

Eleonora umklammerte mit der rechten Hand den linken Oberarm, mit der linken Hand den rechten, als sei es kalt. Den Blick auf die Muttergottes im roten Kleid gerichtet, sagte sie: »Jessi widerlegt immerhin deine freudianische Theorie von meinem Vaterkomplex: Er hat weder Erfolg noch Macht zu bieten, von Überlegenheit ganz zu schweigen.«

Reinhardt steckte die Hände in die Hosentaschen. »Dein Vater war doch, wenn ich nicht irre, ebenfalls Rittmeister, preußischer Rittmeister, oder? Übrigens habe ich gestern das Gefühl gehabt, dass dir Alma nicht eben ans Herz gewachsen ist.«

»Warum sollte sie?«

»Na, ihr teilt mehr, als du ahnst. Sie hat ihren Vater vergöttert – Alma war dreizehn, als ihrer starb, du warst sechzehn. Sie hat ihre Mutter gehasst, auch wegen des

Nachfolgers. Und Francesco behauptet, ihr beide fändet es unappetitlich, dass eure Mutter jetzt einen Liebhaber hat, der nur drei Jahre älter ist als du.«

»*Maria gratia plena*, oder wie heißt das bei den Katholiken? Nein, voll der Gnade ist meine Mutter bestimmt nicht.«

»Besser als die von Lotte, Weills Lotte, du weißt.«

»Warum, was ist mit der?«

»Die hat es zugelassen, dass der Vater seine Tochter mit elf in Wien auf den Strich geschickt hat.«

Eleonora verzog den Mund. »Trotzdem – oder gerade deswegen? Die Lenya kriegt doch jeden Mann, den sie will. Und das mit diesem Gebiss, das nach einem Kieferorthopäden schreit. Gehen wir?«

Beide bewegten sich zögernd auf den Ausgang zu. Der Tag stand blendend hell davor. An der Schwelle blieb Eleonora stehen, als scheute sie vor etwas zurück. Auch Reinhardt verharrte.

»Toscanini wird übrigens heute Abend nach der ›Fidelio‹-Premiere mit herkommen zum Nachtessen«, sagte Reinhardt.

Eleonora sah ihn von der Seite an. »Wird kommen … Toscanini wird kommen? Welch kühne Zuversicht, mein Guter. Du weißt doch, wie er ist. Sicher ist nur eines: Dass Arturo so berechenbar ist wie gutes Wetter für Freilichtaufführungen. Und dass ihm die leiseste Unzufriedenheit mit seiner Leistung am Abend Anlass genug ist, seine Gastgeber mit seinem kommentarlosen Ausbleiben zu brüskieren. Auf ihn ist Verlass als Dirigent, aber nicht als Mensch – und schon gar nicht als Mann.«

Reinhardt nahm seine linke Hand aus der Hosentasche und ergriff Eleonoras rechte. Seine Hand war warm, weich und trocken, ihre kühl und hart. »Ach Ele, ich befürchte, du hast von deiner Patin nicht nur die Perlenkette geerbt, sondern auch ihr Talent, was Männer angeht. Warum verliebst du dich immer in die falschen?«

Sie schloss die Lider. »Was falsch ist und was richtig, kann sich ändern, Max. Kommt doch vor, dass der Falsche auf einmal merkt, dass sie, die ihn immer schon wollte, wirklich die Richtige ist. In der Oper jedenfalls ist das auffallend oft so.«

Sie wandte sich noch einmal um zu dem Altar. Der Glanz auf dem goldenen Rahmen vor ihr war erloschen. Und hinter sich hörte sie, wie Reinhardt sich räusperte.

»Ele«, sagte er, »meine Scheidung in Reno ist nun endgültig für rechtmäßig erklärt worden. Und meine Heirat mit Helene auch. Wir haben übrigens nur auf dem amerikanischen Standesamt geheiratet, nicht hier.« Dann sah er in ihre Augen. Und was er darin sah, war ihm ein Rätsel.

»Was ist?«, fragte er.

Sie schüttelte den Kopf.

»Was hast du vor?«

Sie hatte sich abgewandt und rannte über den Kies davon.

V.

Der Marmorsaal glänzte. So vollkommen, dass es Eleonora, schon als sie eintrat, beunruhigte. Vor anderthalb Jahren hatte sie die Villa ihrer Eltern im Grunewald gerade frisch restaurieren lassen, als am 29. Januar mit der Ernennung des neuen Reichskanzlers schlagartig feststand, dass sie davon nicht mehr viel haben würde. Eher der Reichskanzler selber, der nun ja auch Appetit auf Leopoldskron bekundet hatte.

Wie damals die Mendelssohn-Villa blendete der Marmorsaal in seiner Makellosigkeit. Wäre der Auftritt von Pauline Strauß für diesen Abend in Leopoldskron angedroht, dann könnte man diese Perfektion der Furcht vor ihr zuschreiben, denn Frau Strauß überprüfte mit spitzem Zeigefinger noch jede Rocaille, jeden Vorsprung, jedes Geländer auf Staub und registrierte abblätternde Vergoldungen oder Lackierungen mit einem Blick, als habe sie jemanden in flagranti in einem fremden Bett erwischt. Aber von Richard Strauß und seiner Gattin, seit Jahren Stammgäste hier draußen, war nichts zu sehen, weil er als Dirigent in Bayreuth Toscanini zu ersetzen versuchte. Glanz lag auf dem Marmorboden, den Kaminumrahmungen, auf dem Kronleuchter, dem Tafelsilber, den vergoldeten Rahmen und frisch geputzten Scheiben der hohen Sprossenfenster, hinter denen der nächtliche Weiher im Laternenlicht schimmerte. Und erwartungsvoller, beinahe lüsterner Glanz lag in den Augen der Gäste, der meisten jedenfalls. Wie hatte Weisgal gesagt?

»Zu schön, um wahr zu sein.« War das hier alles nur noch eine grandios inszenierte Lüge, eine Lebens- oder Überlebenslüge?

Sechs große runde Tische waren weiß gedeckt, mit weißen Blumen in weißen Vasen und weißen Kerzen in silbernen Leuchtern. Weiße Kleider, dachte Eleonora, ziehen rote Flecken an, ob Rotwein oder Blut.

»Wie für eine Hochzeit«, sagte Alma mit Bühnenstimme und versuchte, Helene Thimig und Eleonora dabei gleichzeitig im Blick zu behalten.

Noch standen alle, ein Champagnerglas in der Hand, und warteten, vorgeblich auf die Solisten des Abends und das Ehepaar Toscanini. In Wahrheit jedoch richtete sich die gesamte Begierde ausschließlich auf Arturo Toscanini, einen gealterten Diktator von achtundsechzig Jahren und vielleicht einhundertsechzig Zentimetern Körpergröße, mit einem schön modellierten Schädel wie aus dünnem Porzellan, der heute Abend seine Macht bewiesen hatte. Jeder im Festspielhaus hatte gewusst, dass die Festlichkeit in höchstem Maß gefährdet war, weil ein falscher Ton ausreichte, um einen Wutausbruch auszulösen mit unabsehbaren Folgen. Und jeder hatte stumm darum gebetet, es möge alles nach seinem Willen und seinen Wünschen geschehen. Atemlos verfolgte das Publikum, wie das Orchester sich Toscaninis Willen hingab und auf die kleinste Geste reagierte wie auf einen Befehl. Auch die, die es nicht wussten, konnten hören, dass die Lehmann nicht grundlos von ihren Kollegen angefleht worden war, beim Meister um Gnade zu bitten, weil das, was er ihnen bei den Proben in seinem Vollkommenheitsdrang zumutete, sie dem Zusammenbruch nahebrachte. Toscanini hatte den Applaus wie immer mit schmerzlichem Gesicht über sich ergehen lassen, war es für ihn doch eine Belästigung des Hohen. Doch es hatte so ausgesehen, als löse sich auch bei ihm endlich die Anspannung.

Bei Eleonora von Mendelssohn löste sie sich nicht. Ihre Augen leuchteten nicht wie die der anderen, schon seit Stunden nicht mehr. Nur bis zum Beginn der großen Leonoren-Arie im ersten Akt war sie noch ruhig gewesen. Die Lehmann, in einer hüftlangen Lederweste und knapp sitzenden Hosen nicht gerade glaubwürdig als Fidelio verkleidet, hatte das ganze Rezitativ in der Originaltonart gesungen, erregt, bebend vor Hass auf den Peiniger ihres Ehemanns. Dann aber, als sie wehmütig verflossenes Glück mit ihm und sehnsüchtig ihre Hoffnung auf ein neues beschwören sollte, war es für Eleonora unüberhörbar: Toscanini hatte die Arie tiefer transponiert, um einen halben Ton nur, was seine Diva jedoch vor einer grellen Höhe bewahrte. Jeder sah in diesen Augenblicken allein die Lehmann, wie sie über die Bühne stürmte. Eleonora aber sah etwas anderes: sie sah Arturo in den mächtigen Armen dieser Frau, an ihren schweren Brüsten. Er hatte seine Werktreue verraten. Und damit sich selber. Natürlich nur in den Augen derer, die ihn so gut kannten wie Eleonora.

Von dieser Arie an war es um ihre Gelassenheit geschehen. Nein, die Lehmann war nicht der Typ Frau, den er liebte, sie war zu wenig elegant, zu wuchtig im Körperbau, die Gelenke zu grob, der Rücken zu breit. Auch wenn sie selbst versuchte, Diskretion zu wahren, hatte es sich herumgesprochen, dass sie immer wieder solchen verfiel, die außer einem schnittigen Auftritt wenig zu bieten hatten, zum Beispiel diesem singenden Weiberhelden Sigismund Pilinszky. Als Lottes Ehemann sich mit dem Nebenbuhler heimlich duellieren wollte, kam auf, dass der letztendlich nur an Knaben interessiert war. Prompt kursierte das Gerücht, deshalb habe der schöne Sigi in Bayreuth bei dem weniger schönen Siegfried, Wagners Sohn, so hervorragende Karten, und die Damen fielen von ihm ab, zuallererst die Lehmann.

Gut, sie hatte abgespeckt, das war unübersehbar. Kommer hatte längst davon gewusst. Dreißig Pfund sollte sie verloren haben in irgendeinem Sanatorium in Ägypten. Doch angeblich noch jenem Fritz zuliebe, der es vorzog, Göring, nicht Lotte die Treue zu halten. Immerhin, das gab jeder zu, hatte Fritz dafür gesorgt, dass Lotte besser aussah. »Daran sieht man, dass Frauen ihre Affären brauchen«, hatte Kommer erklärt. »Sie nehmen ab und blühen auf.«

»Dann braucht Frau Mahler dringend eine Affäre«, hatte Weill gesagt.

Doch es war nicht die Kur der Diva, sondern Toscaninis Entgegenkommen, was in Eleonora den Verdacht nährte, zwischen den beiden sei etwas entstanden. Während Florestan klagte und Leonore kämpfte, liefen Eleonoras Gedanken hin und her in diesem Geviert. Sicher entsprach umgekehrt auch Arturo, klein und trotz der athletischen Schultern fast schmächtig, nicht dem Geschmack der Lehmann, die sich nur neben Offizierstypen mit fleischgewordenen Epauletten als Frau zu fühlen schien. Aber zwei Menschen, die seit Jahren schon ihre Ehe nur noch der Form halber aufrechterhielten und die das Gefühl, begehrt zu werden, brauchten, um beseelte Musik zu machen, zwei, die besessen von Vollkommenheit unter der eigenen körperlichen Unvollkommenheit litten – konnten die sich nicht doch finden? Neunzehn Jahre jünger war die Lehmann als Toscanini, für ihn, dessen Geliebte üblicherweise seine Töchter, auch seine

Enkeltöchter hätten sein können, nicht ungewöhnlich. Durch Giulietta, ihre Mutter, die Toscanini seit Jugendzeiten kannte, war Eleonora über die Affären des Maestro bestens unterrichtet. Hatte sie aber als Mädchen und noch als junge Frau die Geschichten über Arturos Liebschaften aufgesogen wie Märchen und Legenden aus fernen Ländern und Zeiten, hatte das alles für sie nun Brisanz gewonnen. Und jede zusätzliche Nachricht eine persönliche Bedeutung.

Dass Lotte Lehmann jetzt in Salzburg vor Journalisten bekannt hatte, sie, die weltweit gefeierte Leonore, fühle sich bei Klavierproben mit dem Meister wie eine unerfahrene Schülerin, war sicher ein Kitzel für ihn. »Liegt eine Frau einem Mann zu Füßen, dann fühlt er sich auch als Zwerg noch größer«, hatte Francesco gelästert. Und dann beschäftigten Eleonora jene Indizien, die sogar den Boulevardschreibern in Wien nicht entgangen waren. Wie war das noch einmal? »Zeichen hingebungsvoller Entrücktheit« wollten sie in Toscaninis Gesicht entdeckt haben, als die Lehmann sang. Eleonora sah die Freudenhaus-Madonna vor sich und Berninis schmachtende Theresa im Petersdom. »Wenn das die heilige Ekstase ist, dann kenne ich sie auch«, ging es ihr wieder durch den Kopf.

Ob ihre Mutter das aus eigener Erfahrung wusste? Die hatte, kaum kam das Gespräch darauf, immer behauptet, Toscanini suche in der Liebe vor allem eines: sich selbst leidenschaftlich zu erleben. »Carla muss das verstehen«, hatte Giulietta von Mendelssohn erklärt, »aber sie will nicht. Er hat seine Rosina Storchio, seine Geraldine Ferrar und alle nebenher, vorher oder nachher nötig gehabt als Brennstoff. Es geht ihm doch nicht um die Frau, es geht ihm um ihre Wirkung auf ihn.«

Offenbar brauchten Männer aus denselben Gründen Affären wie Frauen, sie blühten auf.

Jetzt wartete Eleonora zwischen den übrigen Gästen auf ihn, den sie seit dreißig Jahren kannte, seit ihre Mutter sie als Fünfjährige, eine Puppe im weißen Sommerkleid, dem Dirigenten auf den Schoß gesetzt hatte. Doch Eleonora wartete anders. Es waren nur wenige, denen auffiel, wie sie dastand, reglos, die Schultern hochgezogen, das Gesicht voll angespannter Aufmerksamkeit, den Blick zur Eingangstür des Saals gerichtet, auch während sie mit jemandem sprach oder Champagner trank. Sie hatte Toscanini in die Villa der Baronin Baillou, wo er während der Festspielzeit wohnte, diskret verpackt ein Gemälde von Guardi schicken lassen, kleinformatig und unbezahlbar, eine jener venezianischen Veduten des Settecento, die Arturo so leidenschaftlich sammelte wie Briefe von Leopardi, Verdi oder Mozart. Sie hatte auch einen Brief beigelegt, in dem sie ihm verriet, dass nach ihrer ersten Ehe mit Fischer nun auch die zweite gescheitert und sie von dem Rittmeister so gut wie geschieden sei. Er sollte wissen, dass sie nun frei war, frei für einen Aufbruch, bereit, alles zu verlassen, alles aufzugeben. Die Grunewald-Villa in Berlin, Schloss Kammer, ihr Paradies am Attersee, die vertrauten Freundeskreise in Deutschland und Österreich, die Arbeit als Schauspielerin und all das, was jenes alte Europa ihr bedeutete.

Geantwortet hatte er darauf nicht. Weder auf das Geschenk noch auf den Brief hatte er reagiert.

»*Maria gratia plena* ...« hörte Eleonora die Putzfrau in der Kapelle singen. Eine gnadenreiche Mutter, ob sie eine heilige war oder eine irdische – vielleicht sehnte sich jeder danach. Und geriet dann wie Werfel an eine eher gnadenlose Ersatzmutter. Hatte ihre eigene Mutter es vielleicht hintertrieben, dass Toscanini mit der Tochter Kontakt aufnahm, zumal sie wusste, dass Eleonora, von Jessi betrogen und entnervt, auf der Suche war? Angeblich hielt sich Giulietta von Mendelssohn zur Zeit mit Cassadó, ihrem jungen Liebhaber, ebenfalls in Salzburg auf. Und warum sollte sie nicht die Gelegenheit nutzen, dem gelernten Cellisten Toscanini einen Kollegen zu empfehlen, um ihm einen noch steileren Aufstieg zu ermöglichen?

Wie üblich hatte Kommer die Tischordnung gemacht, hatte Carla Toscanini zwischen Max Reinhardt und Lothar Wallerstein, dem Regisseur dieses »Fidelio«, platziert, ihren Mann aber an einem anderen Tisch, zwischen Lotte Lehmann und Eleonora, mit der Begründung, Eleonora sei eine der wenigen hier, die perfekt Italienisch spreche und den Maestro schon seit Jahren nur noch auf der Bühne erlebt habe, nicht mehr aus nächster Nähe.

Wie würde Carla darauf reagieren, die jedes Mal zu schnauben anfing, wenn sie bei einem von Toscaninis Auftritten zwischen New York, Wien, Berlin und Luzern Eleonora im Publikum entdeckte? Und wie die Hausherrin Helene Thimig, die sich gern mit Frauen verbündete, deren Männer so umschwärmt waren wie der ihre, als könnte sie eine Allianz zur Abwehr geschlechtlicher Untreue mit denen bilden? Was vor allem wusste Lotte Lehmann von der Beziehung zwischen dem Maestro und Eleonora? Davon, dass Eleonora fast überall hinreiste, wo Arturo zu erleben war?

Von ihm selbst wusste sie bestimmt nichts, denn Toscanini war nur in der Musik und der Politik ein großer Verfechter von Wahrhaftigkeit. Seine Geliebten verleugnete er immer mit ebenso viel Hartnäckigkeit voreinander wie sie alle zusammen vor seiner Ehefrau Carla. Keiner gestand er ein, dass er mit einer anderen etwas gehabt oder im Sinn hatte; als wollte er verhindern, dass sich im Lager der Liebhaberinnen Fronten bildeten. Manchmal, wenn Eleonora ihn aus dem anonymen Dunkel heraus bei Proben im Kreise seiner Solistinnen beobachtet hatte, argwöhnte sie, die könnten alle irgendwann mit ihm eine Liebesaffäre gehabt haben.

Eleonora sah umher in dem sich füllenden Marmorsaal. Und auf einmal beschlich sie das Gefühl, hier in dieser Versammlung von Menschen, die so vieles zu verbinden schien, sei jeder einsam und keiner traue dem anderen. Sie verfolgte Molnárs verstohlenen Blick auf Lili Darvas, den von Lili auf Helene, den von Helene auf ihren Bruder Hermann, den von Hermann auf Kommer, den von Kommer auf Reinhardt und den von Reinhardt auf Molnár. »Wie ein Bühnenstück«, hörte sie Francescos Stimme an ihrem linken Ohr, »bei dem noch nicht entschieden ist, ob es tragisch oder komisch endet. Aber wir müssen die Darsteller dringend aufmischen, sonst wird es gähnend langweilig. Die haben alle nur den guten Willen, sogar den allerbesten Willen, sich zu betrügen, aber keiner traut sich.«

»Wie steht es denn mit dir selber? Dir fehlt es ja an Kandidaten.«

»Ja, ich befürchte es gelingt mir nicht, Toscanini von meinen Reizen zu überzeugen. Wenn es sogar Horowitz, der deutlich besser Klavier spielt als ich Cello, nicht geschafft hat und sich mit Toscaninis Tochter getröstet hat . . .«

»Francesco!«, zischte sie.

In diesem Augenblick betrat Toscanini den Saal, wie immer in seiner maßgeschneiderten schwarzen langen Alpakajacke mit Stehkragen zur gestreiften Hose und hochglänzenden Stiefeletten, deren Absätze ihm die

Gnade von fünf Zentimetern gewährten. Zerbrechlich wirkte er zwischen der Lehmann und ihrem Florestan Andreas von Rösler. Die Gäste applaudierten. Toscanini machte eine ärgerliche Geste und wurde von Kommer zu seinem Tisch gebracht. Und Eleonora, die noch abseits stand, wunderte sich einen Augenblick lang, warum dieser Mann mit dem weißen Haarkranz, den weißen Brauen und dem weißen Schnurrbart, mithilfe einer Brennschere hochgezwirbelt, sie erregen konnte. War es der Ausdruck seines Körpers, diese Gespanntheit vom Scheitel bis zur Sohle? War es die Mischung aus Traurigkeit und Besessenheit in seinen tiefliegenden Augen? War es diese eigenartige Unnahbarkeit, die ihn ebenso umgab wie Reinhardt?

Eleonoras Lippen öffneten sich und die Pupillen weiteten sich.

»Lauter Süchtige hier, merkst du das? Das lässt hoffen«, kam es leise von Francesco. »Du vergehst ja unübersehbar vor Sehnsucht nach Toscanini, Reinhardt wie üblich vor Sehnsucht nach einer Gala von vollendeter Schönheit, Alma bebt vor frommer Sehnsucht nach Bénédictine, Werfel nach Heiligsprechung durch den Oberrabbiner, ich nach Koks und einem Kerl.« Er holte Luft. »Und Toscanini vor Sehnsucht nach irgendeiner Frau, die ihm heute Nacht beweist, dass er erst dreißig ist.«

»Was meinst du mit irgendeiner Frau?«

»Ach, Ele«, stöhnte er leise und gab sie an ihrem Tisch ab.

Der Geruch von Eau de Cologne d'Orsay stieg von Toscanini auf, und Eleonora schwindelte es. Beim Küssen damals hatte sein Schnurrbart danach geschmeckt, was unangenehm seifig auf der Zunge war. »Als Sohn eines kerkererprobten Schneidermeisters ohne Geld und

Zähne, mein Liebes«, hatte er ihr damals erklärt, »hast du später eine Sucht nach Eleganz bis ins Detail. Und wenn du als Internatsschüler auf schimmelnden, verwanzten Schlafsäcken geschlafen hast, dann bist du auch süchtig wie ein Sultan auf Körperpflege bis zum kleinen Fußnagel.« Wie lange war das her? War sie noch ein Kind gewesen oder nicht mehr ganz?

Eleonora sah seinen großen, schönen, blassen Händen beim Gestikulieren zu, als könne sie an deren Bewegungen ablesen, ob er der Lehmann zugetan oder ganz verfallen sei. Doch Toscanini neigte sich zu Eleonora, erkundete von ihr freundlich, was man über diese Ärsche in Bayreuth rede, welcher gewissenlose Trottel dort jetzt dirigiere und ob sicher sei, dass der widerwärtige Tietjen oder der wankelmütige Furtwängler keinen Fuß auf den Salzburger Festspielboden setze. Er legte seine Hand auf die Brust. »Du bist mein Gewissen, Eleonora. Du hast mir die Augen dafür geöffnet, dass Winifred Wagners Herz sehr viel lauter und sehr viel länger für Hitler schlägt als für Toscanini. *Corpo del vostro* ... Ich liebe Wagner. Und ich finde diese Walküre Winifred großartig, sie ist ein Weib, das die Erde beben lässt. Aber wenn das alles stimmt ...«

»Es stimmt jedenfalls«, sagte Eleonora, »dass Hitler ›Mein Kampf‹ auf Bayreuther Bütten geschrieben hat. Ich weiß es aus zuverlässiger Quelle. Der grüne Hügel ist längst braun.«

»*Chè vergogna!*«, stöhnte Toscanini. »*Grazie à dio.* Nein: *Grazie à* Eleonora. Du hast mich davor gewarnt, dass sie ausgerechnet mich zur Attraktion für die judenfreien Festspiele des Tausendjährigen Reiches machen wollten. Ich gestehe es ja: ich war umnebelt vor Stolz, der erste nicht deutsche Dirigent in Bayreuth zu sein ...«

Es war, als existiere die Lehmann an seiner anderen Seite gar nicht mehr. Eleonora spürte die Blicke der Signora Carla vom Nachbartisch. Es waren keine wohlwollenden Blicke.

»Was hast du? Bist du eifersüchtig auf die Lehmann?« Toscanini tätschelte ihre Hand. »Bambina, bei mir bekommt keine Sängerin eine Rolle, weil sie mit mir die Nächte verbringt, und keine wird abgelehnt, weil sie die Nächte nicht mit mir verbringen möchte.«

Das glaube sie ja, erklärte Eleonora, ohne den Blick vom Teller zu heben, aber dass er für sie die Leonoren-Arie nach Es-Dur transponiert habe ...

»Es gibt Situationen,« unterbrach er sie, »da macht sogar ein Toscanini Zugeständnisse, des Klangs und damit des Werkes wegen. Aber mein einziges Liebesverhältnis, glaub mir, ist das zur Musik.«

Eleonora löffelte Kaviar und sauren Rahm von ihrem Kristallteller. Warum leistete sich Reinhardt, wenn er von ihr Geld brauchte, Kaviar? Und warum leugnete Toscanini ihr gegenüber seine allseits bekannte sexuelle Begehrlichkeit? Weil er etwas von ihr wollte oder weil er nichts von ihr wollte? Er musste doch davon ausgehen, dass sie als Tochter einer Giulietta von Mendelssohn, geborene Gordigiani, unterrichtet war. Der hatte Arturo schon vor mehr als zwei Jahrzehnten geklagt, seine Carla lasse ihn nicht mehr ran.

Wie fast jeder Opernbegeisterte in Italien hatte auch Eleonoras Mutter sich damals genüsslich darüber verbreitet, dass eine von Toscaninis Nebenfrauen, die Sopranistin Rosina Storchio, im März 1903 ein Kind von ihm bekommen hatte, einen Sohn namens Giovannino. Das Gerede bewog Toscanini aber keineswegs dazu, sich von der Geliebten zu trennen. Obwohl die Storchio verschwiegen war, hatte es dann kein Jahr später einen Skandal sondergleichen gegeben, als bei der Mailänder Premiere von Puccinis »Madame Butterfly« die Storchio in der Titelrolle auf der Bühne stand. Es war nur ein Luftzug, der ihren Kimono um die Leibesmitte bauschte, aber das Publikum war bereits erregt, entrüstet über diese Oper und geladen mit Zorn. Da genügte solch ein Zwischenfall, um die Stimmung explodieren zu lassen. »... è cinta« – »sie ist schwanger«, schrie einer aus dem Publikum, »il bambino di Toscanini«. Die Musik ging unter in Pfiffen, Getrampel und Gebrüll. Carla Toscanini, noch immer eine schöne Frau, nicht älter als die Geliebte ihres Mannes, hatte auf die öffentliche Erniedrigung angeblich mit einer Scheidungsforderung reagiert. Als kurz darauf Giorgio, das dritte Kind der Toscaninis, mit viereinhalb Jahren an Diphtherie starb, redete sich Arturo, mehr abergläubisch als gläubig, ein, Giorgios Tod sei Gottes Strafe für seinen Ehebruch. Er wurde aufgefressen von seinen Schuldgefühlen. Für seine Arbeit verheerend. Da offenbar hatte Carla, ob aus Mitleid oder aus Vernunft, Gnade walten lassen. Achtzehn Monate später, Wahrzeichen der geretteten Ehe, kam Wally zur Welt. Doch schon kurz nach deren Geburt zeigte sich, dass Toscaninis Leidenschaft stärker war als seine Reue. Es bereitete ihm keine Schwierigkeiten, weiterhin gleichzeitig hingebungsvoller Vater und Liebhaber begabter Sängerinnen zu sein. Damals hatte sich Carla, noch keine dreißig Jahre alt, zurückgezogen und mit der Vernachlässigung ihres Äußeren begonnen. Das war ihr so mühelos gelungen wie ihrem Ehemann die Fortsetzung seiner Affären, wobei den kausalen Zusammenhang zwischen beidem nur Toscanini nicht erkennen wollte.

Da saß er nun neben Eleonora, so wenig ermüdet, als habe der Tag gerade erst begonnen. Achtsam zerschnitt er das Kalbfleisch, das es seinetwegen gab. »Am Abend speist der Maestro leicht«, hatte Kommer der Küche mitgeteilt. »Auch der Wein hat leicht und trocken zu sein, weil er hinterher noch im Laufschritt an der Salzach entlangrennt.«

Auf die gegenüberliegende Seite des Tisches hatte der Majordomus Berta Zuckerkandl gesetzt, den meisten Gästen hier vertraut durch ihren Wiener Salon, rechts neben sie Werfel und Alma, deren erste Ehe mit Mahler in eben jenem Salon eingefädelt worden war, links neben Berta saß Meyer Weisgal. Berta, in einem einfachen weißen Kleid und dem vollen, nachlässig hochgesteckten Haar eher einem Mädchen als einer siebzigjährigen Dame ähnlich, wandte sich ungeniert an den Maestro. »Wunderbar haben Sie das Verdi-Requiem dirigiert bei der Beerdigung von Dollfuß letztes Jahr, zu Tränen rührend.« Ihr Englisch klang wie Französisch, aber Toscanini verstand sie. Auch Weisgal. Er starrte Toscanini an. »Was? Sie haben diesen Faschisten geehrt? Und diesem diktatorischen Vornehmtuer von Schuschnigg damit auch noch einen Dienst erwiesen? Sind hier denn alle blind? Dabei habe ich gerade von der Dame an meiner Seite gehört, Maestro, wie treu Sie zu meinen jüdischen Freunden in Deutschland gehalten haben.«

»So schlecht war Dollfuß nicht«, meldete sich Berta, »erst als er letztes Jahr im Februar mit Maschinengewehren auf die Arbeiterhäuser hat schießen lassen. Aber noch im Sommer davor, als er sich in einem Sanatorium erholt hat, das meiner Familie gehört, haben wir viel über seine Hoffnung gesprochen, bei den westlichen Demokratien ökonomisch und moralisch Unterstützung zu finden.

Und Schuschnigg, der hat Stil und Erziehung. Vor allem, ein Antisemit war der Dollfuß nicht, und sein Nachfolger ist es erst recht nicht.«

»Schuschnigg ist ein reiner, außerordentlicher Mann, der aus selbstloser Vaterlandsliebe die Last auf sich genommen hat ...«, fing Werfel mit vollem Mund zu sprechen an.

»Was reden Sie da?« Eleonoras Stimme war ungewohnt scharf.

Lotte Lehmann richtete sich auf. Ihre Stimme klang mütterlich. »Können wir die Politik an diesem Abend einfach einmal vergessen?«

Weisgal starrte sie an. »Die Politik vergessen? Sind Sie naiv oder sind Sie ...«

Berta legte eine Hand auf seinen Unterarm und schaute Toscanini an. »Haben Sie gelesen, was Stefan Zweig über Ihren ›Fidelio‹ geschrieben hat?«

Toscanini schüttelte seine Rechte, als wolle er davon etwas Unangenehmes wegschleudern. »Bleiben Sie mir mit diesem Zweig vom Hals. Ich war gern bei ihm in seinem Poschinger *castellino,* aber das möchte ich am liebsten aus meinem Gedächtnis löschen. So viel Genie und kein Charakter. Er hat seine Frau für eine andere verlassen. Von dem will ich nichts mehr wissen. Ein ehrlicher Mann kann sich eine Geliebte nehmen, aber er darf sein ganzes Leben lang nur eine Frau haben. Und damit basta!«

Eleonora betrachtete ihn von der Seite. Sein Knie berührte wie unabsichtlich das ihre, seine Hand hatte er wieder auf ihre gelegt.

»Aber Sie sollten das lesen«, redete Berta weiter. »Von einem Fidelio-Wunder hat er geredet und davon, dass Ihre Werktreue uns in einer tief verwirrten, ungläubigen

Zeit wieder Ehrfurcht lehre. Ehrfurcht vor den heiligsten Werten.«

»Womit er«, raunte die Stimme von Francesco, der als Zaungast hinter dem Stuhl seiner Schwester stehen geblieben war, »den Wert der Treue meint, nicht wahr, der Gattentreue, die Frau Lehmann so großartig beschwört? Und da ist unser Maestro natürlich Experte.«

Eleonora strafte ihn mit einem Blick, Toscanini wandte sich nicht zu ihm um, sondern aß eine Erbse nach der anderen. »Mein Lieber«, sagte er schließlich, »Zweig versteht mich offenbar besser als du. Ich bin ein treuer Mensch, ich halte mich an meine Regeln, und ich halte dem Kunstwerk bedingungslos die Treue. Ich habe es auch hier in Salzburg geschafft, dieser Unsitte des Zuspätkommens ein Ende zu bereiten. *Una vergogna!* Wenn der Beginn einer Vorstellung auf sieben angesetzt ist, dann beginne ich um sieben. Ich denke nicht daran, auch nur eine Sekunde auf irgendwelche Gäste zu warten. Das Publikum, auch ein internationales mit hervorragenden Wagenmarken, hat auf das Kunstwerk zu warten. Wer zu spät kommt, missachtet die Kunst. Ich hasse Nachlässigkeit und Faulheit. Weil beides das Gegenteil von Liebe ist. Liebe zeigt sich in Zuverlässigkeit und Demut.«

»Nachlässig und faul – bin damit ich gemeint, *caro Maestro?*«, kam es von Francesco. »Weil ich mehr Zeit mit meinen intimen Freuden als mit meinem Cello verbringe und mein Genie auf Partys besser entfalten kann als in der stillen Studierstube? Oder sind meine Schwester und ich beide gemeint als Angehörige einer – wie hieß es in Berlin immer – verwahrlosten Sippe – oder hieß es Luxusverwahrloste?«

Toscanini legte sein Besteck zur Seite. »Verstehen Sie«, sagte er in seinem rollenden Englisch, ohne jemand Bestimmten anzusehen, in die Runde, »ich mache meinen Leuten immer klar, dass Musik Leben ist. *Vita! Vita! Vita!* Blut muss in jeder Note fließen. Wenn einer das Leben nicht mehr in sich spürt, dann ist auch seine Musik tot. Verdi hat mit 74 den ›Otello‹ geschrieben. Sie glauben doch nicht, dass einer so etwas komponieren kann, wenn er sich damit begnügt, das ›Ave Maria‹ zu beten.«

Alle Blicke hingen an ihm. Nur Berta Zuckerkandl wagte es, ihn zu fragen: »Aber wenn Sie, schon aus rein beruflichen Gründen, das Feuer der Liebe brauchen, um zu brennen für die Musik, wie können Sie dann treu sein?«

»Ah, was sind das für Vorstellungen von Treue! *Poverini!* Seinen Überzeugungen muss man treu bleiben. Vor vier Jahren haben mich die Schwarzhemden zwingen wollen, in einer Scala-Aufführung die ›Giovanezza‹ zu spielen, diese gottverdammte Hymne, auf die nicht einmal der Teufel scheißt. Und als ich nur ausgespuckt habe bei diesem Antrag, wollten sie die Sänger dazu überreden. Ich habe gesagt: ›Wenn ihr Künstler seid und keine elenden *ignoranti,* dann singt ihr nicht.‹ Und sie haben nicht gesungen.«

Berta hatte den Kopf schief gelegt und lächelte. »Ist ja alles gut, aber zugegeben: uns interessiert viel mehr, was eine *avventura amorosa* in einem Künstler wie Ihnen auslöst, was sie bewirkt.« Bei dem italienischen Wort mitten in Bertas englischem Satz traf Eleonora wieder Carlas Blick. Sie wandte den Kopf zu ihr, sah Carla aufstehen, in ihren zu schweren Pumps zur Saaltür gehen, wo sie kurz verharrte und sich umblickte. Eleonora erhob sich und folgte ihr. Im Flur hatte Carla ihre Handtasche auf einen der Rokoko-Konsoltische gestellt und kramte darin. Ruckartig drehte sie sich um. »Ich habe Sie erwartet«, sagte sie zu Eleonora und streckte ihr ein Blatt Papier entgegen. »Von Arturo. Er hat das wie so oft in seinem Morgenmantel vergessen, dummerweise ohne Couvert, ohne Adressatin. Sonst wüsste ich mehr. Vermutlich ist er noch gar nicht fertig mit diesem Brief. Aber bevor ich ihn zurückstecke, möchte ich herausbekommen, wem er gilt. Er ist auf Italienisch geschrieben. Frau Lehmann kann es also nicht sein.«

Eleonora klappte den Bogen auf, der nur zu einem Teil mit Toscaninis klarer, fester Schrift bedeckt war, elastisch, gespannt und präzise. »Dank Dir, mein Schatz, göttliche, heilige Kreatur, die mein Leben erhellt. Ich konnte Deinen Brief nicht sofort lesen, nein, ich konnte wirklich nicht. Es waren zu viele neugierige, profane Augen um mich …«

Eleonora stand still. Carla durfte ihr nicht anmerken, welche Erregung, welches Glück sie verspürte.

Carla griff noch mal in die Tasche. »Und diesen Entwurf, ebenfalls italienisch, hat er in einem Buch vergessen. Er hat sich da ein paarmal verschrieben. *Prego.*«

Eleonora hob den Blick nicht vom Papier. »Meinst Du nicht«, las sie, »dass ich mich wie ein Kind aufführe? Wie kann ich vergessen, dass ich 68 bin? Und ich habe den Nerv, ein Geschöpf zu lieben, das meine Tochter sein könnte. Wie kann ich mich nicht meiner selbst schämen!!! Es ist so viel unausgedrückte Musik in meinem Herzen, und Du lässt es nie gehörte Melodien singen. Carla hat mich nie verstanden. Sie hat nie versucht, etwas Besseres aus sich zu machen, aber sie war immer gut und ehrlich. Nur ist das in einem gemeinsamen Leben eben nicht alles.«

Die Hand, die den Brief hielt zitterte.

»Wie alt sind Sie?«, fragte Carla.

»So alt wie das Jahrhundert, fünfunddreißig.«

»Sie sind drei Jahre jünger als unsere Ehe. Und jung genug, um überall einen guten Mann zu finden, der noch nicht verheiratet ist.« Sie nahm Eleonora die beiden Blätter aus der Hand, steckte sie ordentlich in ihre Tasche zurück und verschloss diese entschieden. Wortlos tappte Carla Toscanini mit kurzen Schritten zurück in den Saal.

Elonora hielt sich an dem Konsoltisch fest. Nein, sie konnte jetzt nicht an die Tafel zurückkehren, jeder würde es ihr ansehen.

Sie zog sich die seidene Stola fest um die Schultern, ging die Treppe hinab, hinaus in den nächtlichen erleuchteten Garten und dann hinüber in das Gartentheater. Ja, hier wird wirklich eine *commedia umana* gespielt, dachte sie. Und jeder versucht, seine Absichten zu verbergen. Sie schloss die Augen. Jeder Satz Arturos an diesem Abend bekam nun einen anderen Klang, jede seiner Bewegungen erschien nun in einem anderen Licht.

Als Eleonora zurückkehrte ins Haus, war die Tafel aufgehoben. Die meisten der Gäste, die nicht hier draußen wohnten, waren zurückgefahren in die Stadt, in ihre Hotels oder Privatunterkünfte. Auch das Ehepaar Toscanini war bereits aufgebrochen. Kommer überwachte das Löschen der Kerzen im Marmorsaal. »Sie haben Ihre Tasche vergessen«, sagte er zu Eleonora. »Die anderen sitzen in der Bibliothek. Beehren Sie uns auch noch?« Er schaute sie mit zusammengezogenen Brauen an. »Sie sehen schön aus, liebe Ele.«

»Ich weiß«, sagte sie.

VI.

Dass die Leute in Salzburg sich das Maul zerrissen über die langen Nächte auf Leopoldskron, war nicht erstaunlich. Schließlich bekamen sie es mit, dass prominente Gäste von dort regelmäßig während der frühen Morgenstunden im Bahnhofsrestaurant eintrudelten, um die Zeit bis zum ersten Zug zu überbrücken im einzigen Lokal der Stadt, das durchgehend geöffnet hatte. Es entging weder den Portiers noch den Straßenkehrern, weder den Putzfrauen noch den Zeitungsverkäufern, dass die teuren Limousinen von draußen oft erst um vier Uhr morgens wieder vor dem Bristol, dem Hôtel de l'Europe oder dem Salzburger Hof vorfuhren. Von Exzessen und Orgien redeten die Salzburger, bei denen der Jude Reinhardt ihr Geld verschwende, und »Der eiserne Besen«, das Salzburger Wochenblatt für Stadt und Land, schrieb, was sie fast alle dachten. »Ausmisten! Entfernt den Unrat aus deutschem Land! Hinaus mit den Hyänen, Vampiren und Molochs! Vernichtet das Ungeziefer!« Doch solche Schmähungen regten die Phantasie ebenso an wie das, was an Nachrichten aus dem Schloss nach außen drang. Der Tischlermeister Widerin hatte erzählt, er habe draußen eine Bibliothek eingebaut aus teuersten Hölzern, genau nach dem Muster der Klosterbibliothek von Sankt Gallen gefertigt. Dass dort, wo ein bekanntlich jüdischer Schlossbesitzer viele jüdische Gäste bewirtete, gotteslästerliche schwarze Messen zelebriert wurden, lag ja wohl nahe.

Als Eleonora die Bibliothek betrat, fragte sie sich, ob die Gerüchtemacher wohl enttäuscht oder begeistert wären von dem Anblick, der sich hier bot.

Bis auf Francesco machte jeder der Männer, der einzigartigen Männer in dem klösterlichen Raum dasselbe, obwohl sich das hier nicht gehörte. Weill ebenso wie Reinhardt, Molnár und Weisgal ebenso wie Werfel oder Kommer. Jeder hatte seine Lippen geschürzt und sog stumm mit halb geschlossenen Lidern an einer, ob sie blond oder braun, dicker oder schlanker war, sich seidig glatt oder etwas rauer anfasste. Die Havannas waren alle von erster Qualität. Der Humidor von Max Reinhardt, ein foliantengroßer Kasten aus Walnusswurzelholz, war wie immer mit Kennerschaft gefüllt. Warum es der Hausherr erlaubte, sogar anregte, dass in seiner Bibliothek zum Cognac oder Armagnac schwere Importzigarren geraucht wurden, verstand seine Frau nicht und seine Sekretärin Gusti Adler noch weniger. Nicht allein, weil die größtenteils kostbaren Bände darunter leiden mussten, auch weil die hölzernen Einbauten etwas mehr Respekt erfordert hätten. Regale mit geschwungenen Bekrönungen und blattvergoldeten, handbeschrifteten Schildern, schellackpolierte Säulen dazwischen, darüber exakt in den Formen des Barock gefertigte Geländer und Putti, alles von Reinhardts Berliner Architektenfreund Breslauer nach dem Schweizer Vorbild entworfen. Der Salzburger Tischler hatte sich gewundert, dass der jüdische Herr Professor Reinhardt sich ausgerechnet in eine katholische Bibliothek verguckt hatte, aber sein Auftraggeber hatte ihm erklärt: »Schönheitssinn, mein Guter, kennt keine Grenzen, weder konfessionelle noch politische, keine Sprachgrenzen und keine Standesgrenzen.« Als der Tischler das in Salzburg erzählt hatte, hieß es:

»... und auf Leopoldskron vor allem keine Schamgrenzen, was?«

Lili Darvas war die einzige der anwesenden Damen, die sich eine Havanna hatte anstecken lassen.

»Sie will es wissen«, sagte Molnár, als Lili nochmals Feuer gegeben wurde.

»Sie alle hier wollen es wissen«, sagte Weisgal. »Sie reizen hoch, wenn Sie im Jahr 1935 immer noch hier sitzen, als wäre die Welt in Ordnung. Ich habe diesen kulturgeschichtlichen Rundumschlag von Ihrem Freund Friedell gelesen, guter Max. Das ist doch Wahnsinn, was da so ganz beiläufig geschrieben steht! Dieser Friedell, dieses Monster an Belesenheit, träumt von einem Diktator nach antikem Vorbild, einem Mann voll Einsicht, Güte und Weisheit, der von Gott gewählt ist und seine Liebe der ganzen Welt schenkt. Ich bitte Sie! Als bekennender Jude im Wien von heute träumt er ...«

»Hat er geträumt«, kam es von Berta Zuckerkandl. »Ich habe ihm oft gesagt, dass es keinen Führer gibt, dessen Evangelium nicht der Hass ist. Er sagte, so einer dürfe niemals Diktator werden.« Berta schaute in die Runde. Warum redeten die anderen Frauen nicht? Was ließ sie hier auf einmal schweigen? Fühlten sie sich fehl am Platze oder überlegen?

Lili rauchte, Alma trank und schaute auf ein Regal, als schaute sie weit hinaus aufs Meer, Eleonora lehnte im Sessel mit halb geschlossenen Lidern, Helene blickte wach von einem Redner zum nächsten, warf aber nicht die kleinste Bemerkung ein. Berta zog ihr Kleid über die Knie. »Aber als dann vorletztes Jahr Hitler in Deutschland an die Macht gekommen ist – ein Mann, der sein Leben lang nichts als Hass gepredigt hat und predigen wird, Hass gegen Juden, gegen Franzosen, die den Krieg gewonnen haben, gegen die Engländer mit ihren vielen Kolonien, gegen Kommunisten, gegen die ganze Welt –, also da hat es Friedell auch geglaubt.«

Weisgal beugte sich vor. »Ach, wie unerwartet und scharfsichtig«, höhnte er. »So weit muss es kommen, damit große Denker umdenken.«

Ein Mädchenlächeln schien auf in Bertas altersweichem Gesicht. Das hochgesteckte Haar hatte sich zum Teil gelöst, die Sandalen hatte sie abgestreift, und ihre kleinen, blassen Füße standen nackt auf dem gebohnerten Parkett mit intarsierten Sternen. »Mich, lieber Weisgal, schimpfen sie eh schon die Wiener Kassandra, weil ich den meisten zu pessimistisch bin. Sie selber sind zionistisch, und der Friedell, so traurig er meistens dreinschaut, ist eben in manchen Dingen optimistisch. Als die Leute nach der Ermordung von Dollfuß überall im Land Kerzen in die Fenster gestellt und spontan Gedenkandachten gehalten haben, hat er gesagt: ›Siehst du, ich hab' recht.‹ Er glaubt einfach, und das glaubt er nach wie vor, dass Österreich sich nun ein für allemal zur Treue zu sich selbst bekennen wird.«

»Das Gerede von der Treue«, sagte Weill und paffte hinauf an die stuckierte Decke, »entnervt mich zunehmend. Diese deutsche Nationaltugend ist gespenstisch. Auf den Koppeln der SS steht: ›Unsere Ehre heißt Treue.‹ Und Gefolgschaftstreue ist Zeichen einer servilen Dummheit, die mir Angst macht. Denn Treue ist eine Tugend, die eines nicht braucht: den kleinsten Funken Verstand.«

»Was leider nicht bedeutet, dass die chronisch Untreuen vor Intelligenz nur so funkeln«, sagte Molnár, ohne die Zigarre aus dem Mund zu nehmen, und sah seiner Frau zu, deren Havanna zwischen den kirschfarben geschminkten Lippen feucht und rot war. Eleonora hatte auf dem einzigen freien Stuhl, direkt neben ihrem Bruder Platz genommen und ließ ihren Blick wandern von Almas willensstarkem Gesicht mit den zerfließlichen hellen Augen, über das vereinsamte Gesicht von Molnár, bis zu dem von Kommer, der seine Resignation als Gelassenheit zu maskieren versuchte.

»Wer sich an niemanden bindet, kann auch nie verlassen werden«, sagte Kommer im Lustspielton. Wer Kommer kannte, wusste über sein Dasein ohne jede körperliche Liebe Bescheid, was ihn nicht daran hinderte, die Nähe angebeteter Schönheiten zu suchen. Fast jede der Frauen hier, die genügend äußere Reize besaßen, um damit für Kommers Aufmerksamkeiten zu bezahlen, hatte ihm schon intime Geheimnisse gebeichtet. Und das Lächeln, mit dem er zuweilen eine der anwesenden Damen betrachtete, war das eines Analytikers, der es genoss, mehr über sie zu wissen als ihr Ehemann oder Liebhaber. Längst hatte Reinhardt einsehen müssen, dass dieser mittellose Bukowiner aus Czernowitz, der seit seiner Zeit als Londoner Berichterstatter kein festes Arbeitsverhältnis gekannt hatte, bis Reinhardt ihn rettete, seine Stellung hier zu einer Machtposition ausgebaut hatte.

»Aber was haben Sie dann vom Leben?« Wegen der schummrigen Beleuchtung war nicht auszumachen, wie Weills Augen hinter den dicken Gläsern bei diesen Worten dreinschauten. »Wer Versuchungen nicht erliegt, Kätchen, der lässt sich die delikatesten Erlebnisse entgehen. Dass jemand jung ist, erkennst du daran, dass er treu sein will, es aber nicht kann. Dass du alt bist, erkennst du daran, dass du gern untreu wärst, aber es nicht bist.«

Berta betrachtete nachdenklich Weill, dann Molnár

und meinte leise: »Ja, Sie kokettieren gerne mit der Untreue, weil das aktuell ist, kess wie die neueste Berliner Mode. Aber ich glaube, dass jedem Menschen das Betrogenwerden wehtut. Auch demjenigen, der vorgibt, er sei darüber erhaben. Dem gerade.«

»Ach warum so blumig, Frau Hofrätin.« Francesco beugte sich zu Berta. »Hier wird so vieles angesprochen, aber besprochen wird fast nichts. Und wenn Sie meinen, dass unserem roten Kurtchen eine Lotte Lenya lieber wäre, die weniger Ruhm, aber auch weniger Liebhaber hätte, dann übersehen Sie eines: Die Treuen kennen nur die banale Liebe. Die Untreuen kennen den Abgrund, die Tiefe, die Tragödie. Und die muss einer kennen, wenn er Musik machen will, die nicht in Altersheimen gespielt wird oder in Nazifilmen für die ganze Familie.« Er hatte sich umgezogen und sah in seinem tiefdunkelroten Seidenjackett und den ebenfalls seidenen Hosen in Gelb befremdlich aus. Sein Zigarillo rauchte er mit einer grünlich schillernden Spitze.

»Fanden Sie Toscaninis ›Fidelio‹ denn so langweilig?«, fragte Berta.

»Prickelnd nicht, wenn ich ehrlich sein soll. Das einzig Aufregende fand ich dabei, dass ausgerechnet ein Weiberheld wie unser Maestro diese unerschütterliche Gattentreue mit so viel Überzeugungskraft vermittelt hat. Was beweist, dass die Untreuen sogar von der Treue mehr verstehen.«

Eleonora bemerkte, dass Reinhardt ihren Bruder beobachtete wie einen Schauspieler beim Probespiel, den er einfach reden ließ. Und Francesco redete weiter. »Nein, ich fand Walters ›Don Giovanni‹ in der Woche davor wesentlich anregender ... Wobei ein so mustergültiger Gatte wie Walter natürlich einen Titelhelden wie

Ezio Pinza braucht, der sich aus einem satten Vorrat an Erfahrungen bedient. Sind wir doch mal ehrlich: wen interessiert dieser brave Florestan, wen interessiert seine entsetzlich heldische Gattin wirklich? Fasziniert sind wir doch alle von einem Don Juan auf der Bühne wie in der Wirklichkeit. Weil dieser Kerl dauernd ausbricht, aufbricht, der sich seine Freiheit bedingungslos nimmt und wieder neu anfängt. Ohne sich im Geringsten mit Gewissensbissen zu quälen.« Sein Blick fiel auf Alma Mahler-Werfel, in deren Gesicht es flackerte. In Sekundenbruchteilen erhellte dieses Lächeln mit leicht gesenkten Mundwinkeln und fest geschlossenen Lippen Francesco, das so viele Männer in den Bannkreis jener Frau zog, die ihm bisher nur grotesk erschienen war: Almas Lächeln war das des Don Juan.

Francesco wandte den Kopf zu Eleonora, ein Blickwechsel verriet ihm, dass sie dasselbe erlebte. Don Juan verfielen die Frauen, obwohl sie wussten, was sie zu erwarten hatten, weil er sie zur Herrscherin seiner Lüste erhob, und sei es nur für eine Nacht oder vielleicht nur für zwei Stunden. Und Alma erhob jeden Mann, den sie liebte, zum größten Genie, peitschte ihn zur Höchstleistung, um ihn fallen zu lassen, sobald er ihr nicht mehr genügte.

Jeder in der Bibliothek musste es spüren: Alma betrat, ohne sich von der Stelle zu rühren, mit einem Schlag die Bühne. Sie war im Mittelpunkt und wusste es. »Ein Mann, der meine Treue erwartet, muss erstklassig sein. Und wenn er das nicht mehr ist –« Sie schnalzte mit der Zunge. »Treue aus Gewohnheit hat etwas Erbärmliches.« Es flackerte heftiger in Almas Miene. Werfel hatte die Ellbogen auf die Knie gestützt, das Kinn auf die ineinandergeflochtenen Hände gelegt und sah diesem Geschehen zu wie ein Kind dem aufziehenden Gewitter, angstvoll und gebannt.

Weill entging all das, er betrachtete den Fußboden. »Diese vielbeschworene Treue dient«, sagte er im Ton des kommunistischen Parteimitglieds, »doch nur der Infantilisierung der Massen.«

»Theoretisch haben Sie ja recht.« Berta zog ihre Füße hoch unters Kleid. »Aber praktisch sind die Untreuen oft besonders kindisch. Wenn ich nur an die Ausreden denke ...«

Molnár nahm sein Glas und prostete Lili Darvas zu. »Da muss ich Ihnen widersprechen, Berta. Eine Frau erreicht in der Prosa der Ehrlichkeit niemals das Niveau, das sie bei ihren Lügen erklimmt. Die kunstreichen Ausreden der Fremdgänger sind der Lohn der Betrogenen. Daran merken sie, dass man sich doch noch Mühe gibt für sie.«

Lili kicherte. Helene sah auf ihren Schoß. Eleonora und Francesco hielten einander an der Hand und starrten Alma an. »Ja, Molnár, da haben Sie recht«, kam es von der. »Erst die freie, furchtlose Beichte einer Frau sagt dem betrogenen Mann, dass er keinerlei Bedeutung mehr für sie hat. Und wenn er dann schaudernd ahnt, wie viele Male sie sich ihm widerwillig hingegeben hat, während sie an den anderen dachte, dann büßt er dafür, von ihr Treue verlangt zu haben. Und dafür, dass sie so lange in gelangweiltem Hass an seiner Seite vegetiert hat. Treue ist daran schuld, dass Frauen ihre Männer vergiften.«

Almas schwere Korallenketten bis zum Nabel hinab, die Schmucknadeln im ondulierten blondierten Haar, die übergroßen Ohrgehänge, das knöchellange Kleid in Tönen von Zinnober bis Scharlachrot – alles, was zuvor peinlich gewirkt hatte, geriet nun zum Kostüm einer Herrscherin.

»Diese klebrigen Treuen sind Ballast ...« Alma legte den Handrücken auf ihre Stirn. »Ballast, von dem sich die Seele befreien muss.«

»Hüte dich«, flüsterte Francesco seiner Schwester ins Ohr. »Sie chargiert.«

Werfel war nun mit dem Beschneiden einer neuen Zigarre beschäftigt. »Ach, ich glaube, die Treuen und die Untreuen sind einander durchaus ähnlich«, erklärte er, zog an und streckte gleichzeitig Kommer sein leeres Cognacglas entgegen. Er warf einen Blick auf Alma, nahm die Zigarre aus dem Mund und entblößte seine schwarzen Zähne zu einem Lächeln. »Die Treuen haben Angst, ihren Leidenschaften ausgeliefert zu sein, die Untreuen haben Angst, einem einzigen Menschen ausgeliefert zu sein. Und? Wo liegt der gravierende Unterschied? Sie könnten sich also durchaus verstehen, weil ihre Motive ähnlich sind. Aber leider ist das Ergebnis von einseitiger Treue tragisch: wer treu ist und betrogen wird, verstummt.«

»An der zunehmenden Länge deiner Monologe«, sagte Alma, »kann also jeder feststellen, dass ich dir treu sein muss.«

Berta saß angespannt da. »Nein, Alma, lass ihn, da hat der Franz ganz recht. Denn wer gar nicht gerüstet ist gegen Untreue, reagiert hilflos, wird er ihr auf einmal ausgesetzt.«

Alma reckte das Kinn. »Ach, was ist schon Untreue. Es ist doch auch Untreue, sich zur Treue zu nötigen. Wenn mich das Treusein anstrengt, merke ich, dass die Liebe gegangen ist.«

»Sie sprechen im Präsens, das ist mutig«, kam es von Francesco.

Helene Thimig spürte, was hier dräute. Reinhardt hatte ihr zwar untersagt, sich an Diskussionen zu beteiligen, wenn es um das Theater ging, aber das hier schien ihr eine Frage des Gastfriedens zu sein. »Werfel hat aber recht«, sagte sie hell in Molnárs dunkles Gelächter hinein. »Frau Toscanini redet fast gar nicht, es sei denn über seine Verträge, ihre Kinder oder Enkel. Sie ist wirklich verstummt. Und dabei soll sie in jungen Jahren eine temperamentvolle Schönheit gewesen sein.«

Weisgal stand auf und räusperte sich. »Verzeihen Sie, meine lieben Freunde, aber wir sind schon wieder bei der geschlechtlichen Untreue gelandet. Dabei wäre doch ...«

»Geben Sie's auf, Sie werden es nicht ändern, mein Lieber.« Lili Darvas hatte ihre Beine so übereinandergeschlagen, dass der Schlitz im Kleid die Aussicht auf ihre Strumpfbänder freigab. »Es ist nun mal so, dass die meisten Leute lieber Saltens ›Josephine Mutzenbacher‹ lesen als Wittgensteins ›Tractatus philosophicus‹. Früher haben sie sich auch lieber obszöne Legenden von Seitensprüngen und Inzest der Götter erzählt, als Diogenes zugehört. Menschen interessieren sich für Menschen, nicht für Theorien. Und nicht für Treue, sondern für Ehebruch und Pikanterien.«

»Wenn sie sich allerdings«, kam es hart von Weisgal, »nicht oder zu spät für Theorien interessieren, kann es passieren, dass sie irgendwann fürs Menschliche und Allzumenschliche keine Zeit, ich meine: keine Lebenszeit mehr haben.«

Kommer schenkte ihm unaufgefordert Cognac nach, Weisgal schwieg. Reinhardt stand auf, griff in eins der Regale, als wolle er ein Buch entnehmen. Die Bücherwand bewegte sich, öffnete sich wie eine Tür, und Reinhardt verschwand dahinter. Kurz darauf sahen ihn seine

Gäste auf der Galerie stehen und ein Buch aus einem der Regale dort oben nehmen. Alle Blicke hingen an ihm, nur die leise schmatzenden Geräusche der Raucher waren zu vernehmen und die von Gläsern, die auf dem Tisch abgesetzt wurden.

»Diese Geheimtreppe ist typisch für Sie«, sagte Weisgal, kaum war Reinhardt mit dem Band zurück an seinem Platz.

»In welcher Hinsicht, bitte?«

»Sie sind ein Mensch der Umwege und Schleichwege, ein Meister des Indirekten.«

Reinhardt war beglückt. »Ja, ganz recht. Ich bin ein alter Grenzgänger auf der schwankenden Linie zwischen Wirklichkeit und Traum. Mein ganzes Leben habe ich auf diesem Grenzpfad zugebracht und Güter herüber und hinüber geschmuggelt.«

Weisgal räusperte sich und sprach so laut, als müsse man ihn im Nebenraum verstehen. »Das hat natürlich etwas Geheimnisvolles und auch Vornehmes. Aber ich frage mich, wie lange Sie sich das noch leisten können. Es gibt Leute, denen sollten Sie Ihre Meinung sagen aus Gründen der ... sagen wir mal: der seelischen Abflussreinigung.«

Helene richtete sich auf, hustete, wedelte Schwaden weg. Ihr Bruder Hermann, der zu ihrer Rechten saß, legte seine Hand auf Helenes Rücken. Weill warf einen Blick auf das Geschwisterpaar, dann auf Weisgal. »Reden Sie von seinem Schwiegervater Hugo Thimig, der ein rührender Familienvater ist, ein mit Staatspreisen dekorierter großer Schauspieler, ein jovialer Gast, ein herzgewinnendes Original und auch ansonsten der typische Antisemit? Oder ...«

»... vom großen deutschen Mimen Werner Krauß«,

fiel ihm Francesco ins Wort, »dem Reinhardt nächstes Jahr hier rote Teppiche ausrollt – falls Goebbels ihn beurlaubt? Obwohl Krauß schon 1921 – oder war es 1922? – hergezogen ist über die Judenwirtschaft der Brüder Goldmann im Berliner Theaterwesen?«

Weisgal saß da, die kalte Zigarre in der einen Hand, den Cognacschwenker nachlässig in der anderen. Aber seine Stimme war erregt. »Ja, da sind wir, bei den Brüdern Goldmann: Warum haben Sie eigentlich Ihren Namen abgelegt, lieber Reinhardt? Aus Opportunismus? Der Klang kann nicht der Grund gewesen sein, dass Sie Ihrem echten Namen untreu wurden. Goldmann ist einfach auszusprechen, sogar für Amerikaner. Warum haben Sie – ich glaube, schon vor dreißig Jahren – Ihre ganze Sippe überredet, ebenfalls den Namen Reinhardt anzunehmen?«

»... und warum eigentlich ausgerechnet den?«, setzte Weill nach.

Reinhardt schaute seine Schuhe an, polierte schwarze Maßschuhe aus Wien. Und es wirkte, als mache ihn der Anblick traurig. »Ich wollte mich freimachen von all dem, was dem Namen Goldmann in Wien anhaftete. Für viele roch er nach dem Versagen meines Vaters im Textil- und Bettfederngeschäft, für viele nach dem ungarischen Kaff Stampfen, aus dem er kam, für manche nach dem Niedergang, den die böhmakelnde Familie meiner Mutter durchlebt hatte, für mich selber nach der Armut daheim, in der engen, dunklen Wohnung mit drei Brüdern und drei Schwestern, wo man sich auf der Bassena waschen musste, mit einer anderen Familie den Abort teilte, und wo allen das Theater so fern war wie der Mond. Den Namen habe ich aus einer Novelle von Storm, sie heißt ›Immensee‹. Dort ist Reinhardt ein hochbegabter Musiker ...«

»Hat also mit Ihnen, lieber Max, im Grunde nichts gemeinsam«, kam es von Weill.

Reinhardt sah nicht auf, während er sprach. »... der sich mit seiner Kindheits- und Jugendliebe Elisabeth ewige Treue schwört, dann seine Karriere macht und sie vergisst. Elisabeth heiratet einen einfachen, braven Mann, dem ein Gut namens Immensee gehört, da kommt Reinhardt zurück, berühmt und erfolgreich, und spürt, dass sie noch immer die große Liebe ist. Dass die glücklichsten Augenblicke seines Lebens die in der Vergangenheit waren. Er will diese Kindheit wieder heraufbeschwören. Der Ehemann gibt Elisabeth frei, die Entscheidung liegt bei ihr. Und sie entscheidet sich für ihren Mann.«

»Ich wette um einen Kasten Jahrgangschampagner 1933, dass demnächst ›Immensee‹ so verfilmt wird, wie es der Führer befahl. Wer wettet mit mir?«, meldete sich Francesco. Er stand auf und sah sich mit fiebrig glänzenden Augen um. Eleonora zog Francesco auf seinen Stuhl zurück.

»Ich möchte schon wissen, Reinhardt«, kam es von Weisgal, »was uns dann die Wahl dieses Künstlernamens sagen soll. Dass Sie der große Verlierer sind, obwohl Sie doch offensichtlich die Frau Ihrer Wahl gefunden und behalten haben?«

»Nein«, sagte Reinhardt so leise, dass alle um ihn her still wurden. »Er soll sagen, dass ich der große Träumer bin, der sein Paradies in der Kindheit sucht. Und das Theater ist der seligste Schlupfwinkel für diejenigen, die ihre Kindheit heimlich in die Tasche gesteckt haben.«

»Nur wird es brisant, wenn einer wie Sie über seiner immerwährenden Sehnsucht nach der Kindheit die Gegenwart übersieht.« Meyer Weisgal beugte sich vor. »Wir alle, die wir hier sitzen, sollten das Geplänkel um entgangene Lieben, um Seitensprünge und Eifersüchteleien vergessen, liebe Freunde. Das Gegenteil von Treue ist nicht Untreue, sondern Verrat. Und hier würde doch keiner den anderen verraten, oder?«

Sein Blick wanderte von einem zum anderen und wurde nicht erwidert. Keiner trank einen Schluck. Werfel hatte seine Hände aneinandergelegt, als wolle er ein Vaterunser beten, Alma umklammerte den Stiel ihres fast leeren Glases wie einen kostbaren Besitz, Eleonora und ihr Bruder hatten die dunkelhaarigen Köpfe zueinander geneigt, ebenso Helene und Hermann ihre blonden, Berta saß mit großen Augen da, als erwarte sie etwas Ungeheuerliches. Das Schweigen wurde hart. Da schlug Reinhardt das Buch auf, das er oben auf der Galerie aus dem Regal genommen hatte. Er blätterte. »Dass im Deutschen Wörterbuch der Brüder Grimm 155 Spalten der Treue gewidmet sind, von treu über treudeutsch bis Treugehorsam oder treuwürdig, das gibt mir schon zu denken. Und das hier habe ich eingelegt, der Hinweis auf eine Neuerscheinung des letzten Jahres: Das NS-Frauenbuch, herausgegeben im Auftrag der NS-Frauenschaft. Darin steht – ich zitiere: ›Die Treue zwischen Mann und Frau ist also nicht als eine Forderung bloß aus Gründen des Ansehens, der Bequemlichkeit oder der Zweckmäßigkeit aufzufassen, sondern sie ist vielmehr eine sittliche, das heißt innerliche, eben in der totalen Gemeinschaft beruhende Notwendigkeit. Es ist wahrlich die Treue bis zum Tode.‹«

»Und warum haben Sie das eingelegt, lieber Max?«, fragte Berta.

Reinhardt flüsterte: »Weil es mir Angst macht. Dieser Treuebefehl hört sich an wie ... wie ein Tötungsbefehl.« Er erschauderte.

»Recht so«, sagte Weisgal.

Francesco stand auf und hob sein Glas wie zu einem Trinkspruch. »Leider, lieber Freund, versauen uns die Nazis nicht nur die Lust an der Treue, das würde mich weniger behelligen, sie verderben uns auch die Lust an der Untreue. Die besudeln sie nämlich auch. Der Propagandaminister Goebbels, als Chef des deutschen Kulturlebens bis vor kurzem auch für unsereins zuständig, lässt sich mit seinen Kindlein gerne als Mustervater in den Illustrierten ablichten, aber in meinen Kreisen, meinen ehemaligen Kreisen, heißt er nur der ›Bock von Babelsberg‹. Und seine Frau pflegt ihre Haut und ihr Haar ebenso sorgsam wie ihre Bigamie. Oder auch Bormann ... Der hat seiner Frau erfolgreich klargemacht, dass sie für Heim und Brut zuständig sei und er für die Eroberung von Diseusen.« Er sank auf seinen Stuhl zurück.

Meyer Weisgal saß zusammengesunken da. Seine Arme hingen rechts und links herab, seine Stimme klang müde. »Ich glaube, wir geraten in Teufels Küche, wenn wir dauernd die Dinge vermischen. Weill, Reinhardt und ich sitzen an einem Werk, das uns zwingt, uns mit unseren Wurzeln zu beschäftigen. Da geht es um die Treue zu sich selber und um sonst gar nichts.«

Kommer spürte Almas Unruhe und versorgte sie mit Bénédictine.

Werfel erhob sich, die Hände noch immer aneinandergelegt. »Ich eröffne nun die Abschiedssymphonie.« Er machte eine Pause, um Stille einzufordern. »Alles, was ich mühsam sage, hält der Wahrheit nicht die Waage. Denn das Wissen, das ich trage, bleibt unsagbar, wenn ich's sage.«

Weisgal erhob sich und packte Werfel am Revers.

»Nein, Werfel, lassen Sie es raus, Ihr Wissen. Und auch Ihre Ahnungen. Ich habe Ihren letzten Roman, ›Die vierzig Tage des Musa Dagh‹, nicht gelesen, unter so viel Sprachgewalt bricht mein Deutsch zusammen. Aber« – er löste die Rechte von Werfels Revers und wies auf Berta – »sie sagt, das sei eigentlich Kassandras warnende Stimme, die man ihr immer nachsagt. Denn alles, was Sie darin über den Völkermord an den Armeniern sagen, könne bald für die Juden gelten. Und offenbar gibt es Leute, die das genauso verstehen wie Frau Zuckerkandl.« Erschöpft setzte er sich wieder hin.

»Ja«, sagte Werfel mit gesenktem Blick. »Die gibt es allerdings. In Deutschland haben sie den ›Musa Dagh‹ im Februar letzten Jahres, keine drei Monate nach Erscheinen, wegen Gefährdung öffentlicher Sicherheit und Ordnung verboten. Auf Verordnung des Reichspräsidenten zum Schutz des Deutschen Volkes.«

Er verneigte sich leicht. »Gott schenke uns eine gute Nacht und verschone uns von allem Übel.«

Weisgal schüttelte den Kopf. »Werfel, ich begreife nicht, was in Ihnen vorgeht. Alma, Sie als seine Ehefrau ...«

Er verneigte sich leicht. »Gott schenke uns eine gute Nacht und verschone uns von allem Übel.«

Alma machte eine Geste, als verscheuche sie eine Fliege. »Ah, die Ehe ist vom Staat sanktionierte Tyrannei, wenn Sie mich fragen, und das macht sie mir suspekt.« Sie leerte ihr Glas. »Ich will jederzeit das Recht haben, den Rausch der Liebe zu erleben, trunken und leichtfertig zu sein.« Das Fleisch ihrer Wangen und Arme war mürbe, der Lippenstift hatte sich abgesetzt in den Furchen der Oberlippe, die Konturen des Kinns waren müde. Und doch war etwas in Almas Erscheinung, das es erlaubte, sie sich in sexueller Ekstase vorzustellen. Energisch erhob sie sich und stolzierte, einem mächtigen Vogel Strauß gleich, hinter Werfel drein.

Die Tür hatte sich gerade geschlossen hinter den beiden, da zog Weill ein ausgeschnittenes Stück Zeitung aus der Innentasche seines Jacketts. »Haben Sie, guter Max, eigentlich Werfels Nachruf auf Herma Schuschnigg, die Frau unseres Kanzlers, gelesen? Kurz nach dem Autounfall hat unser Franzl sich ohne jede Not in der Wiener Sonn- und Montagszeitung ergossen.« Er fing zu lesen an. »Wer weiß, ob in dem geheimnisvollen Netz der Bestimmungen und Verhängnisse dieser Tod nicht den Sinn eines Opfers hat?« Weill sah auf. »Ja, so redet er daher, der Librettist unserer mosaischen Revue. Und er rät diesem Faschisten von Schuschnigg, er dürfe jetzt um Gottes willen trotz alledem keinerlei Schwäche zeigen.« Weill las weiter. »Die österreichische Menschlichkeit, die dieser geistige, empfindsame, unbeirrbare Mann in so hohem Grade selbst verkörpert, sie muss zum Heile Europas bewahrt und durchgesetzt werden.« Weill knüllte das Papier zusammen und warf es in den Aschenbecher. »Werfel«, sagte er leise, »ist so ungefähr das widerlichste und schmierigste Literatenferkel, das mir begegnet ist. So etwas verbreitet er, während die Opfer von Schuschniggs Diktatur, Sozialdemokraten, Kommunisten, Arbeiterkämpfer und andere Verbrecher, in Hungerstreik treten, weil sie in den Gefängnissen misshandelt werden.«

»Aufhaltelager nennt sich das«, sagte Eleonora. »Klingt doch entschieden freundlicher. Und ich frage mich, warum das erst zur Sprache kommt, nachdem unser Werfel die Tür hinter sich geschlossen hat.«

Francesco stieß sie in die Seite. »Ach, trägst du jetzt auch mal etwas bei?«

Eleonora reagierte nicht.

Weill zog ein Taschentuch heraus. »Die Frage ist berechtigt, liebe Ele. Aber ich ... ich bin wohl ein Feigling, der nur am Schreibtisch mutige Parolen von sich gibt. Ich schaffe es ja auch nicht« – er nahm die Brille ab, gab vor, sich den Nasenrücken abzuwischen, wobei er sich wie nebenbei die Augen trocknete – »Lotte zu sagen, wie sehr sie mir wehtut, wenn sie sich wieder mal mit einem anderen Mann vergnügt.«

»Ach, der Freigeist wird sentimental.« Francesco stand auf und bediente sich selbst aus Reinhardts Humidor.

»Was Werfel angeht«, sagte Berta, »können Sie sich außerdem die Aufregung sparen, lieber Kurt; das haben schon diverse Arbeiterzeitungen übernommen, die Werfel als Verkörperung der menschlichen Dreckseele bezeichnet haben. Und das wiederum finde ich abstoßend, tut mir leid. Dreckseelen haben nur die Saubermänner und Säuberungsfanatiker.«

»Viel erstaunlicher finde ich«, kam es von Molnár, »dass Werfel einen solchen Kitsch verzapft, obwohl er weiß, dass Schuschnigg eine heiße Affäre mit Almas älterer Tochter, der Anna, hatte und sich dann – ganz der fromme Christenmensch – eingebildet hat, der Tod seiner Frau sei die Strafe dafür. Über Hermas Leiche hat er mit Anna gebrochen. Wozu, frage ich mich? Dieses Opfer-Sühne-Denken ist lächerlich.«

Lili legte ihre Hand auf seinen Oberschenkel. »Das beruhigt mich, mein Guter. Aber dieses Sühnedenken steckt offenbar irgendwie in uns drin. Eleonora hat mir vorher erzählt, Toscanini habe sich schon vor Jahrzehnten eingebildet, es sei die Strafe Gottes gewesen, dass sein kleiner Sohn gestorben ist, nachdem er Carla den neuesten Skandal mit dieser Primadonna zugemutet hatte.

Aber wenn das so wäre, müssten ihm ja seither mehr Kinder weggestorben sein, als er überhaupt hat.« Sie wandte sich Weill zu, die Fingerspitzen mit den langen, tiefrot lackierten Nägeln aneinandergelegt. »Wofür, lieber Kurt, büßen Sie denn, dass Sie sich eine so innige Zusammenarbeit mit Werfel antun?«

»Für mein vorschnelles Ja zu dieser Zusammenarbeit«, grinste Weill. Aufatmend lehnte er sich zurück. »Aber ich habe Glück: Werfel ist ein Umfaller, in vielerlei Hinsicht. Er hat zwar Angst vor jeder Note Musik, aber ich habe leichtes Spiel mit ihm, weil er sofort nachgibt, wenn man fest bleibt.«

»In Treue fest«, begann Francesco zu deklamieren. Eleonora stand auf, nahm ihren Bruder an der Hand, lächelte allen zu und verließ mit ihm die Bibliothek.

»Warum ist sie eigentlich mit ihrem Bruder angereist und nicht mit ihrem Gatten?«, fragte Lili.

»Ach Lili«, sagte Helene, »der Feschak von Jescensczky, der lebt doch nur von ihrem Geld und spielt den Grüßaugust auf ihrer lächerlichen Gegenburg zu Leopoldskron am Attersee. Dort hat sie mich übrigens auch vor ihren Gästen nachgeäfft. Ich hab's nicht glauben wollen, bis sie mir die Fotos gezeigt haben.«

»Und?«, fragte Molnár. »War sie gut?«

Helene strich ihre Haare glatt und sah auf ihren Schoß. »Leider ja.«

»Deswegen«, sprach Molnár in seinen Schwenker. »Deswegen.«

»Was ich eigentlich sagen wollte«, redete Helene, die Hände zwischen die Knie gepresst, weiter, »dieser Dressurreiter von Jescensczky in seiner roten Seidenbluse ist ihr völlig egal. Lieben kann sie nur Männer, die hoch droben auf der Ruhmesbahn wandeln.«

Reinhardt zischte leise, als wolle er seine Frau zum Schweigen bringen.

Molnár ließ sich von Kommer eine neue Zigarre reichen. »Dann war die Bahn des Pianisten Edwin Fischer damals noch zu niedrig, oder? Dass sie den geliebt hat, kann ihr meines Wissens keiner nachsagen.«

Reinhardt sah in die Runde. »Wenn ich jetzt gehe, dann wird wahrscheinlich verlesen, was Karl Kraus über mich in der ›Fackel‹ geschrieben hat, und alle, die vorher noch meinen Kaviar gegessen haben, befinden, Kraus habe recht und ich sei ein geltungssüchtiger Verschwender.« Er sah aus weit geöffneten lichtblauen Augen auf Lili Darvas. »Ach Lili, es stimmt ja, was Sie gesagt haben, aber so sind wir. Es menschelt überall. Und wo die Angst am größten ist, menschelt es am meisten.«

Helene an der linken, ihren Bruder Hermann an der rechten Seite ging er, die Hände auf dem Rücken, zur Tür.

Diesmal verging immerhin eine Minute, bis Weill sich an Weisgal wandte. »Wissen Sie, ich habe das Gefühl, Max macht bei unserer gemeinsamen Sache Opposition, weil er zu faul ist und offenbar zu wenig Geld riecht. Sein Respekt vor Geld kotzt mich schon lange an.«

»Aber er hat doch gar keins«, sagte Molnár.

Weill bemerkte erst jetzt erschrocken, dass Kommer noch immer dasaß. Reglos, lächelnd, rauchend, ohne sich anzulehnen ganz vorn auf dem Stuhl sitzend. »Sie sagen gar nichts, Kätchen? Warum?«

»Für mich gilt die ärztliche Schweigepflicht.«

Weisgal paffte Wolken und sprach in sie hinein: »Aber ich möchte doch bemerken: Seine ganze Arbeit für die Festspiele hier, die macht Reinhardt unentgeltlich, und Sie alle wissen, er schont sich nicht dabei. Das kann man nicht eben geldgierig nennen.«

»Trotzdem«, sagte Weill, »ich bin von diesem müden Schlossherrn reichlich angewidert.«

»Sie als Kommunist, lieber Weill«, kam es von Kommer. »Aber als Gast offenbar nicht.«

Ein Geräusch oben auf der Galerie ließ alle nach oben schauen. Reinhardt stand, noch immer in seinem Zweireiher, am Geländer. »Ich glaube, wir sollten ins Bett gehen, bevor dieses Spiel sich fortsetzt und sich die Sitzenbleiber unliebsame Wahrheiten über denjenigen sagen, der gerade hinausgegangen ist. Es könnte ja sein, dass wir in ein paar Wochen alle in einem Boot sitzen, besser gesagt, auf einem Schiff nach New York.«

»Wissen Sie«, grinste Weill Weisgal an, »das liebe ich an unserer Meschpoke: wir sind uns in einem wirklich treu: darin, dass keiner dem anderen was erspart. Was soll uns noch passieren?«

Weisgal stöhnte. »Ich habe für Sie eine Kabine gebucht auf der RMS Majestic. Sie legt am 4. September in Cherbourg ab und kommt am 10. in New York an.« Er leerte sein Glas. »Es ist eine Doppelkabine.«

Weill stand auf. »Und wer fährt noch mit?«

»Außer mir Eleonora Mendelssohn und ...«

»Hat die auch eine Doppelkabine?« Weill fixierte Kommer.

Der erhob sich und fing an, die Kerzen zu löschen. »Ich habe doch gesagt: für mich gilt die Schweigepflicht. Wie für jeden Narrenarzt.«

VII.

Im Treppenhaus roch es nach Zwetschgenmus, Zimt und Hefe. Es roch nach Kindheit. Eleonora spürte, wie dieser Geruch mit warmer Hand alle Sorgen von ihr wegwischte. Aber genau das machte ihr im selben Augenblick Angst. War es nicht immer so gewesen, dass solch ein Gefühl sofort von schlechten Nachrichten vertrieben worden war?

Sie blickte aus der obersten Etage hinunter in dieses lichte Gehäuse mit den weiß getünchten Wänden, dem stuckierten Ranken- und Blätterwerk in Zartrosa und Safrangelb, mit den schimmernden Pilastern, Geländern, Brüstungen und Balustern aus Untersberger Marmor und den flachen eleganten Sandsteinstiegen. Auf der Treppe war niemand zu sehen, aber sie hörte von etwas weiter unten die metallische Stimme Lilis. »Was würdest du tun, wenn Reinhardt dich betrügen würde?«

»Ich würde tot umfallen«, antwortete die Stimme von Helene Thimig.

»Aber du hast doch keinen konkreten Verdacht?«

»Ich weiß nicht ... Eleonoras Verehrung für Reinhardt geht für meinen Geschmack etwas weit.«

Eleonora versuchte, keinerlei Geräusch zu verursachen, und stellte sich so hin, dass sie von unten nicht sichtbar war.

»Ach weißt du, Reinhardt werden dauernd Frauengeschichten nachgesagt, daran habe ich mich gewöhnt«, hörte sie Helene. »Und wenn mir jemand über ihn irgendetwas erzählen will, dann reagiere ich so, dass sich mittlerweile keiner mehr traut. Natürlich merke ich, wie man über mich gelächelt hat, aber das stört mich nicht. Ich habe mir ja auch vor zehn Jahren schon eingebildet, ich hätte Grund zur Eifersucht, weißt du, damals, als diese Lady Diana Manners da war. Von der war Reinhardt fasziniert. Und ich habe gelitten wie ein Tier.«

»Gut, das ist Schnee von gestern«, kam Lilis flirrendes Organ. »Was macht dich denn jetzt derart nervös und fahrig?«

»Keine dieser Frauen war so aufdringlich wie es Eleonora ist, unsere reiche, schöne Eleonora. Sie ist ungeheuer lästig und ständig bemüht, sich zwischen mich und Reinhardt zu drängen. Und das Alarmierendste für mich ist, dass sie mit seiner ersten Frau, dieser Else Heims, befreundet ist. Vermutlich kennt Eleonora jedes schmutzige Detail aus diesem Scheidungskrieg.«

Eleonora hatte die Handflächen auf den Marmor des breiten Geländers gelegt. Jedes Wort, das zu ihr heraufdrang, verletzte sie. Sie ahnte, dass es noch schlimmer werden würde, doch es war ihr unmöglich, sich einfach zurückzuziehen.

»Aber Ele spinnt doch für Reinhardt als Regisseur, nicht als Mann. Jeder weiß, dass sie kunstverrückt ist – und künstlerverrückt. Für Toscanini schwärmt sie doch auch und für Noel Coward und Alexander Woolcott und für ...«

»Ach was, wenn sie sich nur für Reinhardts Kunst interessieren würde, könnte ich gut mit ihr auskommen. Ich könnte es auch überhören, wie viel sie sich darauf einbildet, ihr reiches, verwöhntes Dasein der Kunst gewidmet zu haben, und wie schwärmerisch sie dauernd daherredet. Aber sie hasst eben alles, was ihrer Schwärmerei im Wege steht, und das schafft sie hemmungslos beiseite.«

Lili und Helene waren für Eleonora so deutlich zu vernehmen, als stünden sie neben ihr; das Treppenhaus verstärkte jedes Wort.

»Ach, du steigerst dich da in etwas hinein, Helene. Jetzt herrschen doch klare Verhältnisse. Reinhardt und du, ihr seid doch endlich auch auf dem Papier ein Ehepaar, was willst du noch?«

»Er hat's ihr gesagt, und sie war schockiert. Merkst du etwas? Warum sollte sie schockiert sein? Und bekommst du nicht mit, wie sie seit Jahren Toscanini auf den Fersen ist? Ohne Rücksicht auf seine Frau. Glaub' mir, die sanfte Eleonora würde kalten Herzens eine Familientragödie auslösen. Sie selber spricht immer von ›Verehrung‹. Frau Toscanini und ich würden den Ausdruck Nachstellung für passender halten. Man kann ihr gar nicht entkommen, sie verfolgt einen kreuz und quer durch Europa.«

»Könnte es nicht sein, dass sie Reinhardt einfach dankbar ist? Er hat aus ihr immerhin eine Schauspielerin gemacht, die ordentliche Kritiken bekommt, weil er ihr ziemlich viel zugemutet hat.«

Helene klang ungewohnt schrill. »Sie müsste Reinhardt für etwas ganz anderes dankbar sein, Lili. Er hat sie davor bewahrt, völlig zugrunde zu gehen. Er hat sie als Schauspielerin zur Disziplin und Selbstkritik erzogen, was eine derart vom Schicksal beschenkte Frau sonst nicht nötig hat. Und auf die Weise hat er sie gerettet vor dem Schicksal einer ... einer Rosamond Pinchot. Erinnerst du dich noch an sie?«

»Das war doch die Nonne im ›Mirakel‹, die neben dieser unerträglich perfekten Lady Manners gespielt hat.«

»Genau, das war auch so eine schöne und verwöhnte

Frau, mit allem gesegnet. Sie hatte einen herrlichen Körper, gelenkig, geschmeidig, kraftvoll, wie ein elegantes Tier. Aber durch diesen plötzlichen Ruhm, unter Reinhardt zu spielen, hat sie das Gleichgewicht verloren, ist auf die schiefe Bahn geraten, hat immer schneller wechselnde Affären gehabt mit windigen, süchtigen, kaputten Männern und hat sich schließlich umgebracht.«

»Und du meinst«, kam es etwas unscharf von Lili Darvas, so als entfernte sie sich, »davor sei Eleonora nun ein für allemal sicher? Wenn ich sie mir genau anschaue, die Haut, diese Spuren im Gesicht, wie ich sie offen gestanden nur von Leuten kenne, die ...«

Eleonora beugte sich über das Geländer und sah hinab. Es war wie ein Sog, den dieser Schacht auf sie ausübte. Eine kalte Sehnsucht durchlief sie, wie oft auf einem hohen Turm oder einer Aussichtsplattform. Sie schloss die Lider. Angestrengt versuchte sie, an jemanden zu denken, der sie anlächelte. Nein, an ihre Mutter Giulietta natürlich nicht. An Francesco? Nein, das funktionierte ebenso wenig. Toscanini? Hatte der sie jemals angelächelt? Sie, nicht das Publikum? Die Patin Eleonora vielleicht. Ach, was für eine Idee, wo sie doch wusste, wie schmerzerfüllt jedes Lächeln der Duse gewesen war, bis an den Rand gefüllt mit Tränen. Aber der Vater, ihr geliebter Vater. Nein, auch sein Gesicht wollte sich nicht einstellen. Eleonora beugte sich weiter nach vorn. Niemand war zu sehen. Leises Geschepper, wohl aus der Küche, Geräusche von Schritten, verschwommen ein paar Stimmen. Der Schacht war leer und bereit.

Sie roch ihn sofort. Kommer stand in seinen Hirschlederhosen und einem weißen Hemd mit hochgekrempelten Ärmeln auf einmal neben ihr. Er nahm ihren Arm, hakte sie unter und ging mit ihr die Treppe hinunter.

Langsam, achtsam, als führte er eine zerbrechliche alte Dame.

Auf dem Absatz in der zweiten Etage blieb Eleonora stehen.

»Was denken Sie, Kätchen?«, fragte sie, ohne ihn anzusehen.

»Ich denke, dass ich Sie besser verstehe als die beiden Ladys, denen Sie gerade zugehört haben«, sagte er leise. »Weil ich ahne, was Sie suchen.«

»Und was ist das?«

»Ich weiß, es hört sich besserwisserisch an. Aber ich habe den Verdacht, Sie suchen keinen Mann, Sie suchen einen Halt. Nur den, liebe Eleonora, müssen Sie in sich selber suchen, nicht außerhalb.«

Zögernd gingen beide weiter hinunter.

»Ich weiß nicht, was das bei mir ist, Kätchen. Es ist grässlich und unverständlich. Elisabeth, Sie wissen, Elisabeth Bergner, sagt, ich sei die beste Freundin der Welt. Warum« – sie blieb stehen, entzog Kommer ihren Arm und fixierte ihn – »warum weichen die Männer dann vor mir zurück, als hätte ich den bösen Blick? Was stößt sie ab an mir? Mir ist manchmal, als habe mich irgendjemand verwünscht.«

Kommer legte seinen schweren Kopf schief und schob die Unterlippe vor, was ihm etwas Rührendes gab. »Verwünscht? Ich vermute, dass die meisten Menschen das nicht nachvollziehen könnten, wenn sie sehen, wie verwöhnt, wie bevorzugt Sie aufgewachsen sind, wie unbeschwert Sie leben könnten, ohne jede finanzielle Sorge. Die würden wohl eher sagen, Sie seien undankbar. Nein, ich weiß schon, wovon Sie reden. Aber warum schreiben Sie das irgendwelchen ominösen Mächten zu?«

Eleonora spielte mit ihrer Perlenkette.

»Vielleicht, weil Elisabeth mal gesagt hat, es gebe so eine Art von Dornröschen-Schicksalen, nur ohne guten Ausgang. Solche Existenzen, bei denen einen das Gefühl beschleicht, zwölf Feen hätten einen Menschen mit allen guten Gaben versorgt, aber der Fluch der dreizehnten Fee, der mache alles zunichte.«

Im ersten Stock erhoben sich im Flur hohe, marmorgerahmte, aus fünfzehn Rechtecken zusammengesetzte Spiegel über den Konsoltischen. Eleonara ging zu dem nächstbesten und besah sich, die Hände auf die Platte gestützt, die Arme durchgedrückt, das Gesicht ganz nahe zum Spiegel gereckt, als wolle sie ihr Konterfei berühren, ähnlich dem Narcissus des Caravaggio, der sich übers Wasser beugt.

»Was ist es? Gut, ich bin älter geworden, aber schauen Sie sich Alma an. Die ist jetzt zweite Hälfte fünfzig, und noch scheint es so, als bliebe ihr Werfel erhalten. Oder nehmen Sie meine Mutter: die ist vierundsechzig und sieht auch so aus. Cassadò, ihr Liebhaber, ist sechsundzwanzig Jahre jünger, ein großer Musiker mit blendendem Aussehen. Und ist ihr treu ergeben. Nein, es muss etwas anderes sein, was die Männer von mir abstößt oder zumindest abhält. Irgendetwas, das ihnen Angst macht.«

Unverwandt starrte sie ihr Spiegelbild an. Kommer stand etwas entfernt und beobachtete Eleonora bei ihrer Selbstbetrachtung. Er wusste, dass sie äußerst kurzsichtig war, aber zu eitel, eine Brille zu tragen. »Vielleicht ist es dieses Haltsuchende. Vielleicht sehen oder spüren die Männer, dass Sie sich in solche verlieben, die als stark gelten, um sich an ihnen festzuklammern. Und das fürchtet jeder. Keiner hat Lust, von einem, der nicht schwimmen kann, in die Tiefe gezogen zu werden. Damit will ich nicht sagen, Sie, liebe Ele, könnten sich nicht selber über Wasser halten, nein. Ich rede von dem Eindruck, dem möglichen Eindruck.«

Eleonora riss sich mit einem Ruck los und wandte sich Kommer zu. »Soll das heißen, ich hätte bei einem schwachen Mann bessere Chancen?«

Kommer wiegte den glänzenden Schädel und zuckte mit den Schultern, ohne dabei die Hände aus den Hosentaschen zu nehmen. »Lassen wir das. Ich meine nur, es gibt Frauen, die gehen auf eine Gala, eine Party, einen Empfang mit dem festen Entschluss, dort den Mann ihres Lebens zu finden. Vor denen weichen die Männer instinktiv zurück. Liebe Ele, wollen Sie einfach mal weniger.« Er zog die rechte Hand heraus und bot Eleonora wieder seinen festen, dunkel behaarten Arm.

Die beiden waren unten angekommen und gingen durch die Halle im Erdgeschoss. An der dem Eingang zugewandten Seite stand weißleuchtend Berta Zuckerkandl. Kommer sprach noch leiser als zuvor. Er kannte die akustischen Verhältnisse. »Vielleicht sollten Sie mal mit ihr reden. Das ist eine gescheite Frau, und in ihrem Salon wurden viele Ehen gestiftet – wobei es mich wohlgemerkt immer beunruhigt, dass wir auch von Unheil stiften reden. Und wenn ich an die Sache Mahler denke ...«

Da tänzelte Berta bereits auf Eleonora zu. »Mit Ihnen muss ich unbedingt sprechen. Es geht ums Rosé-Quartett ...«

Kommer verneigte sich und verschwand in Richtung Küche.

Zehn Minuten später saß Eleonora neben Berta auf einer der weiß gestrichenen Bänke vor dem Schloss, neben dem Eingangsportal, und diskutierte mit ihr die Anziehungskraft der Alma Mahler-Werfel. Das, was sie in der Bibliothek empfunden hatte, war verschwunden wie die Wirkung einer leichten Droge.

»Was macht sie für Männer so unwiderstehlich, für bedeutende Männer? Ich weiß, dass Klimt in sie verliebt war und Schönbergs Schwager Zemlinsky, ein wirklich hochbegabter Komponist, und auch dieser Theaterintendant Burckhard, nur da war sie noch jung und muss wirklich sehr schön gewesen sein. Aber später? Es heißt ja, dass Gerhart Hauptmann jetzt noch alles für sie aufgäbe und sich immer mit einem nicht gesellschaftsfähigen Kuss von ihr verabschiedet.«

»Ich muss zugeben, als Gropius sie kennengelernt hat«, sagte Berta, »war sie bereits ziemlich aus dem Leim, aber er verfiel ihr mit Haut und Haar. Und Kokoschka genauso ein zweites und ein drittes Mal. Der würde noch immer alles für sie stehen und liegen lassen.«

»Vor allem stehen lassen«, hörte sie Molnár. »Ich frage mich auch, was an dieser Krake dran ist. Noch mehr aber interessiert mich, schöne Eleonora, warum Sie das interessiert. Falls Sie wissen wollen, was man in Wien für Almas Geheimrezept hält: Sie erklärt jeden neuen Liebhaber zum Idol. Das ist den wenigsten Männern unangenehm. Und kaum hat einer sich daran gewöhnt, entdeckt sie ein neues Idol. Auf diese Weise behält sie den Ruf einer Siegerin. Und das lässt sie wohl vielen Männern begehrenswert erscheinen. Nur so bleibt sie noch mit fünfeinhalb Jahrzehnten und eineinhalb Zentnern am Leib ein Schmetterling.« Er zerrte eine Serviette aus seiner Hosentasche und wischte sich die Stirn. »Sie ist die fleischgewordene Untreue. Jeden ihrer Männer hat sie betrogen, die jüdischen mit katholischen, die protestantischen mit jüdischen, die klein gewachsenen mit groß gewachsenen, die groß gewachsenen mit klein gewachsenen, die schlecht aussehenden mit gut aussehenden. Und besonders gern den aktuellen Ehemann mit dem anvisierten nächsten. Mahler mit Gropius, Gropius mit Werfel. Und diese Klette Kokoschka klebt immer wieder an ihren Strümpfen oder besser gesagt, etwas oberhalb.« Molnár machte Anstalten, sich auf die Bank neben Berta und Eleonora zu quetschen und Bertas Blicke zu ignorieren, indem er sein Monokel polierte. Aber Berta zog die Beine hoch, setzte die nackten Füße auf die Bank und verstellte so den Platz.

»Ich verstehe«, brummte Molnár. »Dabei könnte ich zum Thema untreue Gattin interessante Erfahrungsberichte beisteuern.«

Berta wartete ab, bis Molnár außer Hörweite war.

»Wissen Sie, was Werfel mir gesagt hat, Eleonora? ›Die Alma lebt in einer lichten Magie, in der viel Vernichtungswille ist und ein starker Trieb, zu unterwerfen.‹ Er hat behauptet, sie habe einen so großen Einfluss über ihn gewonnen, weil sie als Potenz da sei. Dieses Wort hat er benutzt: Potenz. Und damit hat er einen wesentlichen Punkt getroffen.«

Berta schaute hinauf zur Hohensalzburg oben auf dem Festungsberg, weiß und glatt. Von den auswärtigen Besuchern wussten wenige, dass die Festung seit langem, seit sie 1861 aufgelassen worden war, nicht nur als Kaserne, sondern gern als Gefängnis genutzt wurde. Und dass dort mit und neben der hohen Geistlichkeit immer Grausamkeit gewohnt hatte. »Es ist etwas Zerstörerisches, Machtlüsternes, Herrschsüchtiges an ihr, das die Männer fasziniert. Und sogar – verzeihen Sie, Ele, wenn ich das sage – etwas Böses.« Berta sah um sich und beugte ihren Kopf zu dem Eleonoras. »Einmal, als sie ziemlich angetrunken war, hat sie zu mir gesagt: ›Ach Berta, manchmal juckt's mich, und ich möchte etwas Böses tun. Es gibt so viel Böses, was sich zu tun lohnte.‹«

Eleonora schwieg und spielte mit ihrer Perlenkette. »Ich kann kaum glauben, dass das Böse eine Frau unwiderstehlich macht«, sagte sie schließlich.

Berta hielt die spielende Hand fest. »Dann betrachten wir das Ganze mal von der anderen Seite: Die Duse, deren Kette Sie wie ein Amulett tragen, war eine gute Frau. Hilfsbereit, hingebungsvoll, liebesfähig. Sie war ein weltberühmter Bühnenstar, als sie d'Annunzio kennenlernte, das weiß niemand besser als Sie, liebe Ele. Und sie hat ihm alles geopfert: ihr Geld, ihre Wärme, ihre künstlerische Kraft, ihre gesellschaftlichen Beziehungen. Und was passierte? D'Annunzio hat sie hintergangen, verraten, bloßgestellt und verlassen. Ich befürchte, liebe Ele, zu viel Opferwille weckt in manchen Menschen einen Hass auf den Wohltäter.«

Eleonora sah nach links hinüber, zum Meierhof, der wie das Wirtshaus auf dem anderen Ufer des Weihers zum Besitz Max Reinhardts gehörte. Zusammen mit den Wiesen und Wäldern, dem Park und dem Schloss umfasste das Ganze fast fünfzig Hektar. Im Schloss hatte er eine Ammoniak-Kühlanlage mit zwei Kühlräumen installiert und einen Personenaufzug eingebaut. In Räumen, wo sich einfache und teils ramponierte Dielen befanden, hatte er Marmor verlegt. Er hatte den Dachstuhl zum großen Teil erneuert, eine Heizvorrichtung unter Verwendung der alten Öfen einbauen und alles andere von Grund auf renovieren lassen. Eleonora wusste, wie erdrückend hoch die Hypothekenlast auf dem Anwesen war. War es ein Fehler, Reinhardt finanziell rückhaltlos beizustehen? Wieder einmal und in großem Umfang half sie ihm nun aus einer katastrophalen Lage. Galt für ihn, was Berta da gerade gesagt hatte? Rächte er sich an ihr, weil sie ihm zu viele Opfer erbrachte und vor allem zu bereitwillig? Eleonora schüttelte unwillkürlich den Kopf, als wolle sie etwas aus dem Haar schütteln. »Aber dass das Böse einen Menschen anziehend machen soll, Berta, das kann ich einfach nicht glauben. Dieses Gerede von der *femme fatale* hat mir auch noch nie eingeleuchtet.«

Berta neigte sich ihr zu und schnupperte. »Sie tragen ein Parfum, liebe Eleonora, das diese Theorie stützt. Es hat eine sogenannte koprophile Note. Das heißt weniger vornehm ausgedrückt: Der Geruch enthält eine winzig kleine Beimischung von Exkrementen. Die erst macht den Duft spannend, aufregend, die erst reizt die Neugierde. Und genauso ist es mit dem Bösen. Es gibt manchen Charakteren das gewisse Etwas, das Dunkle, Unergründliche. So ist es auch bei Alma.«

Beide schwiegen sie und sahen hinauf zu den weißen, uneinnehmbaren Mauern auf dem felsigen Berg.

»In den barocken Symbolbüchern stünde über dieser Felsenburg: *immota fides,* unverrückbar treu«, kam es von hinten. Werfel stand im Rücken der Bank. »So viel zu dem Thema, das wir besser ad acta legen sollten.«

Eleonora drehte den Kopf zu ihm um. »Seit wann stehen Sie da?«

Werfels Mund wurde breiter, seine Augen verengten sich, seine Schultern bebten von unterdrücktem Lachen. »Lange genug, um mitzubekommen, dass Sie von Alma reden.«

Eleonora sah ihn an. »Und? Verstehen Sie Ihre Frau?«

»Ich befürchte, ja. Was Menschen untreu macht, ist diese besessene Suche nach Glück. Und Alma war von Jugend auf der Ansicht, ihr stehe ein besonderes Maß an

Glück zu.« Er seufzte. »Deshalb empfindet sie Unglück als eine Infamie des Schicksals.«

Alle drei dachten dasselbe. Es war gerade vier Monate her, dass Manon gestorben war, Almas vergötterte zweite Tochter von Mahler. In diesem Frühjahr, am Pfingstmontag war sie mit achtzehn Jahren an den Folgen einer Kinderlähmung elend zugrunde gegangen. Werfel entfernte sich, ohne noch ein Wort zu verlieren.

»Trotzdem«, sagte Eleonora unvermittelt und aufsässig. »Trotzdem ist es wunderbar, ein Wesen zu haben, das man liebt. Manon ist nur achtzehn geworden, aber am wichtigsten sind die Kinder ohnehin, bis sie vielleicht zehn sind. Bis dahin braucht ein Kind nämlich seine Mutter, es ist ihr treu, bedingungslos und zwangsweise treu – das wäre auch für mich die Rettung, vielleicht die Lebensrettung.«

Von drinnen war die Glocke zu hören, die zu den Mahlzeiten rief. Berta nahm Eleonora in den Arm. »Nein, meine Liebe, das ist ein riesiger Irrtum und ein monströser Egoismus.«

Sie gingen durch die geöffnete Flügeltür in die Halle.

»Ich will nicht alleine hier weggehen. Ich will nicht«, flüsterte Eleonora. Und dann dachte sie an Kommers Worte: Wollen Sie weniger.

Berta hatte noch immer einen Arm um Eleonora gelegt. »Bevor Sie sich von Europa verabschieden, liebe Eleonora, verabschieden Sie sich doch mal von der Vorstellung, Sie könnten sich durch Beistand, Hilfe und Fürsorge irgendein Recht auf Liebe und Treue einhandeln. Vergessen Sie das.«

Francesco kam die Treppe herab in einem Kimono aus chinesischer Seide und hakte sich auf der freien Seite bei seiner Schwester ein.

»Noch ein kleiner Rat«, sagte Berta leise. »Wenn Sie einen Mann suchen, der Ihnen ein Kind schenken soll ...«

»Schenken?«, sagte Francesco. »Sagen Sie lieber machen, unterjubeln, andrehen oder verkaufen. Ein Geschenk sind für eine Frau nur die Kinder, die sie nicht bekommt.«

Eleonora sah ihn warnend an.

»Dann schauen Sie sich«, flüsterte Berta Eleonora zu, »doch mal unter denen um, die nicht verheiratet sind und nicht Ihr Vater sein könnten.«

Bevor Eleonora antworten konnte, sagte Francesco: »Ach Frau Hofrätin. Bei der Auswahl? Weill ist nur vorübergehend unverheiratet, Kommer aus Prinzip, und Dirigenten, für die Ele besonders schwärmt, sind von Walter bis Weingartner zu allem Überfluss auch noch glücklich verheiratet. Unser Don Giovanni Ezio Pinza macht seiner Rolle privat zwar alle Ehre und wäre auch im richtigen Alter, aber der hat sich mit Walters Tochter Gretel schon eine verheiratete Frau gesucht, die seiner Karriere mehr bringt. Und das Salzburger Angebot an Ehefrauen, die Lust auf Untreue haben, ist überwältigend.« Er stöhnte. »Das Haus hier ist für manches geeignet, aber nicht zur Eheanbahnung. Im Gegenteil. Außerdem beschleicht mich das Gefühl, dass sich hier nur eines fortpflanzt – die Kinderlosigkeit. Die Thimig ohne, Weill ohne, Ele und ich ohne, Kommer ohne, Werfel ohne, Lili ohne, Molnár ohne, und der Alma sterben sie weg. Qualität ist offenbar zum Aussterben verdonnert, damit die Nazis nichts mehr davon haben.«

Umflort vom Zwetschgenduft trat ihnen Kommer entgegen, in der Hand ein Tablett, auf dem ein geöffnetes Couvert lag. Er servierte es Eleonora. »Vielleicht kommt er heute noch vorbei, unser aller Rudi«, sagte er. »Er reist aus Prag über Wien nach Berlin und könnte unter Umständen ...«

»Na also«, sagte Berta.

Eleonora nahm zögernd das Couvert. Adressiert war es an Herrn Kommer, Schloss Leopoldskron. Francesco und Berta sahen zu, wie sie ihm eine Karte entnahm, eine Schauspielerpostkarte, die Bewunderer sich üblicherweise signieren lassen. Zu sehen war im Dreiviertelprofil ein Mann mit dichtem Haar, dunklem Schnurrbart, starken Brauen, viriler Nase und kräftigem Kinn. Ein schöner Mann, dem anzusehen war, dass er das wusste. »Rudolf Forster« war das Foto signiert und auf der Rückseite stand: »Mit den schönsten Grüßen an Dich, lieber Kommer, an Reinhardt, Helene und Hermann Thimig und an alle anderen, die gerade da sind und mich kennen. Vor allem an alle, die sich an Carola erinnern«, las Eleonora.

Auf dem Foto war Forster mit weißer Halskrause und besticktem Wams zu sehen in der Rolle des Leicester in »Maria Stuart«. Eleonora schloss die Augen. Ein gutes Jahr war das erst her, da hatte er in dieser Partie auf der Bühne des Josefstädter Theaters in Wien gestanden, neben ihm Helene Thimig als Königin Elisabeth und Eleonora als Maria Stuart. Regie hatte Max Reinhardt geführt. »Sie war genial«, erklärte Molnár hinterdrein den Triumph der Thimig, »weil sie auf der Bühne endlich tun und sagen durfte, was ihr der alberne Anstand in der Wirklichkeit verbietet.« Forster hatte ebenfalls für Superlative in der Presse gesorgt als der schlechteste Leicester aller Zeiten, vom Scheitel bis zur Sohle nichts als Selbstgefälligkeit. War es die Rolle gewesen oder sein eigentliches Ich? Oder die Nähe von Reinhardts Frau, vor der er ebenso in die Knie ging wie vor dem Meister selber? In Berlin, als Mackie Messer in der »Dreigroschenoper«, neben der versengenden Lotte Lenya als Seeräuber-Jenny und der wunden Carola Neher als Polly, da war er gut gewesen. »Ich brauche«, sagte Forster immer, »die richtigen Frauen, um richtig in Form zu sein.« Dass Helene so gesehen die falsche war, gefiel Eleonora.

Noch einmal fasste sie in das Couvert und zog einen Zeitungsausschnitt heraus. »Illustrierte Arbeiter-Zeitung Prag« stand oben. Zu sehen war ein Foto, das eine junge Frau von der Seite zeigte, die strahlend ein blondes, höchstens einjähriges Kleinkind betrachtete. Halblaut las Eleonora vor, was daneben stand: »Carola Neher-Becker und ihr Sohn Georg. Die ehemalige Berliner Star-Schauspielerin, die für ihre Liebe zu dem bessarabischen Studenten Anatol Becker alles in Berlin aufgab und ihm in die Sowjetunion folgte, sagt: ›Ich hatte seit langem den Wunsch, ein Kind zu haben. Aber drüben hatte ich nicht den Mut dazu. Erst in der UdSSR konnte ich den Wunsch in Erfüllung gehen lassen.‹«

Eleonora ließ den Ausschnitt sinken. »Weiß er, dass ich da bin?«

Kommer nickte.

»Und dass ich allein da bin?«

Kommer nickte wieder.

»Ich wette, er kommt nicht«, sagte Francesco.

»Warum sagen Sie das?«, fragte Berta.

»Er ist ein Charmeur. Das heißt, ein Mann, der Frauen gerne in der Hand und im Bett haben will, aber nicht an der Hacke.«

Doch Eleonora hörte ihn nicht. Sie lächelte erwartungsvoll.

VIII.

Obwohl das große Fenster offen stand, war die Luft tropisch heiß und feucht. Die Gerüche durchdrangen einander zu einem unauflösbaren Gemisch, das Gelüste, Erinnerungen, Phantasien und Hunger wachkitzelte. Weill hatte seinen Arm um die Hüfte von Anna gelegt, spürte, wie fest ihr Fleisch war und sah zu, wie Annas glatte, geschickte Hände sich bewegten, wie sie massierten, streichelten, zupackten. »Gleich«, sagte sie, »gleich ist es soweit, dann habe ich Zeit für Sie und werde es Ihnen richten.« Auch Annas Unterarme waren glatt und weich und weiß.

Weill trat von einem Fuß auf den anderen. Anna ließ sich jedoch nicht irritieren. Ohne aufzusehen, fragte sie: »Warum sind Sie denn nicht in die Stadt reingefahren? Da kriegen Sie auch, was Sie wollen.« Sie atmete durch. »In der Stadt werden Sie rund um die Uhr bedient.« Annas Hände waren, während sie sprach, unablässig am Werken.

»Ich wollte nicht rein, weil ich das Pack dort nicht mehr sehen kann«, sagte Weill. »Da wimmelt es von Bekannten, einer mieser als der andere. Außerdem ist es teuer. Sogar in den angeblich billigen Läden.«

Da öffnete sich die Tür. Weill starrte hin, wie ertappt. Werfel schob sich herein. Sein Hemd klebte an einigen Stellen auf der Haut. Beiden war es unangenehm, dass sie sich ausgerechnet hier trafen.

»Ich wusste gar nicht, dass Sie die Anna so gut kennen«, sagte Werfel. »Im letzten Jahr sind wir uns hier nie über den Weg gelaufen, was? Aber das war wohl Zufall. Offenbar haben wir ähnliche Gewohnheiten.«

»Zumindest, was den Zeitpunkt von Mahlzeiten angeht. Was die Menge angeht ...« Weill betrachtete den schwammigen Leib Werfels mit gerunzelter Stirn.

Werfel griff sich, davon unberührt, vom gewürfelten Speck, der auf einem Holzbrett bereitlag, und stopfte ihn in den Mund. Sein Schmatzen half ihm, Annas zischende Geräusche des Tadels zu überhören.

»Unsere Gewohnheiten«, schnaufte Werfel, »sind eigentlich ganz natürlich. Ich finde vielmehr die unseres werten Gastgebers etwas widernatürlich, der seinen Tag erst um vier Uhr nachmittags beginnt. Und der immer das Teuerste braucht. Dabei sollte er sein Geld sparen, um unsere ›Eternal Road‹ auf die Bühne zu bringen. Kostet ja ein Schweinegeld, das Ganze, diese – wie hat Meyer Weisgal gesagt? – diese Antwort auf Hitler.« Er bediente sich nochmals beim Speck und sah sich begehrlich um in der Küche, groß wie ein Ballsaal, wo in den Fächern Butterfässer, Nudelbretter und Reinen, Gansbräter, Rindfleischkessel und glänzend polierte Wasserbadtöpfe in diversen Größen standen.

Weill ignorierte Werfels Rede, weil er ihm sonst hätte zustimmen müssen. Auch er stieß sich an Reinhardts Gewohnheiten, die allseits bekannt waren. Von den maßgefertigten Seidenhemden bis zu den kostspieligsten Importzigarren, von der violetten Tinte, den Briefbeschwerern aus Bleikristall und den vierundzwanzigkarätigen goldenen Füllfederhaltern, vom Jahrgangschampagner bis zu den Linzertorten, die nur von der Wiener Hofkonditorei Demel kommen durften, vom Tokajer bis zum Kaviar, den er auch, schon wegen des geeigneten Packungsformats, gerne als Proviant mit sich führte.

Werfel griff erneut mit der Hand in den Speck. »Mir quillt«, erklärte er mit vollem Mund, »der Luxus hier zu den Ohren heraus. Ein Paar Debreziner wär jetzt recht oder ein Bruckfleisch, ein Backhendl mit Erdapfelsalat, ein ganz vulgäres Schnitzel oder ein Beuschel.«

Weill hatte sich wieder ganz und gar Anna zuge-wandt und den Bewegungen ihrer kundigen Finger. »Das ›Oder‹, lieber Werfel, vergessen Sie offensichtlich immer, wenn Sie bestellen.«

Werfel ging an den großen weiß emaillierten Herd, auf dem drei kupferne Töpfe und zwei Kasserolen standen, und fing an, die Deckel zu lüpfen. Anna verbot es ihm harsch. Er solle sich gefälligst an den Küchentisch setzen, gleich gebe es etwas.

Werfel setzte sich, sein Blick war glasig, sein Gesichts-ausdruck tief zufrieden. »Der sicherste Reichtum«, sagte er, »ist die Armut an Bedürfnissen. Und daran fehlt es Reinhardt eben.«

Alma hatte diesen Satz noch gehört. Ihr Auftritt in der Küche mit Granatschmuck und einem federgeschmück-ten Hut, zu spät angedroht durch eine Wolke Patschouli, brachte sogar Anna aus der Fassung. Sie wandte sich vom Hefeteig ab und dem neuesten Störenfried zu.

»Ach was! Das hier«, erklärte Alma mit einer ausgrei-fenden Geste der behandschuhten Rechten, »war immer ein Haus, in dem der Verschwendungsgeist sein Unwe-sen trieb. Und der hat jeden, der hier einzog, früher oder später zugrunde gerichtet.« Sie sah die fettigen Finger ihres Gatten und reichte ihm ein batistenes Taschentuch. »Mein Onkel Alexander Julius Schindler hat Leopolds-kron auch mal besessen.« Sie verschwieg, dass er es aller-dings nur im körperlichen Sinn besessen hatte, das breite Gesäß auf barocken Stühlen. »Er war«, sagte Alma und bedachte den feucht glänzenden Ehemann mit einem Blick, der ihn das Batisttaschentuch umgehend benutzen ließ, »ein Verschwender erster Güte und als Julius von der Traun ein drittklassiger Dichter. Und er musste in einer Nacht- und Nebelaktion aus dem Schloss fliehen, weil es über und über verschuldet war. Aber immerhin, er hat was draus gemacht, eine richtige Theaterszene. Seine Diener, um die dreißig werden das gewesen sein, mussten ihm in ihren seidenen Tanzschuhen vorausgehen und mit Fackeln den Weg leuchten.«

Anna sah Alma Mahler-Werfel groß an. »Erzählen Sie doch so was nicht. Da krieg ich ja Angst.« Sie wandte sich wieder der Harmlosigkeit ihres Teiges zu.

»Was haben Sie, mein Kind?«, sagte Alma. »Reinhardt bleibt dem Geist des Hauses treu, das ist traditionsbewusst. Er hat zu mir mal gesagt: ›Was man nicht ausgibt, hat man. Aber was hat man davon?‹«

Wieder ging die Tür auf. Helene blieb auf der Schwelle stehen. »Was ist denn hier los? Das ist eine Küche, verehrte Gäste, kein Salon und schon gar kein Esszimmer.«

»Aber wie Sie wissen«, sagte Werfel, ging auf sie zu, nahm ihre Hand und schmatzte einen Kuss darauf, »der beste Raum, um zu reden.«

»Und worüber?«

»Meine Frau hat uns soeben erklärt, dass Leopoldskron von Anfang an erfüllt war von einem ... Geist der Großzügigkeit.«

»Verschwendungsgeist hab' ich gesagt, Franzl.« Alma griff ihren Gatten.

Helene trat zur Seite. »Ja, da hat sie durchaus recht. Schließlich hat es der Fürsterzbischof Firmian in dreistem Nepotismus für seinen Neffen Laktanz errichten lassen. Und dessen Sammelleidenschaft soll ins Monströse ausgeufert sein. Angeblich hatte er nicht nur über dreihundert Selbstporträts großer Künstler gehortet, sondern auch fast sechshundert Ölgemälde und über vierzig Behälter mit Kupferstichen, außerdem eine Garderobe, die für Hunderte von Galas jedes Mal etwas Neues geboten hätte. Außerdem ausgestopfte Affen, Krokodile und ...«

»Waren auch ausgestopfte Menschen dabei?«, fragte Weill. »Oder hatte man das damals nur in Wien?«

»Los, wir gehen«, erklärte Alma.

Sie schritt, Werfel mehr an ihrer Seite hängend als gehend, hinaus. Stattdessen drängte Weisgal herein. »Gibt es hier ein Stück Brot?«

Anna erhob ihre Stimme. »Das ist eine Küche, meine Herrschaften. Kein Wirtshaus.«

»Aber ich wollte doch nur ein Stück Brot, trockenes Brot«, sagte Weisgal.

»Heute Abend gibt es eine Steinpilzsuppe, danach eine *foie gras* in Sauternes-Gelée, einen Hirschkalbrücken mit *Pommes Dauphines* und hinterdrein einen *pouding de riz à la Trautmannsdorff*«, kam es von Anna. Es hörte sich an wie eine Drohung.

»Aber warum ... warum denn so ... so teuer?«, stotterte Weisgal. »Wir brauchen doch alles Geld für ...« Er sah es vor sich, wie er Reinhardt in Paris aufgesucht hatte, um ihn für das Projekt zu gewinnen, und beobachten durfte, wie zwei Diener Reinhardts Krokodillederkoffer mit dem Bettzeug verluden, dann die Schrankkoffer, mit Pergamentleder bezogen und mit handgeschmiedeten Messingschlössern versehen. »Der reist ja wie ein türkischer Pascha«, hatte Weisgal sich damals entsetzt. Denn Weisgal dachte zwar oft daran, wie unverzichtbar Reinhardts Genie und Name für die Sache waren, aber noch öfter dachte er an sein Budget.

»Der Herr Professor wünscht es so«, erklärte Anna, nahm einen der großen Kupfertöpfe aus dem Schrank und ein kinderbettgroßes Holzbrett aus dem Fach über der Arbeitsfläche. Aus der Kammer schleppte sie den Hirschkalbrücken an und legte ihn auf das Brett. Sie betrachtete das Fleisch andächtig, lächelte es an, nahm das Messer, wetzte es, legte es wieder zur Seite, liebkoste das Fleisch mit den weißen Händen, versank nochmals in seinem Anblick und fing dann an, es zu parieren. Sie sah und hörte nichts mehr.

Helene sah und hörte Weisgals Erregung. »Bitte, bester Meyer, verstehen Sie Reinhardt doch. Er ist kein Verschwender, schon gar kein gewissenloser. Aber er ist weltfremd. Würde ihm jemand ein Ei für fünf Mark verkaufen oder ein Gramm Geselchtes für dreißig, er würde daran nichts merkwürdig finden. Über Preise wundert er sich prinzipiell nicht, weil er keine kennt. Ich habe ihn noch in keinem Restaurant die rechte Seite einer Speisekarte lesen sehen.« Sie sah wie Weisgals Gesicht zunehmend rot wurde und berührte ihn sacht an der Schulter. »Aber das mag auch daran liegen, dass er meistens nur in Restaurants speist, die diese Spalte weglassen.«

Weisgal blickte sie an. »Kann ich bitte ein Stück Brot haben? Ein trockenes Stück Brot?«

Helene ging zu dem Schrank auf der rechten Seite, dessen Front mit einem feinen Fliegengitter versehen war, entnahm einen großen, bemehlten, runden Laib und legte ihn auf die Tischplatte.

Anna wandte sich um. »Gnädigste, bitte hindern Sie doch die Herrschaften dran, dass sie vergessen, was kommt.«

Weisgal, der gerade dabei war, sich eine Scheibe Brot abzuschneiden, hielt inne. »Was sagen Sie da, Frau ...«

»Ich heiß' Anna Wührer. Anna reicht.« Sie arbeitete weiter und sagte, ohne sich umzusehen: »Ich habe gesagt: Die Herrschaften sollen daran denken, was auf sie zukommt.«

Weisgal sah Annas Kehrseite beeindruckt an und nahm die Brotscheibe in die Hand. »Wissen Sie, was Sie da sagen? Frauen aus dem Volk haben manchmal Ahnungen, sie haben eine seismografische Seele ...«

Anna, das Messer in der Rechten gereckt, drehte sich um. »Ahnung? Ich hab' mehr als eine Ahnung von dem, was ich mach'. Und mehr als eine treue Seele will ich gar nicht sein. Jedenfalls keine grafische. Und jetzt gehen Sie bitte sehr.«

Weisgal schlich sich aus der Küche, nicht ohne den Brotlaib nochmals mit einem Blick zu bedenken.

Anna wandte sich Weill zu, der sich auf einem Küchenhocker klein gemacht hatte, in der Hoffnung, übersehen zu werden, und sich still mit einer Flasche Sauternes beschäftigte. »Und Sie bitte auch, werter Herr.«

Er schlenderte in größtmöglicher Langsamkeit in Richtung Tür. »Gehen wir in den Garten«, sagte Helene. »Dort steht schon Champagner bereit.« Doch noch ehe sie die Küchentür erreicht hatten, war Lili Darvas hereingeschlüpft, schloss die Tür hinter sich, lehnte sich dagegen und lachte.

»Weißt du, Leni, was der Grünfeld meinem Mann geschrieben hat? Verrate aber dem Molnár nicht, dass ich den Brief habe.« Sie griff in ihren Ausschnitt und zog eine großzügig beschriebene hellblaue Karte hervor. ›Die Thimig braucht sich nicht zu sorgen und Toscaninis Alte auch nicht. Unsere Ele ist alles andere als der Männertraum schlafloser Nächte. Denn die Idealgattin ist eine Dame in der Küche, eine Köchin im Schlafzimmer und eine Kokotte im Salon. Eleonora ist eine Dame im Salon, aber die Sache mit der Köchin fällt ihr bereits schwer, und die mit der Kokotte liegt ihr gar nicht.‹ Na bitte …« Lili war dabei, die Karte wieder in den Ausschnitt zu stecken, da wurde sie unsanft in die Küche geschubst von der sich öffnenden Tür. Molnár trat genau in dem Augenblick ein, als Weill nachlässig meinte: »Vielleicht sollte unsere schöne Freundin mal hier als Dame zu rühren anfangen.«

Molnár richtete das Monokel auf das Dekolleté seiner Frau, aus dem die hellblaue Karte ragte. »Aha, ich sehe … mein Vertrauen in die weibliche Diskretion bestätigt sich.« Er griff in Lilis Ausschnitt und steckte die Karte wortlos in seine Jacketttasche. »Aber Eleonora kümmert sich um ganz andere Methoden zur Weiterbildung.«

Helene biss sich auf die Lippe, Weill trat noch näher, Lili blinkte ihren Mann unverhohlen wissbegierig an. »Und um welche bitte? Dürfen wir das erfahren?«

»Eigentlich nicht.« Molnár verschränkte die Arme vor der Brust.

»Und warum nicht?« Lili fasste an seinen Unterarm.

»Weil ich es nur durch Zufall mitbekommen habe. Ich bin am Büro vorbeigekommen, als sie gerade telefoniert hat.«

»Und so unschuldig, wie du Zeuge ihres Gesprächs geworden bist« – Lili fuhr mit dem rotlackierten Nagel ihres Zeigefingers über den Handrücken Molnárs –, »so unschuldig werden wir jetzt hören, was du ja eigentlich gar nicht gehört hast.«

Molnár stierte schweigend auf den Brotlaib auf dem Tisch. Helene schnitt ihm eine Scheibe ab. Er aß sie zur Hälfte auf. Dann erst sagte er: »Sie hat unseren Freund Ledebur verlangt.«

»Wer ist Ledebur?«, fragte Weill.

»Graf Friedrich von Ledebur-Wicheln«, erklärte Molnár mit schwerem Kinn, »ist einer der Helden der k. u. k. Kavallerie und auch ansonsten Experte für jede Art von Beritt.«

Helene fegte Mehl von ihrem Kleid. Lili kicherte. Weill rückte seine Brille zurecht. »Und was wollte sie von ihm?«

»Eine gute Adresse in Wien, in der Kärtnerstraße.«

»Von einem Herrn?«, fragte Weill.

»Nein«, sagte Molnár, »von einer Dame, die dieser Bezeichnung üblicherweise nicht teilhaftig wird. Aber ein Händchen für das hat, was Männer wollen, und dieses Herrschaftswissen gerne an Geschlechtsgenossinnen weitergibt. Gegen Bezahlung, versteht sich. Fragt sich nur, wer von Eles Seminar profitieren wird.«

»Ja, das fragt sich allerdings«, sagte Helene und verließ die Küche rasch als Erste, damit keiner ihr Gesicht sah.

IX.

Dass es den Vormittag über so idyllisch ruhig war, machte sie nervös. Mehr noch, wütend. Weil sie wusste, dass er da war, jedoch nicht für sie. Und weil sie sich denken konnte, dass Helene Thimig jederzeit zu ihm konnte, die übrigen Hausgäste, zu denen sie gehörte, aber nicht. Irgendwo hatte er mit Helene – es widerstrebte Eleonora die Worte »seiner Frau« auch nur zu denken – sein übliches kleines Steak samt Eiern zum späten Frühstück verzehrt, hatte sich dann auf seine glückliche Insel an den Schreibtisch zurückgezogen und mit seiner violetten Tinte in sein Regiebuch geschrieben, und nur Helene hatte Zugang. Alle anderen, vom Personal abgesehen, waren aus dem inneren Bezirk ausgesperrt.

War es diese Mauer, die er um sich baute, die sie so sehr reizte? Auch Arturo umgab sich mit einem solchen Bannkreis. Nur Carla, die Hintergangene, durfte ihn überschreiten. War das Privileg, ihm nahe zu sein, das Opfer des Betrogenwerdens wert? Und womit musste Helene dafür bezahlen, Reinhardts engste Vertraute zu sein, eine Vertraute, die er zusammengezählt oft nur zwei, drei Monate im Jahr sah. Jeder, der die beiden zusammen erlebte, hatte den Eindruck, es existiere zwischen ihnen eine Übereinkunft, dass Helene keine eigene Meinung verkünde, zumindest nicht in fachlichen Belangen. Vielen war es aufgefallen, dass sie nur noch ganz selten nach Proben mit Kollegen im Café saß. Und dass sie keine Schuhe mit Absätzen mehr trug, wie sie es während ihrer ersten Ehe getan hatte. »Sie macht sich klein neben ihm«, hatte Else das ihrer Freundin Eleonora gegenüber kommentiert. »Sie hat ihn zum Herrn ihres Lebens gemacht. Na bitte, wer's mag.« Und Eleonora hatte damals nicht gewagt einzugestehen, dass sie das sehr wohl auch gemocht und den Preis des Naheseins willig gezahlt hätte.

»Fremdenbuch«, sagte Reinhardt zu dem, was Eleonora von Kindesbeinen an als Gästebuch kannte. Ob das österreichisch war oder seine Marotte? Jedenfalls fühlte Eleonora sich ausgeschlossen auf Leopoldskron.

Vielleicht war es ein Fehler gewesen, den ganzen Tag bis jetzt, nachmittags um fünf, nichts anderes zu lesen als Berichte aus Deutschland. Dass seit neuestem Juden die Ehe mit Nichtjuden gesetzlich verboten war; dass Vierteljuden, zu denen sie selbst gehörte, ebenfalls keine Juden mehr heiraten durften. Sie hätte also genauso wenig wie Helene jetzt in Berlin noch Frau Reinhardt werden dürfen. Und Helene lief nun in deutschen Akten unter »jüdisch versippt«.

Eleonora spürte, dass sie ihr diese Schandmarke neidete, dass sie erregt und zugleich geladen war. Keine gute Voraussetzung für das, was sie vorhatte. Aber es musste sein.

Sie hatte beschlossen, mit ihm zu reden, mit ihm ganz alleine. Offen und rückhaltlos. Sie wollte ihn genau wissen lassen, was sie zu bieten bereit war, und ihn nicht mehr verschonen von Fragen, die ihm möglicherweise peinlich waren. Wenn sie ihm die Augen öffnete, musste er doch sehen, dass sie es war, an deren Seite er Europa für immer verlassen sollte, nicht Helene, die gerade erst mit einem Englischkurs begonnen hatte und verzweifelt zu vermitteln versuchte zwischen Reinhardt und ihrem streng katholischen, antisemitischen Vater Hugo Thimig. Außerdem: Was wollte die denn in den USA? Sie musste doch gar nicht weg. Thimig … schon den Namen würden sie sofort falsch aussprechen. Mendelssohn, das war ein Name, den auch dort drüben jeder kannte in halbwegs gebildeten Kreisen. Sie, die Weltläufige, Mondäne, Vielsprachige und Engagierte, die in New York bereits ein ganzes Netzwerk an Beziehungen geknüpft hatte, passte doch viel besser zu Reinhardt und könnte ihn drüben in den USA vermitteln und verkaufen. An der Seite einer Eleonora von Mendelssohn würden sich ihm die Türen öffnen, vor allem die von Geldgebern. Warum erkannte Reinhardt das nicht selber?

Dass Reinhardt sie zu diesem Rendezvous auf einen Tee ins Chinesische Zimmer gebeten hatte, verstimmte sie. Nicht des Tees wegen. Aber er wusste doch, dass sie eine Abneigung hegte gegen jede Art von Chinoiserie. Außerdem wurde dieser lichte Salon besonders gerne von den Gästen als Lese- und Raucherzimmer frequentiert. Ruhe war dort nicht zu erwarten.

Reinhardt saß bereits, eine Havanna zwischen den Fingern, in einem der hell bezogenen Polstersessel, die bequem und modern in der Form waren, aber mit ihren kurzen vergoldeten Rokokobeinen etwas von einer geltungssüchtigen, missglückten Hundezüchtung hatten.

Eleonora hatte eines der Kleider angezogen, die sie nicht mochte, baumwollen, kleingemustert, wadenlang, ein Mädchenkleid bar jeder Finesse, aber mit Sicherheit nicht bedrängend. Daran, dass immer, wenn sie ein solches Kleid trug, etwas eskaliert war, wollte sie sich jetzt nicht erinnern.

»Ich weiß nicht, was du an diesem Zimmer findest«, entfuhr es ihr, noch bevor sie Platz genommen hatte. »Das ist doch die reine Verlogenheit. Ein Bastard aus dilettantischem Rokoko und missverstandenen Asiatika. Ich frage mich, was die Menschen zu diesem Kitsch verführt hat.«

Reinhardt wies auf den Sessel, der schräg neben seinem stand.

»Sie hatten Sehnsucht nach der Ferne und wollten trotzdem ihre Gewohnheiten nicht aufgeben«, sagte er.

Eleonora setzte sich. »Dann passen sie ja wirklich gut zu dir. Verrate mir doch mal eines: Warum hängst du so sehr an deinen Gewohnheiten, obwohl du sie dir nicht leisten kannst? Sogar die grundgute Alice von Hofmannsthal, die dir ebenfalls Geld geliehen hat, fragt sich, warum es immer die sündteure Hautcreme von Elizabeth Arden sein muss, warum die Socken von Knize sein müssen, die maßgeschneiderten Hemden aus Seide ...«

Reinhardt blickte in seine Teetasse. »Gewohnheiten, meine Liebe, sind transportable Versatzstücke von Heimat. Das müsstest du doch verstehen. Wohin immer ich sie mitnehme und pflege, fühle ich mich in gewisser Hinsicht zu Hause. Deswegen bleibe ich ihnen treu. Und selbst wenn die Polizei vor meiner Tür stünde, käme ich nie auf die Idee, das Haus zu verlassen, ohne mich vorher rasiert und korrekt angezogen zu haben.«

Eleonora nahm ihre Teetasse in die Hand und zitterte so, dass Tee auf ihr Kleid schwappte. »Und was, wenn dir der Boden unter den Füßen brennt? Lässt du dir dann auch so viel Zeit?«

Reinhardt sah sie groß und erstaunt an.

»Ich weiß nicht recht, was du hast, Ele. Wir haben unsere Karten sensationell gut verkauft, so gut wie noch nie seit fünfzehn Jahren, seit es die Festspiele gibt. Und wir werden dieses Jahr zum ersten Mal mit einem Überschuss abschließen.«

»Die Festspiele, aber nicht du. Außerdem habe ich nicht die roten Zahlen gemeint, sondern die braune Gefahr. Die Kerle rücken näher. Ich habe gerade gelesen, dass die Autobahn von München hierher schon über die Mangfall-Brücke hinaus fertig ist. Diese verfluchte Autobahn ist nicht einfach eine Straße. Du kannst mich gern auslachen, aber ich sehe sie symbolisch.«

Meyer Weisgal und Zuckmayer waren einander auf dem Flur begegnet; beide drängte es sie ins Chinesische Zimmer, denn dort bewahrte Reinhardt auch seine schottischen Whiskys und französischen Weinbrände auf.

Sie hörten Eleonoras Stimme durch die Tür. »Dass München seit neuestem ›Hauptstadt der Bewegung‹ heißt, das sollte dir zu denken geben. Die bewegen sich auf uns zu ...«

»Oha«, raunte Zuckmayer, »sie wird politisch. Ausgerechnet in Reinhardts idyllischem Chinazimmer.«

»Keine schlechte Idee«, kam es von Weisgal. »Und auch der richtige Zeitpunkt.«

»Nur der falsche Ort, mein Guter. Die Politik wird in dieser Zauberwelt hier nicht groß geschrieben. Obwohl jeder weiß, dass er ihrem Griff nach seinem Hals und seinem Leben nicht wird entgehen können. Wissen Sie, Meyer, es ist hier ein wenig wie in Versailles am Tag vor der Erstürmung der Bastille, nur wacher, nur bewusster, nur geistig klarer und lichter, wie es einer musischen Elite geziemt. Denn das ist es, was den Tagen und Nächten hier seinen Reiz verleiht. Aber ich glaube, wir sollten die Herrschaften da drin alleine lassen.«

Eleonora waren die Stimmen, vor allem die von Weisgal, nicht entgangen. »Da ist jemand«, flüsterte sie.

Reinhardt schaute sie verwundert und begütigend an. »Ja und? Hier ist immer jemand. Wenn wir uns belauschen, mehr oder weniger unfreiwillig, macht das nichts. Solange keiner den anderen verrät ...«

Eleonora sah sie auf einmal alle vor sich, die gemeinsamen Freunde, Kollegen, Bekannten in Deutschland. Alle die Verehrer, Nutznießer, Mitstreiter und Schüler von Max Reinhardt, die derartig schnell das Lager gewechselt hatten. Dienstfertig war Gustav Gründgens, dem Reinhardt in seinem Berliner »Faust« als Mephisto zur ersten und zugleich größten Rolle seines Lebens verholfen hatte, sofort aus Spanien nach Berlin gereist, als der Führer ihn rief. Ungefragt hatte der Reinhardt-Schüler Veit Harlan seine flammende Begeisterung für das neue Regime kundgetan, das seinem Tutor und Lehrmeister alles raubte, was er in jahrzehntelanger Arbeit aufgebaut hatte. Der Brecht-Freund Arnold Bronnen, dessen Stücke von Reinhardt als einem der ersten auf die Bühne gebracht worden waren, hatte seine politische Farbe so schnell gewechselt wie ein Hemd. Und Heinz Hilpert, dem Reinhardt als jungem Regisseur erst Chancen in Berlin eröffnet hatte, übernahm bedenkenlos die Leitung der Reinhardt-Bühnen im Reinhardt-Stil. Richard Strauss, der mit Reinhardt die Festspiele begründet hatte, war eiligst aus dem Ausland herbeigeflogen, um in Berlin für Bruno Walter einzuspringen, der, wie es hieß, »verhindert« war. Verrat, wo sie hinsah. Eleonora erschauderte.

Reinhardt nahm ein Plaid, das auf dem Sofa lag, und reichte es ihr. »Weißt du, nach dem Umsturz in Deutschland ist Salzburg mein einziger sicherer Hafen, in den kann ich immer wieder einfahren, von dort kann ich immer wieder aufbrechen.«

Eleonora starrte ihn an. »Salzburg ein sicherer Hafen? Hast du vergessen, was letztes Jahr los war? Die Bombe hier auf Leopoldskron? Die Bomben in den Telefonzellen in der Stadt, im Festspielhaus und im Bristol?«

Reinhardt zog an seiner Zigarre und schwieg. »Du weißt und du hast es mir auch schon öfter vorgeworfen, dass ich damals in Riga – wie lange ist das her? Drei, vier Jahre, oder? –, ja, dass ich dort gesagt habe, ich wolle um Gottes willen nicht als Prophet gelten.«

Eleonora sah auf ihren genässten Schoß. »Ich erinnere mich leider nur allzu genau an deine Rede. Kein Prophet links, kein Prophet rechts, nur das Weltkind in der Mitte seiest du.« Sie stürzte den Tee hinunter. Reinhardt schenkte ihr nach. »Und ich erinnere mich genau, wie du mich danach angegriffen hast, weil ich damals in aller Öffentlichkeit erklärt habe, dass ich mich hüten werde, ins Fettnäpfchen der Politik zu treten, dass ich nichts als ein Theatermann bin und es mein Leben lang bleiben will.«

Eleonora nahm ein Stück von dem Mürbteiggebäck aus der Silberschale und zerbröselte es gedankenlos auf ihrem kleinen Teller. Sie wirkte erhitzt. »Du brauchst einfach jemanden, der dir Mut macht, dir selber und deiner Herkunft endlich treu zu sein. Glaub mir, das erst wird dich zum größten Regisseur aller Zeiten machen. Du musst an etwas glauben. Und tief innen drin tust du das auch. Du willst kein Prophet sein, aber du bist es doch. Ich erinnere mich noch haargenau, wie du nach einem Frühstück beim Bankier Andreae im Grunewald, wo wir diesen unerträglichen Herrenreiter von Papen getroffen haben, gesagt hast: ›Das ist einer der dümmsten Menschen, die ich je kennengelernt habe. Der wird Deutschland zugrunde richten.‹«

Reinhardt legte die Fingerspitzen zusammen und ließ seinen rechten Fuß kreisen. »Na bitte, ich habe mich getäuscht. Ich tauge nicht für Prophezeiungen. Papen sitzt völlig ohne jede Macht und Bedeutung als Sonderbotschafter in Wien herum.«

Eleonora beugte sich vor. Ihre weiße Stirn war fleckig. »Ich bitte dich. Nachdem er Hitler aus Versehen in den Sattel geholfen hat, obwohl er ihn als Steigbügelhalter für sich selber gebrauchen wollte. Der Kerl ist aus Versehen bedeutungslos.«

Reinhardt lehnte sich zurück und rauchte stumm ein paar Züge. Dann sagte er gedämpft, den Blick auf die chinesischen Phantasielandschaften gerichtet: »Du wirfst mir ja immer vor, ich sei politisch desinteressiert. Aber immerhin hat dieser Papen Hitler dazu gebracht, dass er der Regierung in Wien im Mai nochmals offiziell zugesichert hat, er werde sich nicht einmischen in die inneren Angelegenheiten Österreichs und sie auf keinen Fall zum Anschluss zwingen. Und ich, ich muss Papen bei Laune halten, wenn die Festspiele überleben sollen.«

»Willst du damit sagen, dass du diese Brut hierher eingeladen hast?« Eleonora war aufgesprungen. »Diese erbärmliche Martha von Papen mit ihrem mausgrauen Knoten, die einen hysterischen Anfall kriegt, wenn sie nur Hitlers Namen hört? Und ihre Lusche von Ehemann, der fast in die Hosen macht vor lauter Angst, man könnte ihn doch noch durch ein paar Meuchelmörder beseitigen wie das Ehepaar Schleicher? Mit so etwas willst du die Luft hier vergiften?«

Reinhardt sah zu ihr auf. »Beruhige dich, Ele, bitte! Ihr habt alle gut reden. Es ist ein Drahtseilakt, den ich hier vollführe. Und es ist einfach, meine Versuche um Diplomatie zu zerstören und meine Mäzene madig zu machen. Zuerst haben meine Wiener Feinde mit aller Inbrunst Castiglioni verteufelt, ohne den das alles hier und auch das Josefstädter Theater gar nicht entstanden wären. Natürlich war und ist der kein Engel. Aber waren die Medici so engelhaft? Castiglioni war halt ein Inflationsgewinnler wie andere auch. Der Arnold Bronnen hat, bevor er mit seinen Stücken Geld gemacht hat, keine vierundzwanzig Jahre alt die Rennpferde der Rothschilds gekauft, Arthur Drucker hat die schönsten Tintoretto- und Tiepolo-Werke Österreichs ergattert für einen Apfel und ein Ei, und Castiglioni die beste Bronzesammlung der Welt. Wenn Grafen betteln gehen, ist das normal. Du warst damals in Berlin, du hast das nicht mitbekommen. Aber ganz Österreich war damals, nach dem Krieg, ein Tollhaus, meine Liebe, wo du für dreihundert Dollar eine Villa kaufen konntest und für hundert einen neuen Daimler. Und ich habe eben für 335 000 Reichsmark samt Inventar Schloss Leopoldskron erworben, das keiner wollte. Die Summe war damals angesichts der rapiden Geldentwertung und der Tatsache, dass ich sie in Raten abstottern durfte, eine Lappalie.«

Eleonora ließ sich in den Sessel fallen und schloss die Lider. »Ja, ja, ich mache dir ja keine Vorwürfe. Aber ich verstehe, was die Leute stört. Ich verstehe, warum Kraus derart über dich herzieht in der neuen ›Fackel‹. Das soll nicht heißen, dass ich es unterschreibe, bitte glaub' das nicht.«

»Was verstehst du an diesem Rundumschlag, Ele?« Reinhardts Stimme hörte sich ruhig an, aber kaum pausierte er, vollführte seine Zunge Bewegungen in der Backentasche, wie immer, wenn er angestrengt nachdachte. Sein Fuß kreiste zunehmend schneller. »Verstehst du etwa, dass Kraus sich zu der Bemerkung hat hinreißen lassen, es gebe neben dem Kopfsturz der deutschen Nation kein ... wie hieß es noch mal? Ja, ›kein Bild eklerer

Entwürdigung als die Kriecherei in Leopoldskron‹? Oder verstehst du, dass Kraus mich wie sein emigrierter Erzfeind Békessy schon vor zehn Jahren einen Neureichen nennt? Wobei das aus dem Mund von Békessy eher nach Ehrentitel klang, weil Békessy ja selber neureich war. Du weißt es besser als jeder andere: Es sieht nur so aus, als wäre ich reich, du kennst die Kontenstände.«

»Ich verstehe«, sagte Eleonora mit gesenkten Lidern, »dass es ihn empört, wie viele Speichellecker hier verkehren. Anpasser, Umfaller, Nazis. Miese Charaktere wie dieser Papen dürfen hier einfach keinen Zutritt haben. Dass Kraus es dir ankreidet, dein Lebensstil täusche Traditionen vor, wo keine sind, weil du in seinen Augen ein Parvenü bist, das ist kleinlich. Vielleicht auch neidisch, weil er hier nicht eingeladen wird.« Sie hob die Stimme und blickte Reinhardt an. »Aber er hat in einem recht.«

Reinhardt schlug seine Beine in der anderen Richtung übereinander und kreiste nun mit der linken Fußspitze. »Nämlich?«

»Dass du dich nicht zu deiner Herkunft, zu deinen Wurzeln bekennst.«

»Da hat er als Fabrikantensohn gut reden. Außerdem hat sich Kraus katholisch taufen lassen, ich nicht.«

Eleonora seufzte. »Ach, darum geht es nicht.« Sie sah um sich in dem hellen Raum mit den lichtgrünen Wandgemälden, auf denen sich in Rokokogärten an Rokokobrunnen Gestalten in Stehkragenkitteln und spitzem Chinesenhut vergnügten. »Schau, diese Chinoiserien sollten die vermeintlich heile Welt der Chinesen suggerieren. Sie sollten die Vorstellung von einem friedlichen riesengroßen Reich vermitteln, wo jeder noch so einfache Mensch ein Philosoph ist. Dabei gab es damals bereits gescheite

Leute, die diese Illusion verspottet haben, weil sie Bescheid wussten. Und du? Du glaubst auch immer noch an Österreich als die Insel des Friedens, egal, was dir an Informationen zugetragen wird. Was bringt dich dazu?«

Reinhardt goß sich Tee nach, gab braunen Zucker hinein und rührte bedächtig. »Dass die Leute hier dem Leben Spielraum geben. Denk nur an die Zettel, wie sie ein Salzburger Ladeninhaber in seine Tür hängt, wenn er weg muss. ›Wäre in sieben Minuten wieder da‹, schreibt er hin, nicht etwa: ›Bin in sieben Minuten wieder hier.‹ Die Leute hier lassen offen, wie das Ganze ausgeht. Sie verdonnern den Kaufwilligen nicht dazu, auszuharren, sie stellen es ihm anheim, ob er warten will oder nicht. Falls er Lust dazu hat, wäre der Inhaber da. Das hat Stil, das hat Leichtigkeit, und das wird diesem groben, unflätigen Nazitum widerstehen.«

Eleonora fixierte Reinhardts Lippen. »Und wenn nicht?«, fragte sie leise.

»Dann gehen wir eben auch ins Exil, endgültig ins Exil.« Er spürte, was in ihrem Blick lag, und setzte hinzu: »Helene und ich.«

»Wie redest du daher! Als wäre das Exil ein bestimmter Ort, den es gibt, wo man nur hinreisen muss. Du weißt, dass einige deutsche Juden, vor allem Ärzte und Anwälte, vor zwei Jahren bereits ausgewandert sind, als sie mit Berufsverbot belegt wurden, und wieder zurückgekehrt sind, weil sie keine Arbeit gefunden haben. Du musst das vorbereiten.«

»Das habe ich doch längst getan. Ich habe mit Hollywood ...«

»Auch darum geht es nicht. Du musst dich innerlich mit deiner neuen Heimat verbünden, sonst ...«

Reinhardt stand auf. »Ich ahne, worauf du hinaus

willst, Ele. Aber Helene ist meine Heimat. Und sie bleibt bei mir, wohin immer ich gehe.«

Er machte ein paar Schritte in Richtung Tür und drehte sich nochmals um. Eleonora saß zusammengesunken im Sessel.

»Ele«, sagte Reinhardt behutsam, »ich habe mitgespielt in New York dieses Frühjahr, als du bei der Benefizgala von Weisgal an meinem Arm den Saal betreten hast und neben mir gesessen hast, als wärst du meine Frau. Weisgal hat es mir vorgestern erst verraten, dass du ihn dazu unter Tränen genötigt hast. Und dass er nur deswegen dem Protokollmenschen erklärt hat, er beanspruche das Privileg, Helene zu geleiten. Ich habe den Triumph in deinen Augen gesehen. Aber ich bitte dich: Verwechsle das Spiel nicht mit der Wirklichkeit.«

Die Tür ging auf. Eine Hand in der Hosentasche, den Kragen des Trenchcoats hochgeschlagen, die Zigarette im Mundwinkel, sich in seiner Lässigkeit sonnend, stand Rudolf Forster da.

»Der vollendete Liebhaber«, lächelte Reinhardt.

Eleonora sprang auf, warf sich Forster an die Brust und schlang ihre Arme um seinen Nacken. »Du bist doch gekommen«, seufzte sie.

Sie sah nicht, dass Weisgal hinter Forster stand und den Kopf schüttelte. Und sie hörte nicht, was er sagte. »Das muss es auch geben. *Commedia dell'arte* mit tragischem Ausgang.«

X.

Sie trugen nicht weiß wie üblich, sondern schwarz. Paarweise zogen sie vorbei, parallel, in vollendeter Haltung,
der eine ein Spiegelbild des anderen. Eleonora saß neben
Berta auf den Stufen, die vom Garten unterhalb der
Terrasse zum Weiher hinab führten, atmete den leicht
fischigen Geruch ein und sah den schwarzen Schwänen
zu.

Auch Eleonora trug Schwarz. Sie hatte zuerst ihr weißes Batistkleid angezogen, es aber dann für zu bräutlich
befunden. »Wissen Sie eigentlich, ob Tiere sich treu sind,
Berta? Sie haben doch viel zu tun mit irgendwelchen
Naturforschern.«

Berta lachte. »Ach was, männliche Tiere nutzen die
Gelegenheit zur Kopulation. Die Natur vermeidet Treue
ziemlich konsequent, weil das ein Luxus wäre, den sie
sich nicht leisten kann. Sie muss immer auf der Jagd nach
dem besten Erbgut sein. Auch die Weibchen sind es.«

»Aber Alma, zum Beispiel, ist doch aus dem gebär-
fähigen Alter heraus«, sagte Eleonora. Berta überhörte
sie. »Soviel ich von meinen Zoologenfreunden weiß, sind
ausgerechnet Höckerschwäne die Ausnahme, weil die
sich oft ein Leben lang die Treue halten. Scheidungen soll
es freilich geben.«

Eleonora schaute angestrengt auf das Wasser, die Ellbogen auf die Knie, den Kopf auf die Hände gestützt.
»Und haben die Zoologen eine Ahnung, weshalb ausgerechnet die Schwäne ...«

Berta hatte ihre Arme um die Schienbeine geschlungen, und wäre das Feuer ihres roten Haars nicht großenteils erloschen, hätte man sie von der Ferne für eine junge Frau gehalten. »Angeblich hängt das bei den Tieren mit der Aufzucht zusammen. Ein Paar tut sich bekanntlich leichter, den Nachwuchs aufzupäppeln als ein Einzelner. Und je mühsamer die Aufzucht, desto enger halten sie zueinander.« Sie stöhnte. »Die anderen Vogelarten, hat man mir gesagt, sind sich immer nur ein Jahr lang treu, eine Brutpflegesaison über. Und im nächsten Jahr sind sie wieder jemand anderem treu. Das heißt, sie verhalten sich wie die meisten Menschen, männliche vor allem.«

Weitere Schwäne zogen vorbei, paarweise, in vollendeter Choreografie.

Eleonora sah Berta von der Seite an. Eine Frau ohne Schmuck, ohne Schminke, nur den Mund hatte sie sich rot angemalt, doch nicht wie eine alternde Frau, die vor dem Spiegel verzweifelt, eher wie ein kleines Mädchen. Seit fünfundzwanzig Jahren schon war Berta Witwe, aber es hieß, ihre Ehe sei glücklich gewesen und ihr Enkel hänge an ihr wie an einer Mutter.

»Wenn die Aufzucht verbindet und offenbar auch bindet, warum raten Sie mir dann vom Kinderkriegen ab, Berta? Das ist doch offenbar eine probate Methode. Daran, dass meine Kinder schwierig würden in der Aufzucht, zweifle ich kaum.«

Berta wandte sich um, dem Schloss zu, sah Reinhardt zwischen den Buchshecken stehen und mit Kommer debattieren. Helene stand dabei in einigem Abstand, die Arme verschränkt, schweigend. »Ach Ele, das klingt schrecklich biologisch und anthropologisch. Aber das Leben ist nicht logisch. Schauen Sie nur mal in Ihrer nächsten Umgebung herum. Sie kennen doch Wolfgang und Gottfried, die Söhne von Reinhardt und Else …«

Eleonora nickte und sah die beiden vor sich, rundlich und lebensfroh auf den ersten Blick, wären da nicht die traurigen Augen. Für sie waren die Reinhardt-Kinder vom Alter her wie spätgeborene jüngere Geschwister, der Ältere acht, der Zweite dreizehn Jahre jünger. Aber sie waren alt genug, um als Schwerversehrte aus dem Scheidungskrieg ihrer Eltern hervorzugehen, aus einem Krieg, in dem sie selber als Waffen gedient hatten.

»Aus Leopoldskron«, hatte Gottfried, der jüngere Sohn, Eleonora einmal erklärt, »ist meine Mutter systematisch ausgesperrt worden, weil dort Platz für Frau Thimig geschaffen werden sollte.« Und als Eleonora daraufhin geschwiegen hatte, war es aus ihm herausgebrochen. »Weißt du, ich habe es immer als sehr grausam empfunden, dass es für uns völlig unzugänglich wurde. Verschlossen wie ein fremder Garten. Für meinen Bruder und mich hat es doch nichts Schöneres gegeben, als mit Cousins und Cousinen durch die weiten Säle und Hallen von Leopoldskron zu rennen, das marmorne Geländer der großen Freitreppe hinunterzurutschen, uns in den Rüstungen zu verstecken, mit den Kaninchen und den Ziegen, die der Vater uns mal zu Weihnachten geschenkt hat, zu spielen und von seinem Kammerdiener, der früher Tafeldecker bei den Habsburgern gewesen war, Schuheputzen und Schach zu lernen. Und auf einmal war das alles vorbei.«

Wenn das Gespräch auf Leopoldskron kam, auch bei Eleonora draußen auf Schloss Kammer am Attersee, hatte Gottfried jedes Mal bitter bemerkt, er sei übrigens noch bei keinem einzigen der legendären Abende auf Leopoldskron dabei gewesen. Und als er vor drei Jahren beruflich in Salzburg unterwegs war, habe sein Vater sich mit ihm in irgendeinem Restaurant verabredet. »Dass ich überhaupt eine Ahnung habe, wie prächtig das Schloss jetzt restauriert und ausstaffiert ist«, hatte er gestanden, »habe ich nur dem guten Kommer zu verdanken, der mir heimlich zu einer Schlossführung verholfen hat.«

Eleonora hatte es mitbekommen, dass ihre Freundin Else die Enttäuschung ihrer Söhne, aus jenem Paradies am Leopoldskroner Weiher verbannt zu sein, immer genutzt hatte, um sowohl deren Feindseligkeit gegenüber Helene Thimig als auch das Misstrauen gegenüber dem Vater zu schüren, und dass die Söhne oft nicht mehr wussten, was und wem sie nun glauben sollten.

»Ich ahne, woran Sie denken«, sagte Berta. »Die Aufzucht der Reinhardt-Jungen war ordentlich mühsam, sicher mühsamer als die von jungen Schwänen. Und – was hat's gebracht?«

Eleonora konnte den Blick nicht wenden von den schwarzen Schwänen. Warum hatte Reinhardt sich schwarze ausgesucht? Aus Manieriertheit? Oder vielleicht, weil es theatralischer war und der Harmlosigkeit des Weihers etwas Abgründiges gab, den Schuss Tragik, den eine gute Komödie braucht? War die Wahl dieser Schwäne ein Indiz dafür, dass er doch im Innersten schwarz sah und allen Versprechungen der Deutschen, Österreich in Frieden zu lassen, nicht traute? Eleonora schüttelte den Kopf über ihre eigenen Mutmaßungen. Nein, das war wohl eher Wunsch als Wahrscheinlichkeit, denn sogar auf die Warnungen seiner Söhne, Gottfrieds vor allem, hatte Reinhardt bisher nur ausweichend reagiert. Manchmal schien es Eleonora so, als wittere er hinter der Treue seines Jüngeren finanzielle Berechnung, was abwegig war; Gottfried musste erfahren haben, dass bei dem Vater nichts zu holen war. Wie sehr der jüngere Reinhardt-Sohn ihre Nähe suchte, gefiel Eleonora, wenngleich sie für dessen neue Freundin Sylvia wenig übrig hatte. Dass er oft in Schloss Kammer aufkreuzte und sich mehrere Tage lang dort einquartierte, deutete sie bereitwillig als Anzeichen dafür, dass ein Familienleben denkbar war, in der sie das verbindende Glied zwischen Vater und Söhnen bildete, Ersatzmutter und Ersatzschwester in einem, von Else sicher eher akzeptiert als Helene Thimig. Die könnte sich sogar einreden, sie sei eine Nachfolgerin von ihren Gnaden. Eleonora bemühte sich, bei Gottfrieds Besuchen ihre fürsorglichen Qualitäten vorzuführen, stand oft selber am Herd, freilich nur neben der Köchin, weil die Gäste das Ganze ja genießen sollten, und servierte mit einem umgebundenen Handtuch als Schürze, gerne garniert mit der Bemerkung, sie könne melken. Was stimmte, aber nur beim Topfenstrudel passte. Viele Freundinnen hatten ihr versichert, jeder Mann sehne sich weniger nach vollendeten Reizen einer Frau als nach vollendeten Kochkünsten. Und gerade diejenigen, die aussähen, als stiege eine geistige Vision vor ihrem inneren Auge auf, träumten in Wahrheit von einem goldbraunen Schnitzel. Sicher hatte Gottfried seinem Vater davon erzählt, wie sehr sein Gaumen auf Kammer verwöhnt wurde. Vielleicht auch davon, dass er sich nach einer Familie sehnte, in der die Verletzungen verheilen konnten. Einer Familie als Heimat in der Fremde. Eleonora verstand Gottfried gut. Aber verstand ihn sein Vater? Eleonoras Blicke waren mit ihren Gedanken gewandert und hingen nun an einem der steinernen Fabelwesen rechts und links der Treppe, die zum Wasser führte. Pferde, die nicht wie Pegasus Flügel, sondern Flossen trugen, gemacht, um Meeresgottheiten über die Wogen zu geleiten. Aus welchem Schlosspark hatte Reinhardt die herausgekauft? Eleonora kicherte.

»Was ist so komisch?«, kam es von Berta.

»Ich habe gerade überlegt, ob Reinhardt vielleicht meint, so wie die Kinder Israels durchs Rote Meer den Verfolgern entkamen, könnten ihn die beiden Seepferde hier aus den Gefahren befreien und nicht nur über den Leopoldskroner Weiher, sondern über den Atlantik tragen.«

Auch Berta gluckste. »Kann sein, ein Träumer ist er ja, und dass er wie Pygmalion Stein zum Leben erwecken kann, beweist er auf der Bühne seit Jahrzehnten.«

»Denken Sie an Helene Thimig?«, fragte Eleonora.

»Nein, ich denke darüber nach, was Sie wirklich wissen wollen, wenn Sie sich nach der Monogamie der Schwäne erkundigen.«

Eleonora seufzte. »Ich frage mich oft, ob Treue und Untreue erblich sind.«

Berta zögerte mit der Antwort. »Wenn ich mir die Familie von Alma so anschaue, könnte ich glatt daran glauben, ich meine: an die Erblichkeit der Untreue.« Sie wischte eine Strähne aus der Stirn und steckte sie achtlos hinters Ohr.

Eleonora saß da mit hungrigem Gesichtsausdruck.

Sie befeuchtete ihre Lippen. »Und warum kommt Ihnen das so vor, Berta?«

»Ich kenne die Verhältnisse recht gut. Almas jüngere Schwester, die Grete, ist das Ergebnis eines Seitensprungs, den die Mutter ihrer Alma in einer schwachen Stunde gestanden hat. Der Vater von Grete war offenbar Syphilitiker, jedenfalls ist sie geisteskrank und vegetiert in irgendeiner geschlossenen Anstalt dahin. Dann Almas

Tochter Anna, die macht es bereits in jungen Jahren wieder ihrer Mutter nach.«

Eleonora lächelte mit gesenkten Mundwinkeln. »Spielt sie die unterdrückte Komponistin, geht sie fremd oder trinkt sie nur?«

Berta runzelte die Stirn. »Warum so bitter, Ele? Anna Mahler ist zuerst einmal genauso schön wie ihre Mutter war. Nur hat sie sich besser gehalten. Jetzt ist sie einunddreißig, in dem Alter war Alma schon eine Matrone, Anna ist noch immer schlank. Mit sechzehn hat sie zum ersten Mal geheiratet, mit achtzehn hat sie ein Verhältnis mit Krenek angefangen und den Ehemann verlassen ...«

»Na ja, bei einer Tochter von Mahler ist die Sehnsucht nach einem großen Komponisten verständlich ...«

»Nur den hat sie ein halbes Jahr nach der Hochzeit schon wieder sitzen lassen. Als Alma ihren Werfel geehelicht hat, das ist jetzt sechs Jahre her, hat die Anna dann unseren lieben Paul Zsolnay geheiratet, aber nachdem sie vom Herrn Verleger eine Tochter hatte – die natürlich Alma heißen musste –, ist sie wieder durchgebrannt, mit irgendeinem rumänischen Schriftsteller ab nach Venedig. Vor drei Jahren ist sie zwar zu Paul zurückgekehrt, hat sich aber nebenher mit Elias Canetti eingelassen. Letztes Jahr schließlich, wie allseits bekannt, hatte sie ein Verhältnis mit Schuschnigg. Und im Winter hat sie dann Paul und ihre Kleine endgültig verlassen. Nachdem Schuschnigg ja wegen des Unfalltods seiner Frau die brisante Affäre beendet und sich einer Witwe zugewandt hat, weiß ich nicht genau, wer derzeit aktuell ist. Also, das Ganze erinnert doch stark an Alma ...«

Eleonoras Hunger war noch nicht gestillt. Sie hing an Bertas Lippen.

»Obwohl da von Erblichkeit zu reden«, kam es von

Berta, »Blödsinn ist. Das alles hat ja mit biologischer Erbmasse nichts zu tun.«

»Ja womit dann? Wie sonst sollen sich die Lebenswege derartig gleichen?«

Berta lachte. »Wie heißt es so schön? Erziehung durch Vorbild.«

Eleonora dachte an ihre theatralische Mutter, für Wagner ebenso entflammt wie für Mussolini, an den verschwiegenen Vater, der seine Frau in aller Stille mit deren Freundin betrogen hatte, an den schönen jungen Liebhaber, den die Mutter sich nun gönnte. Aber alles das hatte ihre Kindheit, ihre Jugend nicht beeinträchtigt. Sie hatte von dem Verhältnis ihres Vaters mit der Patentante Duse nichts gewusst, und die Leidenschaft für Männer, die ihre Söhne sein könnten, lebte Giulietta von Mendelssohn erst aus, seit sie keine Söhne mehr gebären konnte. Woher kam also bei Francesco und ihr die Unfähigkeit, einem Menschen treu zu bleiben? War es, weil sie bisher nicht den geeigneten Partner gefunden hatten? Und woher kam diese Sehnsucht nach dem Exzentrischen, Extremen, Exzessiven bei ihnen beiden, die Begierde, sich in einem Taumel zu verlieren? Ihr Urahn Moses Mendelssohn, der war doch die Verkörperung der Mäßigung, Treue und Disziplin gewesen, freigeistig, aufgeklärt und dennoch fromm, gefestigt in seinen moralischen Ansichten. Vielen wie dem missionarischen Lavater war er sogar zu gefestigt, denn Moses war niemals bereit, seine jüdische Welt zu verraten, weder der Karriere und schon gar nicht irgendwelcher kommerziellen Vorteile wegen. Eleonora stellte sich Moses vor, wie er auf eine der Partys geriet, für die sie und Francesco in Berlin eher berüchtigt als berühmt waren, wo die roten Ränder der Nasenlöcher verrieten, was die Augen glänzend, die Rede überwach, die Stimmen hell machte und die Witzeleien sich überschlagen ließ, wo zwischen den großen Bühnenstars, zwischen Pianisten und Malern, Dichtern und Dirigenten um Mitternacht regelmäßig Muskelmänner auftauchten in Ringelhemden mit aufgerollten Ärmeln und tätowierten Armen, wo sich keiner wunderte, wenn die Frauen zur Havanna einen Smoking trugen und die Männer zum Patschouli Abendroben mit Pailletten.

Oft hatte der Vater Eleonora und Francesco aus dem Briefwechsel von Lessing und dem legendären Vorfahren vorgelesen. Und genau erinnerte sich Eleonora an jene Stelle, wo Moses den Freund beschwor, zu ihm in das einsame Gartenhaus zu kommen, um dort zu vergessen, dass die Leidenschaften der Menschen den Planeten verwüsten.

Warum nur hatten seine Söhne diese reine Geisteswelt verlassen, warum hatte Joseph, sein Ältester keinerlei Interesse am Talmud und der hebräischen Schrift gehabt, nur an Zahlen und Bilanzen? Warum hatten so viele männliche Nachfahren bis hin zu Robert, ihrem Vater, unbedingt Bankiers werden müssen? Warum waren sie jener Tradition der Bescheidenheit, jener Bedürfnislosigkeit, die frei machte und unabhängig, nicht treu geblieben? Von den Männern waren nur ganz wenige jenem Zwang der merkantilen Vernunft entkommen, Felix zum Beispiel, Sohn jenes Mendelssohn, der sich auch noch Bartholdy nannte.

Bertas feste kleine Hand berührte Eleonoras Knie und riss sie aus den Gedanken. »Was geht Ihnen im Kopf herum, Ele? Sie sind ja ganz stumm.«

Francesco stand auf einmal hinter den beiden Frauen und zwängte sich zwischen sie auf die Stufen. Er trug ein kanariengelbes Hemd zu einer kanariengelben Hose, in der einen Hand hielt er eine Flasche Champagner, in der anderen drei Gläser. Eleonora sah seine Nasenlöcher an und seufzte. »Ich habe an meine Sippe gedacht und mich gefragt, wo da noch irgendetwas von der guten Erbmasse zu erkennen sein soll.«

Francesco drückte jeder der beiden Frauen ein Glas in die Hand und schenkte ein. »Erbmasse – was für ein ekelhaftes Wort. Mit der Masse wollte ich noch nie etwas zu tun haben. Außerdem heißt es, unser aller Führer arbeite gerade Rassegesetze aus, und die besten Mediziner seien bereits dabei, mit Schädelmessungen das jüdisch verseuchte Erbe todsicher vom arischen zu unterscheiden. Und jemanden wie Almas Schwester werden sie auch bald – wie nennt sich das so hübsch? – ausmerzen, weil Kretins die Erbgesundheit des Volkes ruinieren.« Francesco hob sein Glas und prostete beiden zu. »Also, verabschieden wir uns von dieser widerwärtigen Masse.« Er trank, sah nach rechts, sah nach links. »Und vor allem wundere ich mich, wie ihr auf solch ein Thema kommt an einem Sommertag in Leopoldskron.«

Berta beäugte Francescos Schuhe. Auch sie waren kanariengelb. »Alma hat uns darauf gebracht. Oder besser gesagt, die Frage, ob Untreue erblich ist.«

Eleonora stand auf und schaute hinüber zum Wirtshaus am anderen Ufer, das so behäbig dalag, als könne diese Idylle durch nichts ins Wanken geraten. Sie ging zwei Stufen näher zum Wasser und wandte sich um. »Es fällt mir ja schon so schwer zu verstehen, was die Männer an Alma finden, aber was finden Sie eigentlich an ihr, Berta? Sie halten ihr ja unverbrüchlich die Freundschaft, egal, was sie treibt und mit wem sie es treibt, egal, welche antisemitischen Sprüche sie absondert, egal, wie angetrunken sie ist, egal ...«

»Mir gefällt es«, unterbrach Berta sie fröhlich, »dass Alma zwar ihren Männern nie treu blieb, aber sich selber. Sie hat mir mal klipp und klar erklärt, für sie sei es kein Vergehen, einen Mann zu betrügen. Aber eine Todsünde, wenn eine Frau sich aus Mitleid ohne das geringste Gefühl von Erregung einem Mann hingibt.«

Eleonora zwinkerte, als sei ihr ein Insekt ins Auge geraten. Francesco legte einen Arm um Berta. »Dann, liebe Frau Hofrätin, müsste ich Ihnen auch imponieren. Ich gebe mich ebenfalls nie ohne Erregung einem Mann hin und bin mir treu.«

Eleonora betrachtete ihren Bruder, seine hohe Kinderstirn, das verletzliche Kinn, die staunenden Augen. Ihre Stirn, ihr Kinn, ihre Augen.

»Ach ja? Inwiefern denn, bitte?« Berta hörte sich an, als unterdrücke sie ein Kichern.

»Ich verkehre als Mann tapfer nur mit Männern, damit keiner behaupten kann, Homosexualität sei erblich. Denn wie wir von unserem Führer wissen, ist das eine Perversion, die fast so verwerflich ist wie die Zugehörigkeit zum Judentum. Außerdem bin ich mir darin treu, niemals jemandem Treue zu versprechen.«

Vom Haus her ertönte der Gong, der zu den Mahlzeiten rief.

Eleonora nahm ihm das Glas aus der Hand und stellte es neben das ihre auf die Treppe. »Schon aus Angst, dich dabei zu versprechen.« Sie reckte den Schwanenhals, atmete so tief durch, dass ihre Brüste das miederartige Oberteil ihres Kleides zu sprengen drohten, öffnete die beiden oberen Knöpfe, neigte den Kopf leicht zur Seite, öffnete die Lippen und senkte die Lider. Wie zufällig legte sie ihre rechte Hand ans Dekolleté. »Gehen wir?«, sagte sie und machte sich mit schwingenden Hüften auf den Weg, eine Königin, schön und siegessicher.

»Ich ahne«, ächzte Francesco, während er seinen Kopf auf Bertas Schulter sinken ließ, »da hinten ist jemand aufgetaucht. Entweder Reinhardt oder Toscanini. Jedenfalls ein Retter.«

Berta drehte sich um, ohne Francescos Kopf von ihrer Schulter zu stoßen. »Nein, es ist Zuckmayer. Ohne Frau.«

Francesco richtete sich auf und schaute ebenfalls zurück, wo zwischen den Buchshecken mit glänzendem, haselnussbraunem Kopf, die schwere Gestalt in weißem Leinenhemd und Lederhosen stand. »Wird Eleonora ihren Prinzipien untreu? Zuck ist zwar verheiratet, und sie kennt ihn schon ewig. Aber er ist doch nicht berühmt genug für sie. Heldentauglich ist er jedenfalls nicht, bloß weil die Nazis ihn verboten haben.«

Berta streichelte sein Haar wie das eines Kindes. »Warum gehen Sie denn sofort davon aus, dass Ele ihn … umgarnen will?«

»Ich habe ihr zugeschaut«, sagte Francesco müde. »Und ich kenne sie, besser, als mir lieb ist. Weil wir uns ähnlich sind. Wie hat Gründgens gesagt? ›Verflucht ähnlich.‹ Und ich befürchte, es ist wirklich ein Fluch.«

Berta schien versunken im Anblick der schwarzen Schwäne. Doch eine Falte stand auf einmal zwischen ihren Brauen, und ihr Mund war schmal. Es ärgerte, mehr noch, es empörte sie, dass ein Nachfahre des Moses Mendelssohn, der ein Leben lang versucht hatte, den Aberglauben aus den Herzen und Hirnen zu vertreiben, sich auf dunkle Schicksalsmächte berief, um sein schlingerndes Dasein zu erklären. »Ich weiß nicht, ob Ele und Sie sich wirklich so ähnlich sind«, sagte sie aufbegehrend. »Von Ihren Wohltaten ist mir noch nie etwas zu Ohren gekommen. Aber Ele ist selbstlos, hilfsbereit und aufopferungsvoll.«

Francesco erhob sich, klopfte seine gelbe Kehrseite ab und räkelte sich. »Ach, wie rührend. Wissen Sie, warum Ele ihr Geld an alle verschenkt und sich selber mit? Weil uns der Lehrsatz von Moses eingetrichtert wurde: Die oberste Stufe der Weisheit sei es, Gutes zu tun. Doch glauben Sie mir, verehrte Hofrätin, sie ist der Weisheit deswegen keinen Schritt näher als ihr egoistischer Bruder.«

Nebeneinander gingen Berta und Francesco auf das Schloss zu.

Zuckmayer stand breitbeinig da, unbewegt, als wäre er ein Baum im Garten, Eleonora rechts neben ihm, den Kopf schief gelegt, Alma, ein Glas mit grüner Flüssigkeit in der Hand, auf der anderen Seite.

»Wissen Sie«, flüsterte Berta Francesco zu, »Frauen wie Ele, so zerbrechlich und so gefährdet, gefällt es vielleicht einfach, wie dieser Mann dasteht. Schauen Sie nur: festgewurzelt in der Erden. Zuckmayer sieht doch aus wie die fleischgewordene Unerschütterlichkeit und Verlässlichkeit.«

Offenbar hatte die Bénédictine Almas feines Gehör nicht beeinträchtigt. Sie sah Berta aus wasserhellen Augen an. »Meine Liebe, du bist eine kluge Frau, aber da irrst du.« Sie sprach beherrscht, wie ein guter Schauspieler, der den Trunkenen mimt und weiß, dass er dabei niemals torkeln oder lallen darf. »Für meine süße kleine sterbenskranke Manon wollte dieser treue Geist alles verlassen. Sein Haus, seine Kinder, seine Frau. Manon hat ihn nur durch ihren raschen Tod daran gehindert. Stimmt es, Zuck?«

Zuckmayer zog seine Pfeife aus der Hosentasche. Sie war bereits gestopft. Dann nahm er aus der anderen Tasche Streichhölzer und entzündete hoch konzentriert den Tabak. Er sog, paffte und schwieg.

»Ein Ort des Friedens«, kam es von hinten. Kommer grinste. »Man kann es sehen, wie in dieser Idylle die Menschen entspannen. Darf ich zu Tisch bitten, bevor ein Mord geschieht?«

XI.

Die Orangen waren beinahe reif. Sie waren rotgolden und dufteten bittersüß. Hinter den Orangenbäumen in ihren hölzernen Kübeln war auf der Terrasse der Tisch für einen Imbiss vorbereitet. »Spätes Gabelfrühstück« nannte Reinhardt diese Mahlzeit gegen halb fünf Uhr nachmittags, die angerichtet wurde, wenn abends drin in der Stadt eine Veranstaltung besucht wurde. Heute der »Falstaff« unter Toscaninis Leitung.

Die Markise war herabgezogen. Unter dem Balkon des ersten Stocks gelegen, zum Garten hin abgeschirmt durch mächtige, von wildem Wein umschlungene Pfeiler, war die Terrasse schattig, die Temperatur dort wohltuend, die Luft wie eine kühle Hand auf der erhitzten Stirn. Der Tag hatte alle träge werden lassen; es war den meisten anzusehen, dass sie es lästig fanden, sich nun aufzuraffen, umzuziehen, ein Auto zu besteigen und hellwach zuzuhören. Keiner wagte, das zuzugeben, keiner bis auf Forster. Ihm sei das viel zu anstrengend, hatte er erklärt, zumal diese Oper gar nicht wie Verdi klinge, keine Passagen zum Mitsingen. Nun stand er in einer schilfgrünen Leinenhose neben der Flügeltür, die ins Innere des Hauses führte, eine Hand in der Tasche, in der anderen eine selbstgedrehte Zigarette. Sein weißes Hemd war so weit geöffnet, dass der Ansatz des kräftigen Brusthaares zu sehen war. Forster wirkte auf nachlässige Weise gefährlich, desinteressiert und doch triebhaft. Eleonora hörte in der Erinnerung Reinhardts Stimme, diese geduldige, aber unnachgiebige Probenstimme. »Nimm dir ein Beispiel an dem Forster. Der hat das Leichte, das Selbstverständliche. Bei ihm fließt der Vers.« Hatte er das Helene Thimig oder ihr selbst empfohlen? Sicher war, dass Forster über die Bühne gehen konnte, als gehe er durch die kalte Küche.

Er rauchte, die Lider gesenkt, und schien nichts um sich her wahrzunehmen. Als Berta Zuckerkandl aus der Tür ins Freie trat, zog er sofort die Zigarette aus dem Mund und neigte den Kopf. Eleonora, die vom Fuß der Terrassentreppe aus diese sich füllende Bühne beobachtet hatte, ging nun auch hinauf und stellte sich neben Berta, die neugierig zu Forster emporschaute.

»Ich kenne Sie ja nur vom Josefstädter, wo Sie neben Ele und Helene den Leicester gespielt haben. Aber in Berlin, hatten Sie beide da näher miteinander zu tun?«

Forster zog die Brauen hoch und reckte den Kopf vor. »Eleonora und ich? Was meinen Sie mit ›zu tun‹? Also wir haben in einigen Stücken gemeinsam auf Reinhardts Bühne gestanden. Und ich hatte ein paar Mal die Gnade, zu den Festivitäten der Geschwister Mendelssohn im Grunewald eingeladen zu sein. Nur ...«, er schnippte den Aschenkegel seiner Zigarette ab, »dafür war ich entschieden zu bieder. Fing damit an, dass ich diese blauen Schwertlilien von einem ... van Gock oder so ähnlich dilettantisch fand.«

Der Tag war mit jeder Stunde schwüler geworden. Schwere Feuchtigkeit hinderte die Haut am Atmen. Seit Stunden schon hatte der sich verfinsternde Himmel mehrmals ein Gewitter versprochen. Angespannt saßen die Gäste nach diesem Tag des Nichtstuns auf der Terrasse. Sie gaben sich Mühe, Form zu wahren. Lippen waren nachgezogen, Stirnen abgetupft, Nasen gepudert, Haare neu geordnet, Hemden gewechselt, leichte Sommerparfums aufgetragen worden.

Eleonora spürte, dass auch sie die Sanftmut anstrengte. Sie legte ihre Rechte auf Forsters Brust und lächelte ihn an. »Ach, du tust als sei ich eine hochnäsige Ziege ...«

»Nein, aber du bist nun mal die Tochter von einem Bankier und einer Pianistin, einer sehr verwöhnten Pianistin.«

Berta sah zu ihm auf, wachsam wie ein Hund, der darauf wartet, dass ein Stecken für ihn geworfen wird, und an der ersten Bewegung der Hand bereits erkennen will, in welche Richtung der Stecken fliegt. »Und Ihre Eltern, was sind die?«

Forster blickte nur Berta an. »Mein Vater war der Sohn einer ledigen Wäscherin, und sonst? Eigentlich gar nichts. Meine Mutter ist das jüngste von dreizehn Kindern. Beruf nach Vaters Tod: Dienstmagd bei der Verwandtschaft, schließlich Aufstieg zur Hilfskraft im Wiener Münzamt mit der Ehre, Säcke mit Silbermünzen zu wuchten. Stillt das Ihre Wissbegierde?«

Eleonora nahm ihre Hand von Forsters Hemd. »Das habe ich ja gar nicht gewusst, Rudolf«, flüsterte sie.

»Kein Wunder, du hast nie danach gefragt.« Obwohl er sich geschmeidig anhörte, empfand auch Berta, wie sehr diese Antwort Eleonora verletzte.

Von hinten drängte Reinhardts Privatsekretärin Gusti Adler ins Freie, einen Block und einen Stift in der Hand, Vorhut für Frau Vogl, die ein Tablett vor sich trug, feierlich, als wäre es eine Monstranz. Alle machten Platz und beäugten das Tablett. Auf einer langen Silberplatte lagen in grünen Kopfsalat gebettet goldbraun gebratene Wachteln.

»Kennen Sie böhmische Wachteln?«, fragte Forster.

Er fragte Berta Zuckerkandl, nicht Eleonora. »Die hat es bei uns daheim immer an Feiertagen gegeben.«

Berta schüttelte den Kopf. »Nie gehört. Was ist das?«

Forster grinste. »Das sind Kartoffeln mit Butter.«

Gusti Adler bat, Platz zu nehmen. Reinhardt speise oben, er brauche etwas Ruhe, Frau Thimig komme gleich und bitte, ohne sie anzufangen.

Weill und Weisgal, Molnár und Lili, Alma und Werfel, Francesco und Kommer saßen bereits am Tisch, der auch auf der Terrasse mit weißem Damast eingedeckt worden war. Forster rückte zuerst Berta, dann Eleonora den Stuhl zurecht, blieb selber aber stehen.

War das der Grund dafür, dass eine klamme Stille entstand? Keiner bediente sich, keiner trank. Nur Alma hatte bereits Gabel und Messer in die Hand genommen.

»Was sollen hier eigentlich diese Orangenbäume?«, fragte Weisgal in Richtung Gusti Adler. »Ich meine, die riechen sicher in der Blüte delikat und sehen schön aus, aber die müssen doch ein Vermögen gekostet haben. Und dann der Aufwand, dauernd die Blätter abzustauben, die Dinger im Herbst in irgendein Gewächshaus zu verfrachten, und überhaupt, so etwas haben sich doch nur Fürsten und Könige geleistet.«

»Angeblich ...«, setzte Gusti Adler an.

»Bei den Fürsten und Königen«, mischte Weill sich ein, »verstehe ich diese Marotte offen gestanden auch nicht so recht. Was soll das Ganze? Da stellen sie ganze Orangerien hin für Pflanzen, denen es hier schlicht zu kalt ist, und beschäftigen Kompanien von Gärtnern mit diesem elitären Blödsinn.«

»Das finde ich auch«, sagte Francesco, »dagegen ist Kokain entschieden sozialer. Macht gute Laune, aber niemandem Arbeit, keinen Schmutz und ...«

»Angeblich«, unterbrach Gusti ihn, »wollten die Herrschaften damit an die Äpfel der Hesperiden erinnern, das Hochzeitsgeschenk von Gaia für die regierenden Herrschaften des Olymp, Hera und Zeus. Herakles hat sie dann für König Erystheus geraubt.« Während sie redete, schrieb Gusti Zahlen auf den Block neben ihrem Teller.

»Ich dachte immer«, sagte Francesco, »Sie seien als verdächtig überqualifizierte Sekretärin eigentlich die Aufpasserin im Dienst Ihrer Busenfreundin Helene, um Reinhardt an zu großen Sprüngen, vor allem zur Seite, zu hindern. Aber Sie sind ja offenbar auch sein Nachschlagewerk.«

Alle Blicke hingen an den beiden. Francesco funkelte wie ein junger Hahn.

Gusti sah ihn durch ihre Brillengläser in der Form von Schmetterlingsflügeln an, als habe er berichtet, was die Damen in der Kärntnerstraße aktuell so kosten. »Herr Reinhardt hat ein lebendes Lexikon so wenig nötig wie Frau Thimig eine Privatpolizistin, Herr von Mendelssohn.«

In diesem Augenblick betrat Helene die Terrasse. Ihr sonst so leichter Schritt wirkte verkrampft. »Ach, was den Überwachungsdienst angeht, wäre unsere schöne Eleonora viel geeigneter«, sagte Helene mit einem mühsamen Lächeln. »Sie hat wirklich ganz überragende detektivische Qualitäten, und man sieht es ihr nicht einmal an.« Mit routinierter Damenhaftigkeit nahm Helene auf dem freien Stuhl an der Schmalseite Platz. Eleonora wusste, wovon Helene sprach. In jenen sieben Jahren, in denen sie sich geschworen hatte, Reinhardt nicht sehen zu wollen, weil er sich nach der Trennung von Else nicht für sie entschieden hatte, ließ sie über Garderobieren, Logenschließer und Stubenmädchen alle Details seines

Intimlebens auskundschaften. Sie wollte erfahren, wem zuliebe er ihr Angebot ausgeschlagen hatte.

Die Tischrunde schaute zwischen Helene und Eleonora hin und her. Was würde geschehen? Helene sah Eleonora an wie ein keuscher, richtender Engel. Sie stand nun in der Pflicht. Jeder, der nicht genau Bescheid wusste, erwartete von ihr eine Erklärung. »Sie wussten in Berlin doch jahrelang über jedes blonde Haar auf Reinhardts Anzug Bescheid, nicht wahr?« Diesmal gelang Helene das Lächeln.

Eleonora fing an, ihre silberne Gabel mit der Serviette zu polieren.

Gusti stand auf und legte ihrer Freundin Helene Salat und eine Wachtel auf den Teller. »Wir waren gerade bei den Orangenbäumen, Leni. Unsere Gäste interessiert es, was unser Import aus Schönbrunn hier soll. Friedell behauptet ja, bei den Äpfeln der Hesperiden habe es sich wahrscheinlich um Quitten gehandelt. Aber die gängige Theorie besagt, es seien damit Orangen gemeint. Und in einem der botanischen Bücher hier in der Bibliothek steht, der Zuckerstoff in der Schale von Zitronen und Orangen heiße Hesperidin.«

Weill stach mit der Vorlegegabel in eine Wachtel, beförderte sie auf seinen Teller und begann behutsam, sie zu zerlegen. »Jetzt weiß ich aber immer noch nicht, was diesen Aufwand mit Orangerie und Orangenbäumen so verlockend macht.«

Gusti hatte wieder Platz genommen. »Es ist eben der Mythos, wenn Sie das verstehen. Die Äpfel der Hesperiden sollen ewige Jugend schenken. Dieser Erystheus, der Herakles beauftragte, sie ihm zu besorgen, war ein Mann im mittleren Alter und hatte Angst vor dem Verfall.«

»Die Sehnsucht nach der ewigen Jugend«, sagte Francesco, »setzt erstaunliche Energien frei, was?« Er stand auf und pflückte eine Orange vom nächststehenden Baum. »Sehnsucht ist eben auch eine Sucht. Nur fallen die Süchtigen weniger auf.« Er reichte Alma die Frucht. »Bitte, Gnädigste. Sie werden hoffentlich bemerken: ich denke an die Bedürftigen.«

Berta wiegte den Kopf. »Ich kann es kaum glauben, Francesco, dass Sie angeblich einen betörend süßen und beseelten Celloton haben, bei dem jeder dahinschmilzt.«

Alma rückte ihren Strohhut zurecht, zog einen Spiegel aus der Tasche, puderte sich die Nase, packte die Dose wieder weg und wandte sich dem Essen zu. Den ersten Bissen im Mund, sagte sie: »Dorian Gray träumte auch von ewiger Jugend. Sie wissen ja, wie das ausgeht, Francesco. An Ihrer Stelle würde ich mich also von Orangen ernähren, und Herr Gründgens teilt meine Meinung vermutlich.«

Werfel griff sich mit einer Hand geschickt zwei Wachteln, schnitt eine in der Mitte durch und begann zu nagen. »Was den Jungbrunnen angeht, da kennt unsere Almi ganz andere Versionen.« Er sah seine Frau mit schattenloser Freundlichkeit an. »Beim letzten badete sie in Weihwasser.«

Frau Vogl setzte die Silberschale mit Semmeln so heftig ab, dass es schepperte. »Was? Weihwasser soll jung machen? Muss man es nur äußerlich anwenden oder auch trinken?«

Werfel lachte. Es war ein schönes, wohlklingendes Lachen, um das ihn jeder Verdi-Tenor beneidet hätte. »Ach, ich liebe Ihr unverstelltes Gemüt, beste Frau Vogl. Nein, es geht um einen Herrn, der mit allen Weihwassern gewaschen war, der hieß Hollnsteiner, oder besser gesagt, er heißt noch immer so.«

»Ach lass das, Franzl«, sagte Berta. »Das ist doch längst gegessen.«

»Längst?« Werfel wischte mit seinem weißen Handrücken den Mund ab. »Das ist noch kein halbes Jahr her. Ein Ende hat es nur gefunden, weil Manon gestorben ist. Und wie lange es bis dahin schon gedauert hat, kann ein vielreisender Hahnrei wie ich gar nicht sagen. Stimmt es, Almi?«

Alle hatten aufgehört zu nagen, zu tranchieren oder zu kauen, nur Francesco und Alma nicht. Francesco schaute in die Runde wie ein aufsässiges Kind und wippte ohne Unterlass mit den Knien. Sie aß mit kalter Würde weiter.

»Ich möchte zu gern wissen, was meine Manon mit all dem zu tun hat«, sagte sie schließlich.

Werfel schenkte der vierten Wachtel einen liebevollen Blick, bevor er ihr den Schenkel ausriss. »Du bist doch eine Frau von Stil und Geschmack, meine Gute. Und mit dem Priester, der am Grab deiner Tochter bewegt das Andenken dieses Engels beschwört, gerade erst vom Liebeslager gestiegen zu sein, das wäre dir dann doch zu – wie soll ich sagen? – zu direkt. Obwohl er ja deiner Tochter Anna erklärt hat, das Zölibat gelte nur dann für ihn, wenn er den Talar trage.«

Ein, zwei Minuten vergingen, in denen nichts zu hören war, außer dem Geplätscher des Weihers und dem Gezwitscher der Amseln.

»Ach, bester Werfel, seien Sie diesem Mann doch dankbar«, sagte Francesco sanft. »Und das Gute an dieser Droge ist, das muss ich neidvoll zugeben: man gerät nicht mit dem Gesetz in Konflikt.«

Eleonora drehte sich um zu Forster, der noch immer hinter ihrem Stuhl stand und gebannt dem Tischgespräch lauschte. »Willst du dich nicht zu uns setzen, Rudolf?«

»Nein, ich lege mich wie jeden Tag zum Mittagsschlaf hin.«

»Aber du musst doch heute Abend gar nicht auftreten.«

»Meine Liebe, wir haben eben eine unterschiedliche Einstellung zum Beruf. Für mich ist er die einzige Methode, an Geld zu kommen. Deswegen benehme ich mich auch dann wie ein Schauspieler, wenn ich nicht spiele. Und dazu gehört es, seinem Tagesrhythmus so stur treu zu bleiben wie ein Mönch.« Er ging zur Terrassentür und hörte noch, wie Francesco lachte. »Das Zölibat erregt offenbar viele Frauen.«

Berta atmete tief durch, fuhr sich über die Stirn, als könne sie damit die Atmosphäre bereinigen, und hob ihr Glas. »Ich würde jetzt gerne auf diese erlesene Runde anstoßen, wenn sie sich auch so benehmen würde.«

Weisgal bedachte sie mit einem Gesichtsausdruck, den ein Lehrer dem einzigen Schüler schenkt, der ihm zuhört. »Danke, Frau Zuckerkandl, danke. Ich bin auch einigermaßen erstaunt, dass es in so brisanten Zeiten unter Menschen, denen das Wasser bis zum Halse steht, keine anderen Gesprächsthemen gibt.«

»Sie irren«, sagte Francesco. »Diese Themen sind für uns alltäglich. Wir kommen aus Berlin, nicht aus Altötting.«

Er goß sich Champagner nach, zog eine kleine Schildpattdose aus der Brusttasche, schüttete sich etwas von dem Pulver darin auf einen Löffel, schluckte es und spülte mit dem Champagner nach. »Außerdem, lieber Weisgal, sind Sie doch ein großer Theatermann. Gibt es ein besseres Thema auf der Bühne als geschlechtliche Untreue, eines, das genauso unschlagbar wäre? Shakespeare lebt davon, Molière, Verdi, Puccini, Mozart,

Schiller ... und sogar unser guter Molnár. Auch wenn ihm das im privaten Dasein gar nicht schmeckt.«

Weisgal tupfte sich die Stirn mit seiner Serviette ab. »Sie wollen mich reizen, Francesco, und eigentlich würde ich jetzt am liebsten das Anwesen hier verlassen. Aber wir müssen zusammenkommen auf unserer ›Eternal Road‹. Mir geht es um die Treue zu Überzeugungen.«

»Da müssen Sie aber bei unserem Dichter anfangen, der mit Ihnen nun die erste mosaische Revue der Welt fabrizieren möchte.« Francesco hob sein Glas und prostete Werfel zu. »Ein jüdischer Charismatiker, der unter dem Einfluss seiner Gattin zum Katholiken mutiert ist, ihre Äußerungen über die Juden an sich einfach überhört und ihr die intime Beichte bei irgendeinem katholischen Priester gönnt.«

»Es ist nicht irgendeiner«, fiel Werfel ihm vergnügt ins Wort. »Ich muss schon bitten, meine Frau gibt sich doch mit nichts Gewöhnlichem ab.« Er legte seine Hand auf die Almas. »Er ist *der* Priester in Wien. Wie hast du mal so schön gesagt, Almi? ›Ich verliebe mich in das große Talent, in die Leistung.‹«

Alma wischte ihre Hand gründlich mit der Serviette ab, Werfel redete weiter. »Na ja, das kann er bieten, der Johann Hollnsteiner. Ordentlicher Professor, Doktor der Theologie sowie der Kirchengeschichte und Beichtvater unseres Kanzlers Schuschnigg. Und er ist jetzt gerade erst vierzig geworden.« Werfel griff sich die Orange vor Almas Teller. »Schade, dass sie noch nicht ganz reif ist, meine Liebe.«

Molnár ließ ein fast ganz abgenagtes Wachtelbein sinken. »Wie heißt der Mann? Hollnsteiner? Ist das nicht einer, der für ›Das Neue Reich‹ und andere naziverliebte

Postillen schreibt? Brückenorgane nennt sich das in der Fachsprache. Und über diese Brücke soll der Führer kommen, was?«

Werfel warf die Orange von einer Hand in die andere. »Der Hollnsteiner ist eben ein dynamischer junger Mann, der an die Zukunft denkt. Und so etwas animiert eine Frau wie die meine, weil sie ja die Genies von morgen ... wie soll ich sagen ...«

»... entjungfern will«, sagte Francesco.

Weill hatte zugehört mit verschränkten Armen und zunehmend feuchtem Nasenrücken. »Pardon«, presste er heraus. »Ich gehe das Risiko ein, Francesco, von dir als Spießer ins Regal gestellt zu werden, aber ich halte das nicht mehr aus. In ein Theaterstück unseres geschätzten Noel Coward würden diese Dialoge ja passen. Aber – vielleicht bin ich ja altmodisch – ich bin nicht der Ansicht, dass solche Geschichten in die Öffentlichkeit gehören.« Er dachte an die Briefe vom Herbst letzten Jahres, in denen Lotte ihm offen berichtet hatte, sie habe nun ein Verhältnis mit Max Ernst angefangen, wie sie dann im Winter gestand, die Affäre mit dem Surrealisten sei sehr realistisch und leidenschaftlich, allerdings sei ihr bewusst, dass Max Ernst sie nur brauche, weil er einen Horror vor dem Älterwerden und vor Impotenz habe. Und Weill erinnerte sich sehr genau daran, wie sie im Frühling schließlich, es war erst ein paar Monate her, geseufzt hatte, sie habe wohl ihre Pflicht getan, zu gut und zu schnell getan.

Weill musterte Werfels Gesicht, das jedoch in Zufriedenheit glänzte. Der volle Mund entspannt, die Augen heiter, die breite Stirne glatt. Stand dieser Mann über den Dingen? Oder war ihm seine sechsundfünfzigjährige Frau mittlerweile einfach gleichgültig? Hatte auch sie ihre Pflicht für ihn getan, konnte gehen und es treiben, mit wem sie wollte?

Francesco faltete die Hände hinter dem Kopf. »Aber deine Süße, bester Kurti, ist da wohl anderer Ansicht. Sie lebt ihre Untreue ja geradezu offensiv öffentlich aus.«

»Francesco, lass das!«, zischte Eleonora. Aber sie spürte, dass ihr Bruder, als ob er Kokain genommen hätte, bereits an einem Punkt angelangt war, an dem ihn keiner mehr aufhalten konnte.

»Leben ist etwas anderes«, kam es leise von Weill, »als sich das Maul darüber zu zerreißen.« Er dachte an die Doppelkabine, die Weisgal für ihn gebucht hatte, an die Warnungen vieler Freunde, er solle sich eine richtige Frau suchen, und dann an den Mund von Lotte, diesen breiten Mund mit den zu großen, vorstehenden Zähnen, der ihn betörte, ob er lachte, sang, fluchte oder tief und gurrend »Weilli« sagte. Und er dachte auch daran, dass er selbst auf all die Warnungen immer nur entgegnete, es sei ein alter jüdischer Brauch, seiner Frau zu vergeben. Die erklärten dann meistens, ihm seien sonst doch jüdische Bräuche gleichgültig, aber darauf reagierte er nicht mehr.

Francesco betastete seine Mundwinkel und schürzte die Lippen. »Was redest du vom Maul zerreißen, Kurti? Ich habe doch ein ganz zartes Mündchen. Außerdem ist es gut, wenn du jetzt schon einsiehst – im Angesicht der Frau Mahler-Schreker-Kokoschka-Gropius-Werfel-Hollnsteiner –, dass dieser Eroberungsdrang mit dem Alter zunimmt. Du wirst es noch selber erleben, da wird für manche Damen das Fremdgehen zur Droge.«

»Francesco, ich bitte Sie!«, mahnte nun Berta im Ton einer entnervten Mutter.

Er stand auf, betrachtete sich über die Schulter in

einem imaginären Spiegel und strich sich mit der Hand den Nacken hoch. »Ich gefalle immer noch«, flötete er.

»Es fragt sich doch«, sagte Alma, »warum das Fremdgehen immer derartig dramatisiert wird. Der Franzl versteht eben, dass eine Frau in vielen Kirchen beten kann. Ich persönlich finde das Veruntreuen entschieden obszöner als das Untreusein. Das Veruntreuen von Vertrauen, von Geheimnissen zum Beispiel, das widert mich an.«

Eleonora richtete sich auf und strich das Haar aus der Stirn. »Ihre Abscheu gegen das Veruntreuen, liebe Alma, ist wohl mehr Theorie als Praxis. Ich sage nur Fritzi, Fritzi Massary.«

Alma griff nach rechts, hob die Flasche hoch, die neben ihrem Stuhl am Boden stand, und goss ihr Champagnerglas mit Bénédictine voll. »Ach Kinderl, das ist lange her. Und auch wenn die Fritzi Ihre Busenfreundin ist – Kunst, große Kunst ist wichtiger als das lächerliche kleine Liebesleben mit irgendeinem bedeutungslosen, degenerierten Aristokraten. Ich habe eh nie verstanden, wie sich die Massary mit diesem Wurm von Rollo Coudenhove einlassen konnte. Ein Nichts, ein absolutes, blasiertes Nichts.«

Almas Lippen wurden ebenso schmal wie die von Eleonora.

Wer am Tisch konnte noch davon wissen?, ging es durch Eleonoras Kopf. Helene vermutlich, vielleicht auch Gusti, ganz sicher Francesco, denn der wusste es von ihr, dass damals, als Fritzi, genannt die Göttin von Berlin, von einem hochadligen Achtzehnjährigen, Graf Coudenhove, so lange angehimmelt wurde, bis sie, der raffinierteste, am meisten umschwärmte aller Bühnenstars, ihm in die Arme fiel. Wie sie von ihm geschwängert worden war und er auf Druck des Vaters die Geliebte dann umgehend sitzen ließ, wohl wissend, dass ein uneheliches Kind die Aufkündigung ihres Vertrages zur Folge haben musste. Alma Mahler, der Fritzi die Geschichte unter dem Siegel der Verschwiegenheit anvertraut hatte, reichte sie sofort in allen Details an Hugo von Hofmannsthal weiter, der daraus angeblich ein Melodram machen wollte. Allerdings war er darüber gestorben.

Molnár nahm sein Monokel heraus, putzte es mit der Serviette und setzte es wieder ein. »Es soll Leute geben, verehrte Alma, die beim Liebesakt nicht daran denken, ob ihr Geschlechtspartner einmal im Lexikon stehen wird.«

Berta sah ihn enttäuscht an. »Jetzt mischen Sie auch noch mit bei diesem Spiel. Weiß hier eigentlich keiner mehr, was das Wort Diskretion bedeutet?«

Eine Pause entstand.

Weisgal räusperte sich und erhob die Stimme. »Für mich heißt die Frage viel eher: Ist die Kunst wichtiger als die Gesinnung oder die Gesinnung wichtiger als die Kunst?« Sein Organ tönte auf der Terrasse so mächtig, als sollte es am anderen Ufer des Weihers gehört werden.

»Sie sind erst um die vierzig, Weisgal.« Molnár sprach ungewohnt leise, eher so, als spreche er zu sich selbst. »Und für Sie ist das deshalb die zentrale Frage, weil Sie sich noch nicht mit dem Problem des Älterwerdens herumzuschlagen haben. Wenn Sie spüren, wie Ihre Sexualhormone nicht mehr aktiv sind, dann sind Ihnen Gesinnung und Kunst gleichermaßen egal. Sie denken nur noch daran. An Ihren unaufhaltsamen Verfall. Und daran, dass es nun Geld kostet, eine schöne junge Geliebte zu haben.« Er warf einen kurzen Blick auf Lili, dann einen langen auf Alma. Das wäre die Frau in einem Alter, das zu seinem passte. Er erschauerte. Und schämte sich dieses Schauers.

Alma hatte die Lider gesenkt und sich zurückgelehnt. »Ja«, stöhnte sie, »genau. Genau so ist es. Jedes Aufhören ist furchtbar, weil jedes Aufhören ein Teil vom Tod ist. Besonders schlimm ist es, wenn die weiblichen Körperfunktionen aufhören. Da gibt es kein Zurück mehr.«

Eleonora sah in die Runde und sah in jedem Gesicht wie mit Leuchtziffern das Alter stehen. Alma, 56, neben Werfel, 45, Molnár, 57, neben Lili Darvas, 33, Weisgal, 41, neben Francesco, 33. In Gedanken sah sie auch Reinhardt, 63, neben Helene, 46, und sah sich selber mit ihren 35. Und daneben? Sie schloss die Augen. Nicht Forster, nicht Reinhardt, nein: Toscanini, 68. Wenn es eine Sucht der Alten war, sich mit der Droge Jugend die Angst vor dem Verfall, dem Tod zu nehmen, was machte dann eine wie sie süchtig auf Männer jenseits der sechzig? Sie wusste doch, wie Toscanini aussah, wenn er sein Alpakajackett ablegte, wenn er in diesen zu hoch sitzenden Hosen der alten Männer dastand, von Hosenträgern gehalten, der Bund knapp unter den Brustwarzen. Sie kannte jeden der rötlichbraunen Flecken auf seinen weißen Händen, obwohl sie kurzsichtig war. Nüchtern hatte sie registriert, wie ihm die Bewegung schwerer und schwerer fiel, mit der er vor dem Auftritt sein Batisttuch zurechtrückte, das er zwischen Stehkragen und Hals trug. Und durch sein Eau de Cologne d' Orsay hindurch hatte sie neulich am Tisch bemerkt, wie sein Körpergeruch sich verändert hatte, säuerlicher geworden war. Warum nur sollte er es sein, nicht Forster? Warum brannte sie darauf, ihn vielleicht heute Abend nach dem »Falstaff« irgendwo im Flur, in einer Nische, einem Nebenzimmer abzupassen und ihn anzusprechen auf jene von Carla abgefangenen Briefe, auf seine jäh ausgebrochene Begehrlichkeit nach all den Jahren des Vertrautseins.

Unerwartet stand Reinhardt am Kopf des Tisches neben Helene. Eleonora registrierte, dass er seine Frau nicht berührte, nicht einmal mit einer zufälligen Geste. Sein Gesicht war verschattet von einer müden Traurigkeit. Die aufgeheizte und trotzdem starre Stimmung hier an der Tafel musste ihm auffallen. Die Gesichter in der Tafelrunde ähnelten denen in einer finalen Theaterszene, wo die Gäste dabei sind, sich ›mit Worten gegenseitig abzuschlachten.

»Was ist denn hier los?«, fragte er.

Eleonora konnte den Blick nicht wenden von seinen vollen Lippen, von diesem Mund, der so wandelbar war wie kein anderer. Erschreckend weit riss ihn Reinhardt oft auf, so weit wie niemand sonst das vermochte, um in der nächsten Sekunde mit Kussmund zu flüstern und zu beschwören. Wie war das damals im Zug gewesen vor fünfzehn Jahren, als er sie küsste? Hatte er sie überhaupt geküsst oder nur sie ihn?

»Wir enthüllen«, sagte Francesco. »Wie es Max Reinhardt befahl. Ich entsinne mich doch richtig der Worte des großen Vorsitzenden: ›Nicht Verstellung ist die Aufgabe des Schauspielers, sondern Enthüllung.‹«

»Das gilt für die Bühne«, kam es von Reinhardt. »Nicht für meine Terrasse.«

Da hob Helene ihr Gesicht und wandte es Reinhardt zu. Und Eleonora musste sehen, wie ihr verhaltenes Lächeln in seinem Gesicht ebenfalls eines aufgehen ließ und wie diese beiden Gesichter sich ineinander spiegelten in wortlosem Einverständnis.

Kommer war aufgestanden. »Es geht hier auch mehr

darum, anderen eine Blöße zu geben, lieber Herr Professor. Ich betrachte das, was hier abläuft, als Gesellschaftsspiel, bei dem keiner gewinnt, mit dem sich alle aber erfolgreich davon ablenken, dass sie auf der braunen Liste stehen. Und wahrscheinlich unter die Rassengesetze fallen, an denen unsere Freunde in Nürnberg gerade basteln.«

Er verneigte sich in Richtung Alma. »Als Gattin des Herrn Werfel sogar Sie, werte Frau Mahler. Da hilft es nichts, dass er Ihnen zuliebe dem jüdischen Glauben abgeschworen hat.«

Francesco starrte ihn an. »Dich haben wir ja völlig übersehen, Kätchen. Warum bist du denn so ungeschoren davongekommen?«

»Na ja, Gusti ist auch nichts passiert«, freute sich Kommer.

»Kann aber noch geschehen«, grinste Francesco. »Sie lebt schließlich zölibatär im Glauben an ihren Herrn und Abgott. Und wie wir wissen, wirkt das erotisch animierend. Ach, und wie ist das denn mit dir und den Weibern, Kätchen?«

Gusti Adler seufzte. »Ich denke, Herr Professor, die Gäste sind gesättigt.«

Molnár lockerte seinen Gürtel. »In jeder Hinsicht erledigt.«

Alma erhob sich. »Es bleibt hier noch genügend zu enthüllen übrig.« Sie zog durchs Kleid hindurch ihre Miederware nach unten. »Zum Beispiel das große Geheimnis der Eleonora von Mendelssohn, die mir so viel Jugend, so viel Schönheit und auch noch Reichtum voraus hat. Warum also wird sie nicht von den Männern erhört, die sie verehrt?« Sie ging an Eleonora vorbei und strich ihr übers Haar. »Ich müsste Ihnen ja dankbar sein.

Sie trösten mich schließlich übers Altern hinweg, denn offenbar bringt die Jugend den ersehnten Erfolg auch nicht.« Noch einmal strich sie Eleonora, die darunter erbebte, über den dunklen Scheitel. »Dabei sollten Sie froh sein, Kinderl, wenn die Genies nicht auf sie anspringen. Eins kann ich Ihnen nämlich aus Erfahrung sagen: je bedeutender ein Mann, desto kranker ist seine Sexualität.«

Das Schweigen begleitete sie ins Haus.

XII.

Wie der Abend enden würde, hing an einem von Toscaninis feinen weißen Haaren. Ein Zornesausbruch, der
alles erbeben ließ, war jederzeit möglich, denn dazu
brauchte es bei ihm nicht viel. Und danach, das war bekannt, schloss der Maestro sich hermetisch in sich selbst
ein, wollte nichts essen, nichts trinken, nichts reden. Dass
er damit Gastgeber brüskierte und Verehrer enttäuschte,
kümmerte ihn nicht im Geringsten. Und eine solche
Eruption drohte, das war offensichtlich. Denn jene an
schwerer Toscanini-Sucht leidende Lady Oxford, die
kürzlich während der Ouvertüre zu klatschen und Bravo
zu brüllen begonnen hatte, war am vernichtenden Blick
des Meisters nicht gestorben. Unverdrossen saß sie in der
zweiten Reihe, diesmal jedoch bewacht von zwei kräftigen jungen Begleiterinnen, die den nächsten Skandal mit
allen Mitteln verhindern sollten. Trotzdem blieb diese
Margot Oxford, Journalistin bei der »Daily Mail«, ein
Risiko, weil sie nicht nur von der üblichen Flasche Bran-
dy zum Frühstück, sondern auch von ihrer Euphorie für
Toscanini berauscht war und schlagartig alle Hemmun-
gen verlieren konnte.

An diesem schwülen 26. August jedoch, an dem draußen seit dem Mittag schon ein Gewitter dräute, passierte
nichts. Die Oper ging in jener präzisen, straffen Vollkommenheit über die Bühne, mit der Toscanini jeden
begeisterte. Das Fest auf Leopoldskron war von nichts
mehr bedroht. Und als die Vorhut gegen elf Uhr abends

am Schloss vorfuhr, in einer Nacht, die schweratmend darauf wartete, vom Gewitter endlich erlöst zu werden, flüsterte es einer dem anderen zu: Der Maestro werde heute bester Laune sein. Denn er hatte, als er sich verneigte, von innen heraus geleuchtet. Tiefernst hatte er die Hände vor der Brust gekreuzt und mit einem Blick nach oben demütig den Dank abgegeben an den Komponisten. Und das tat Toscanini nur, wenn er befand, jener könne zufrieden sein.

Schon zu Beginn, als er das Pult bestiegen hatte, waren Toscaninis Bewegungen unübersehbar beschwingt gewesen, fand Eleonora. Und sie ahnte, warum.

Dass man sich um ihn prügelte, beeindruckte ihn, obwohl er es bestritt. Denn das war Indiz seines Triumphes. Schließlich hatte er der Festspielleitung diesen »Falstaff« aufgezwungen und erklärt, wenn er Verdis Alterswerk nicht dirigieren dürfe, dann dirigiere er gar nichts, und der ganze Festspielzirkus könne ihm gestohlen bleiben. Sogar Festspielpräsident Puthon bereute nicht mehr, dass er sich von der Diva Toscanini hatte erpressen lassen, das Programm in eine Richtung zu verändern, die den Traditionalisten missfallen musste. Seit vier Wochen war dieser letzte »Falstaff« des Sommers ausverkauft. Direkt vor dem Eingang ins Festspielhaus waren ein paar Briten und ein paar Holländer mit den Fäusten aufeinander losgegangen, weil die wenigen Restkarten, die aus Krankheitsgründen zurückgegeben worden waren, nicht reichten. Polizisten hatten die Toscanini-Verehrer trennen müssen, die sich darum rissen, für einen Stehplatz 150 Schilling auszugeben, anstatt für dieses Geld vierzehn Tage Urlaub im Salzkammergut zu machen. Offenbar, stellte Eleonora fest, tat so viel Leidenschaft auch einem Weltstar, dem Weltstar der klassischen Musik noch gut. Es war bekannt, dass Toscanini Bewunderung, mehr noch, Anbetung zum Überleben so dringend brauchte wie Wasser, ob sie von einer seiner Geliebten kam oder vom Publikum. Die Sehnsucht danach hatte offenbar ebenfalls den Charakter einer Sucht. Und die Dosis musste, wie Eleonora beobachten konnte, mit wachsendem Ruhm ständig erhöht werden.

Als Toscanini dann endlich aus dem Bühnenausgang getreten war, zeigte sein Schritt jene federnde Spannung, die Eleonora bereits verloren geglaubt hatte. Nach der Vorstellung hatte Toscanini, der nichts weniger gerne schrieb als Autogramme, noch eine halbe Stunde lang für Ehrengäste, die Puthon ins Künstlerzimmer schleuste, seine Postkartenserie signiert; zehn Fotos mit dem Meister in unterschiedlichen Dirigierposen, im Juli ediert, nun bereits in dritter Auflage erschienen. Und als Toscanini dann endlich in den Maybach stieg, der ihn nach Leopoldskron hinausbringen sollte, und er Eleonora neben ihrem Wagen stehen sah, da meinte sie in seinem Blick über die Kühlerhauben hinweg etwas Verschwörerisches zu erkennen.

Kommer, im nachtblauen Smoking, fing Eleonora in der Eingangshalle ab. »Ich musste Sie leider woanders unterbringen, liebste Ele. Signora Toscanini hat bei Frau Thimig dagegen protestiert, dass Sie wieder an seine Seite platziert werden.«

Zu Kommers Verwunderung hatte Eleonora nur lächelnd die Achseln gezuckt. »Ach Kätchen. Was geschehen soll, geschieht. Das kann auch Frau Toscanini nicht verhindern.«

Kommer hatte sie immerhin so gesetzt, dass Toscaninis Blick vom Nachbartisch aus direkt auf sie fallen konnte. Und Carla saß mit dem Rücken zu beiden, auch zu jener Schneise, durch die ihre Blicke einander ungehindert begegnen konnten. Ohne wirklich hinzuschauen, nahm Eleonora wahr, dass Toscanini seinen Kneifer herauszog, sie und ihre Tischherren musterte und dann den Kneifer wieder einsteckte.

Weisgal an ihrer rechten, Forster an der linken Seite begann Eleonora mit beiden ein Gespräch, intim in der Lautstärke, voller kleiner, zufällig wirkender Berührungen, immer wieder von ihrem tiefsten, wärmsten und sinnlichsten Lachen erfüllt. Keinen Blick sandte sie die erste Viertelstunde zu Toscanini. Er sollte sie sehen wie auf einer für ihn errichteten Bühne und heiß werden von diesem Dreipersonenstück. Kommer war es, der sie herausriss aus dem Spiel. Mit rotem Kopf glitt er lautlos durch das Speisezimmer, verließ es, kam wieder herein, tuschelte mit Reinhardt, verschwand erneut, kehrte nicht im Smoking zurück, sondern in Lederhosen und Hemd. Die Hemdsärmel waren aufgekrempelt.

Eleonora packte ihn an den Trägern, als er hinter ihr zum fünften Mal vorbeihuschen wollte. »Was ist los, Kätchen?«

»Diese Lady Oxford belagert den Eingang. Sie wissen schon, diese Journalistin von der ›Daily Mail‹, die bei der letzten ›Falstaff‹-Aufführung ...«

»Um Gottes willen«, entfuhr es Eleonora. »Sperren Sie diese Frau aus. Toscanini ergreift sofort die Flucht, wenn er sie sieht.«

»Und vorher vermutlich noch ein Messer«, sagte Forster. »Soll ich mal mit rauskommen?« Er erhob sich. Eleonora schaute von unten an ihm hoch. Die Lenden schmal, die Oberschenkelmuskeln jedoch zu kräftig für diese

Smokinghose, auch der Hintern, rund und fest, zeichnete sich ab, und der trainierte Oberkörper ließ die Schulterpartie des Jacketts spannen. Zu ihrer eigenen Überraschung überkam sie auf einmal Lust, von diesem Mann ausgezogen und genommen zu werden, und sie freute sich, dass sie bereits den Kontakt einer sachkundigen Ausbilderin angebahnt hatte. Es war deutlich zu spüren, dass Forster gewohnt war, verwöhnt zu werden. Wie er neben Kommer den Saal verließ, machte er den gedrungenen Majordomus zu einem Vasallen, einem watschelnden Handlanger.

Eleonora sah sich um. Kommers Unruhe konnte keinem entgehen und hatte sich übertragen auf die Gäste. Eine eigentümliche Aufregung durchzitterte den Raum. Fast jeder wirkte unkonzentriert, fahrig, unfähig, sich auf sein Gegenüber einzulassen. Nein, es war nichts Neues, dass der Eingang zu Leopoldskron belagert wurde von oft zudringlichen Verehrern Reinhardts, der adligen Prominenz oder der Stars, die hier zu Besuch waren; zuweilen wurde das Schmiedeeisentor auch von Leuten bestürmt, die der Ansicht waren, sie gehörten hier einfach dazu und müssten aufgrund ihres Ranges, ihres Geldes, ihrer Bekanntheit Einlass finden. Doch die fertigte Kommer üblicherweise so routiniert ab wie betuchte Gäste aus dem Hôtel de l'Europe, dem Bristol oder dem Österreichischen Hof, die dort irgendeinen Portier bestochen hatten, ihnen die Termine der Soireen draußen zu verraten. Für jeden dieser Fälle verfügte Kommer über die geeignete und genau dosierte Mischung aus Härte und Höflichkeit, aus Grobheit und entschuldigungsheischender Unterwürfigkeit, aus Listigkeit und vorgetäuschter Ahnungslosigkeit.

Irgendetwas war aber an diesem Abend anders. Kommer kam und kam nicht zurück, und auch Forsters Platz blieb leer.

Weisgal erzählte vom nächsten großen Zionistenkongress, erregt wie meist, aber seine Sätze glitten an Eleonora ab. In Gedanken war sie draußen vor der Tür. Mit wem wurde Kommer nicht fertig? Es musste jemand in Begleitung dieser Lady Oxford sein, der nicht nur hartnäckig war, sondern Argumente hatte, die so leicht nicht zu entkräften waren, vielleicht sogar Ansprüche. War es eine abgelegte Geliebte Toscaninis? Oder eine Frau, mit der er gerade erst eine Affäre begonnen hatte? Sie strich sich über die Stirn, als könne sie damit solche Überlegungen wegwischen.

Weisgal nahm seinen blank gegessenen Teller in die Hand. »Vieux Saxe heißt dieses Service, habe ich von Frau Adler gelernt, und soll an die ruhmreiche Zeit von August dem Starken als sächsischem Regenten erinnern, richtig?«

Eleonora nickte abwesend.

»Großer deutscher Barock, was?«

Weisgal entging es, dass Eleonora dauernd zur Tür sah. Er freute sich, neben ihr zu sitzen, von der er sich verstanden fühlte. »Warum hängt Reinhardt hier an diesem verdammten deutschen Boden? An seinen Traditionen und Geschichten und all diesem Mist. So kommt er hier natürlich nicht wirklich los. Und mit seinem Englisch wird es nie etwas. Keiner lernt die Sprache eines Landes, mit dem er sich innerlich nicht aufrichtig verbündet. Und ohne gutes Englisch wird er es in Hollywood schwer haben.«

Eleonora hörte Weisgal nicht einmal mit halbem Ohr zu. Ihr Blick ging durch die Schneise hinüber zu Toscanini. Er schien von der Unruhe nichts zu bemerken, aß bedächtig seine Stopfleber und trank in kleinen Schlucken von seinem Süßwein. Weil an seiner rechten Seite Alma Mahler-Werfel thronte, wirkte er zerbrechlich, beinahe schmächtig. Dass Dussolina Giannini, die im »Falstaff« heute Abend die Mrs. Ford gesungen hatte, ihm als Tischdame zur Linken zugeteilt war, das hatte ja seine Ordnung. Nur wie konnte Kommer denn auf die Idee verfallen, ausgerechnet Alma neben Arturo zu setzen, fragte sich Eleonora. Und dann auch noch ihren Bruder vis à vis, was einer gelassenen Stimmung so zuträglich war wie das Wissen, ein Sprengsatz klebe unter der Tischplatte. Eleonora spürte, dass sich ihr Körper verkrampfte.

Da endlich kam Forster herein und steuerte wieder auf seinen Platz an ihrer Seite zu. Die Fliege hatte er abgelegt, das Hemd vorn aufgeknöpft, aber er wirkte gelassen.

»Was ist denn passiert?«, flüsterte Eleonora. »Warum wird Kommer diese grässliche Person nicht los?«

»Weil sie«, sagte Forster, schob die Stopfleber samt Sauternes-Gelée zur Seite und schmierte sich dick Butter auf seinen Toast, »in Begleitung der Prinzessin ist. Und der ist unser Kätchen offenbar verbunden oder irgendetwas schuldig.« Er biss in seinen krachenden Toast. Eleonora sah seinen Kiefern beim Kauen zu. »Welche Prinzessin, bitte?«

»Na ja, diese Stephanie zu Hohenlohe und sonst was, die sich im Sommer immer in Schloss Fuschl einmietet und politische Prominenz empfängt. Ich kriege das in meinem Feriendomizil in Bad Aussee drüben nur so am Rande mit.«

Eleonora packte Forster am Arm. »Diese Person?«, zischte sie. »Das weiß doch jeder, der nur irgendeine englische Zeitung liest, was das für eine machtbesessene

Intrigantin ist, angeblich eine Art *postillon d'amour* zwischen Hitler und den Engländern. Die Franzosen haben sie schon vor drei Jahren des Landes verwiesen. Als Spionin, bitte sehr.«

Forster aß ruhig weiter. »Hab dich nicht so, Ele. Dein angebeteter Lieblingsgast Noel Coward treibt sich auch gern auf ihren Dinnerpartys in Fuschl oder London herum. Und unser Kätchen kennt die Prinzessin anscheinend schon seit ein paar Jahren aus New York.« Er sah das unberührte Brot an Eleonoras Teller. »Isst du das nicht? Dann gib's mir.«

In diesem Augenblick betrat Kommer den Raum. Offensichtlich hatte er sich übereilt seiner Kampfausrüstung entledigt und wieder in den Smoking gezwängt. Die Hosenbeine stauten sich ziehharmonikaartig über den ohnehin unpassenden Stiefeletten, das Revers war auf einer Seite nach innen geschlagen, die Fliege saß schief. Eleonora sprang auf und hielt ihn fest, weil er vorbeigleiten wollte, als wäre nichts gewesen. »Kätchen, was ist mit Ihnen und dieser Hohenlohe? Ich muss es wissen. Sonst kann ich Ihnen nicht mehr vertrauen.«

Kommer legte den Kopf schief und grinste. »Das, meine verehrte Ele, ist sowieso eine Investition auf eigenes Risiko. Aber was haben Sie gegen Steph?«

»Oho, so vertraut.« Sie zog den Mund schief. »Kätchen, jeder weiß, dass sie eine undurchsichtige Frau ist, über deren zwielichtige Machenschaften in den Zeitungen ...«

Kommer hakte sie unter und tätschelte mit der freien Hand die ihre. »Beruhigen Sie sich, Ele. Erstens: Wer glaubt denn schon den Zeitungen? Und zweitens: Wer ist in unseren Kreisen und Zeiten nicht undurchsichtig?« Er legte seinen kräftigen gebräunten Zeigefinger an Eleonoras schneeweißes Kinn und drehte ihr Gesicht zu sich her. »Selbst Ihre schönen graublaugrünen Augen sind undurchschaubar.«

Eleonora atmete tief durch. »Aber diese Prinzessin arrangiert doch irgendetwas zwischen den Nazis und den Engländern.«

»Na ja, King Edward ist doch ohnehin ein aufrichtiger Bewunderer des Führers und ein fromm bekennender Judenhasser. Da braucht sie nicht viel zu arrangieren.« Kommer schnaubte. »Es sei denn, Edward käme auf die Idee, seiner zweimal geschiedenen Geliebten wegen abzudanken. Da wäre der Führer sehr traurig, und Steph geriete in Bedrängnis.«

Eleonora fixierte ihn. Doch Kommer entzog seinen Blick dem ihren. »Kätchen, schauen Sie mich an. Rücken Sie heraus mit dem, was Sie wissen. Was ist das für eine Existenz? Alles an dieser Frau riecht doch nach Fäulnis, oder?«

Kommer sah sie an mit dem Blick eines zu Unrecht der Lüge verdächtigten Kindes. »Ele, was haben Sie denn auf einmal? Diese sogenannte Prinzessin steht selber bald auf der Abschussliste, das schwöre ich Ihnen. Es ist nur eine Frage der Zeit. Die hat den Titel nämlich nur von irgendeinem geschiedenen Jugendgatten, das Geld von diversen Galanen und einem Zeitungsmagnaten namens Lord Rothermere, für den sie Klatschkolumnen schreibt. Aber die Nase, die hat sie von ihren Eltern. Sie ist die Tochter einer geborenen Kuranda, wie der Name sagt Prager Jüdin, und eines jüdischen Geldvermittlers, mit dem die Mutter ihren Gemahl, einen Wiener Anwalt namens Richter erfolgreich betrogen hat. Der leibliche Vater von Steph ist auch der Vater von unserer Gina Kaus, von der weiß ich das Ganze.«

Eleonora fühlte Übelkeit in sich aufsteigen und presste eine Hand auf den Leib.

Kommers Stimme klang wie eine gedämpfte G-Saite. »Ich glaube, der Weisgal tut Ihrer Stimmung nicht gut. Signora Toscanini ist schon gegangen. Migräne, kein Wunder. Die Giannini ist schon ins Hotel zurück, weil sie morgen nach New York fliegen muss. Der Platz ist frei. Na ja, und zwischen den Forster und den Weisgal setze ich an Ihrer Stelle unseren Überraschungsgast.«

Eleonoras Stimme klang ungewohnt scharf. »Aber Sie kommen nicht auf die Idee, diese perverse Prinzessin reinzuholen.«

»Ach was«, lachte Kommer, »die ist mit der in jeder Hinsicht blaublütigen Kollegin Oxford längst nach Fuschl abgerauscht.«

Eleonora drückte seinen Arm an sich. »Verraten Sie es mir, bitte.«

»Es ist eine Frau über fünfzig, verwitwet, aufregende Beine, ein Mund mit dem laszivsten Oberlippenbogen der Welt, die jetzt gerade in London ein Comeback plant ...«

»... und mannstoll ist, oder?«

»Na ja, eher macht sie die Männer toll. Noel Coward ist scharf auf sie, seit er ihr bei Ihnen draußen am Attersee näher gekommen ist. Jedenfalls hat er ihr das Stück auf den noch immer recht adretten Leib geschrieben.«

»Was, die Fritzi kommt? Meine Fritzi?«

»Ja, Frau Massary reist heute schon an, um Sie abzuholen und mit Ihnen zusammen an den Attersee weiterzufahren. Sie hat heute Morgen telegrafiert.«

»Aber dann setzen Sie doch die Fritzi zu mir.«

»Entweder Toscanini oder Fritzi«, grinste Kommer

und gab sie mit einer kleinen Verneigung ab. Da fiel Eleonora bereits auf den freien Stuhl an Toscaninis Seite.

Und stellte erstaunt fest, dass sie es als wohltuend empfand, Alma reden und deklamieren zu hören in ihrem gedehnten wienerischen Italienisch. Eleonora wollte alles, außer Konversation machen. Mit halb geschlossenen Augen atmete sie den Geruch Toscaninis ein, sah, wie er seine Hand ganz nah neben ihre auf den Tisch legte, so nah, dass sich die kleinen Finger nur um Haaresbreite nicht berührten, spürte, dass er auf eine Weise nervös war wie ein brünstiges Tier, dieser Mann von fast siebzig Jahren. Alma schwärmte von ihrem Salon und ließ funkelnde Namen fallen, als streute eine Märchenkönigin Juwelen. Toscanini schien davon unbeeindruckt. Nur Francesco reagierte. »Aber verehrte Alma, Sie vergessen ja das Beste. Warum erwähnen Sie nicht die wahren Solitäre in Ihrem Hause, von denen die Welt spricht: die gesamte katholische Politprominenz Österreichs und die tapferen Offiziere von der Heimwehr.« Das deutsche Wort »Heimwehr« in einem italienischen Satz schreckte Toscanini auf. Nicht, dass es ihm etwas gesagt hätte, dass er irgendetwas gewusst hätte von jener Schutztruppe, die seit ihrer tätigen Mithilfe beim Niederschlagen der Sozialisten und Marxisten vor einem Jahr zur inoffiziellen Sicherheitspolizei der Regierenden erstarkt war. Aber allein der Klang des Wortes alarmierte ihn. »*O scusate, scusate ...*«, haspelte er. Seine Stirn glitzerte feucht. Im Sitzen zerrte er seine Uhr aus der Hosentasche, ein zusammengefaltetes Tuch fiel zu Boden. Toscanini bemerkte es nicht, klappte die Uhr auf, starrte auf das Zifferblatt, sprang so heftig vom Stuhl, dass der zu stürzen drohte. Und während er mit kurzen, schnellen Schritten durch das Speisezimmer ging, hob Eleonora das Tuch

auf. Es war rot befleckt. In dem rostigen Rot angetrock-
neten Blutes. Hatte er sich irgendwo verletzt und, ganz
Sklave Verdis, die Schmerzen den Abend lang heldenhaft
unterdrückt? Eleonora kontrollierte mit einem Blick in
die Runde, ob jemand bemerkte, dass sie das Tuch an
sich genommen hatte. Mit dem offenen Blick und den
unauffälligen Bewegungen einer geübten Taschendiebin
steckte sie es in ihren bestickten Samtbeutel. Francesco
und Alma hatten einander hochgeschaukelt, er von Kokain, sie von Bénédictine enthemmt, und Berta versuchte
geduldig, eine Eskalation zu verhindern. Die Gelegenheit war günstig, ebenfalls kurz das Speisezimmer zu
verlassen und Toscanini irgendwo auf dem Flur abzupassen.

Als Eleonora von außen die Tür hinter sich schloss
und kurz dagegen lehnte, fühlte sie sich, als breche sie zu
einem Abenteuer auf. Ihr Pulsschlag war beschleunigt,
ihre Hände zitterten leicht. Von Toscanini war nichts zu
sehen, doch sein Eau d'Orsay wies ihr den Weg. Schnup-
pernd ging sie den Gang entlang, dann die Treppe hinauf
in den zweiten Stock. Und da hörte sie ihn von Ferne
reden. Er musste im Büro von Gusti Adler stecken, wo
ein Telefon für Gäste bereitstand. Eleonora erschrak,
ohne zu wissen warum. Ihr war, als liefe sie einer Gefahr
in die Arme. Trotzdem ging sie weiter, so leise wie
möglich. Ja, er sprach anscheinend ins Telefon, erregt,
sehr schnell, in seinem unscharfen parmigianischen Dia-
lekt, den er nie verloren hatte. »*Mio tesoro*«, stöhnte er.
Eleonora zog die Schuhe aus. Wen sprach er mit »mein
Schatz« an? Carla bestimmt nicht. Eine seiner Töchter
vielleicht? Oder ein Enkelkind? Der Tonfall klang allerdings nicht familiär. Sie schlich sich näher an die einen
Spaltbreit geöffnete Tür und blieb stehen, den Rücken,

nackt im tiefausgeschnittenen Dekolleté, an die kühle Wand gepresst.

»Oh, meine Ada, es ist passiert. Carla muss etwas bemerkt haben. Ich war vor der ›Falstaff‹-Aufführung letzte Woche so erregt. Deine Briefe, die treiben mich zur Raserei. Ich musste das Fieber aus meinem Blut lassen, verstehst du? Ich hatte das Gefühl, meine Adern platzen. Da habe ich beim Frühstück an den Rand der ›Times‹ völlig in Gedanken Maria Anadid gekritzelt.« Er schwieg kurz. »Ja, natürlich hat sie es gesehen. Und hat mit einer spitzen Stimme gesagt: ›Maria Anadid? Das klingt ja wie Ada Mainardi.‹ Und dann? Ja dann hat sie weitergestickt und gemeint, es sei gut, dass dein Mann nicht nur genial Cello spiele, sondern auch aussehe wie ein junger Gott. Ein sehr junger Gott, hat sie betont und mich dabei über den Brillenrand gemustert. Da müsse sie sich keine Gedanken machen.« Wieder hörte Toscanini schweigend zu. Nach keiner halben Minute brach es aus ihm heraus: »Und du bist sicher, dass Enrico wirklich keine Ahnung hat, Liebste?« Die folgende Pause war länger. »Das Tuch? Ja, aber natürlich Liebste, natürlich ist es angekommen, gerade noch rechtzeitig vor der Aufführung.« Er stöhnte. »Weißt du, es ist für mich heilig. Und du bist für mich eine göttliche Kreatur. Um Gottes willen, mein Schatz, verurteile mich nicht wegen dieser Bitte. Halte mich nicht für einen verderbten Menschen. Ich will durch die Blutflecke nur erinnert werden an die köstliche Quelle, aus der sie geflossen sind. Glaub mir, Ada ...«

Eleonora stand da, die Schuhe in der Hand. Sie schlug rückwärts ihren Kopf an die Wand, dass er dröhnte, rannte zurück, den Flur entlang, blieb auf halbem Weg stehen, ließ die Schuhe fallen, zog Toscaninis blutbefleckten Fetisch aus der Tasche, warf ihn auf den Boden, nahm die Schuhe wieder auf, hastete die Treppe hinunter. Und prallte auf Kommer. Er war nicht allein.

Die Frau an seiner Seite in ihrem schneeweißen, schmal geschnittenen Leinenkostüm, trug einen großen weißen Hut mit herabgezogener Krempe. Doch Eleonora erkannte selbst im Halbdunkel sofort das herzförmige Gesicht mit dem süffisanten Mund. Die Pumps klapperten auf dem Marmor, der Hut fiel von Fritzis Kopf, und sie ächzte unter Eleonoras Umklammerung. »Was ist denn mit dir, Ele?« Der dunkle Kopf Eleonoras lag auf der weißen Schulter, und die Massary sandte über die Freundin hinweg einen hilfesuchenden Blick zu Kommer. »Ist sie krank? Was hat sie denn?«

Kommer hörte ein Geräusch und sah Toscanini die Treppe herabkommen. Dann bückte er sich, um Eleonoras Schuhe aufzuheben. Er beäugte sie, hochhackige, schmale Lackschuhe in Taubengrau mit feinen Riemen, bemerkte, dass Toscanini ungesehen in einem weiten Bogen vorbeihuschen wollte und ein stark gerötetes Gesicht hatte. »Toscanini betrügt mich«, schluchzte Eleonora auf das weiße Leinen.

Kommer schüttelte den Kopf. »Das hier ist ein Irrenhaus, liebe Frau Massary. Und ich fühle mich als Wärter allmählich überfordert.«

XIII.

Alle waren dankbar für das schlechte Wetter. Es befreite sie von der selbst verordneten Pflicht, jede freie Minute im Park, auf der Terrasse, am Weiher zuzubringen. Es hatte keinen Wolkenbruch gegeben, keinen krachenden Donner, keinen dramatischen Wechsel. Es war, als habe jemand einfach einen übergroßen Wasserhahn aufgedreht. Pausenlos und erregungslos kam das Wasser vom Himmel. Und es schien so, als tränkte der Dauerregen nicht nur die ausgetrockneten Wiesen und Hecken, sondern auch die nach Friedlichkeit dürstenden Seelen der Gäste auf Schloss Leopoldskron. Die Zeit floss wie das Wasser, gleichmäßig, ohne Zäsur. Und nachdem es den Tag über nicht heller wurde, kam den Gästen auch der Rhythmus abhanden. Das Frühstück ging in einen zweiten Kaffee über in irgendeinem der Salons, der Kaffee in einen Mittagsimbiss, und während der abgeräumt wurde, sammelten sich bereits wieder in allen Zimmern, Nischen oder Kabinetten kleinere und größere Runden beim Tee, von dem sie sich nur erhoben, um ein paar Räume weiter bei einem Glas Champagner oder Veltliner auf die ersten Gerüche aus der Küche zu warten, die das Abendessen ankündigten. Wie die Schwärme von kleinen Fischen im Weiher draußen, die sanft auseinanderglitten und in neuen Formationen zusammenfanden, bildeten und lösten sich die Gruppierungen im Schloss.

Mit den Temperaturen hatten auch die Gespräche an

Hitze verloren. Sie verliefen gedämpft vor dem gleichmäßigen Rauschen des Regens. Nur einer schien von dieser allgemeinen Trägheit nicht ergriffen zu sein, im Gegenteil: Forster hatte Feuer gefangen. Ob es bei diesem nächtlichen Abendessen zu Toscaninis Ehren geschehen war oder erst am Tag darauf, als der Regen einsetzte, hätte kaum einer der Beobachter sagen können. Seine Lässigkeit war der Gespanntheit eines Tieres gewichen, das sich auf der Jagd befand. Niemand sah ihn mehr in einer dieser überlegenen, distinguiert gleichgültigen Posen, die für ihn auf der Bühne wie im Alltag typisch waren. Forster war aufmerksam bis in die Fingerspitzen, um bloß keinen ihrer Schritte zu verpassen, keines ihrer Worte oder gar eine Veränderung ihrer Stimmung. Er verwandelte sich in einen Kellner, wenn er meinte, ihren Lippen Appetit anzusehen, er verwandelte sich in einen Unterhalter, sprühend vor Esprit, wenn sie so wirkte, als habe sie Lust auf Anregung, in einen begierigen Zuhörer, wenn sie Erzähllaune ausstrahlte, in einen Kammerdiener, wenn sie Anstalten machte, einen Schal umzulegen oder eine Jacke abzulegen. Er versuchte nicht einmal zu verbergen, dass er jede Minute in ihrer Nähe sein wollte, gerne auch schweigend oder am Rande, nur in der Nähe wollte er sein. Dass Forster sie schon seit so vielen Jahren kannte, hätte ein unbefangener Zuschauer niemals vermutet. Denn sein Feuer war kein wieder entfachtes, es schien frisch entflammt für eine Frau, die zwei Jahre älter war als er.

Auch Eleonora konnte es nicht entgehen, wie Forster ihrer Busenfreundin Fritzi Massary auf Schritt und Tritt folgte. Wie sie ihm lange lauschte, zurückgezogen in einer Ecke des Chinesischen Zimmers oder einer Nische in der Bibliothek.

»Was drängt er dir denn dauernd für Geschichten auf?«, fragte sie schließlich, als sie mittags bei der Rindssuppe mit Nockerln neben Fritzi zu sitzen kam.

Fritzi lachte dieses frivole Lachen einer leicht beschwipsten Lady, das sie stocknüchtern zur Verfügung hatte. »Nein, da irrst du dich, Ele, ich höre ihm gerne zu. Es beschämt mich, wie wenig ich von ihm weiß nach all den Jahren. Aber irgendwie hat Bully zu seinen Lebzeiten mein Interesse von sämtlichen anderen Männern abgezogen, nicht nur von seinen Schauspielerkollegen. Ich war ihm ja treu bis zur Blödigkeit.«

Beide ließen den Suppenlöffel sinken, beide sahen ihn vor sich, den bulligen Max Pallenberg mit seinem fleischigen, breiten Clownsmund, der rüsselartigen Nase, den abstehenden, übergroßen Ohren, der Kopf direkt auf die Schultern geschraubt, das Haar borstig, der Gesichtsausdruck widerborstig. Wie er die Massary erobern konnte, fünf Jahre jünger als er, eine vollendete Regisseurin der eigenen Reize, geschmackssicher bis zu den Riemchen ihrer Schuhe, hatte dereinst keiner verstanden. Unbestritten war jedoch, dass sie ihm ergeben war bis zuletzt. Im Sommer des vergangenen Jahres, am 25. Juni 1934, war Pallenberg in einen dreimotorigen Eindecker gestiegen, der ihn von Wien nach Prag bringen sollte. Über einem Wald kurz vor Karlsbad war der Maschine ein Seitensteuer weggebrochen. Der Pilot schaffte es noch, sie von achthundert Metern Höhe auf dreißig hinuntergleiten zu lassen, dann aber stürzte sie ab, bohrte sich ins Erdreich und brannte aus.

Der Schmerz von Fritzi Massary, die nach ihrer Wahlheimat Berlin, ihrer Anstellung und ihrem Publikum dort nun auch noch den Mann verloren hatte, war grenzenlos, und wer sie kannte, sah diesen Schmerz noch immer in ihren schwarzen Augen, selbst wenn sie routiniert kokettierte.

Dass Bully seiner Frau, der Vielbewunderten, nicht treu gewesen war, dass er, nachdem er die breit gestreiften Anzüge mit dick wattierten Schultern auf ihr Drängen abgelegt hatte, sein männliches Selbstbewusstsein anderweitig aufbauen musste, das hatte ganz Berlin gewusst, bevor die Massary drauf kam und bemerkte, wie aus seiner Garderobe Balletteusen oder Debütantinnen huschten, mit roten Flecken an Hals und Dekolleté und verschmiertem Lippenstift. Sie aber war ihm treu geblieben, bis an sein Ende, hatte andere Anwärter anscheinend gar nicht wahrgenommen. Und auch jetzt erwiderte sie Forsters Begeisterung nur mit Interesse.

»Was soll das, Ele! Ich will ihn dir doch nicht wegnehmen, meine Liebe. Nur frage ich mich, was du von ihm willst. Soll er ein Trostpflaster sein, mit dem du die Wunde Toscanini verarztest?«

Eleonora schwieg. Und schlug dann vor, sich ins Kupferstichkabinett zurückzuziehen, eigentlich mehr ein Durchgangszimmer zum Venezianischen, wo sich kaum einer aufhielt und das mit seinen holzvertäfelten Wänden bei schlechtem Wetter ein Ort der Geborgenheit war. Eng nebeneinander saßen sie dort auf zwei schmalen Sesseln.

»Ich würde alles für ihn tun, alles. Und das weiß er auch«, tuschelte Eleonora.

»Für wen jetzt? Für Forster oder für Toscanini? Oder meinst du eigentlich in tiefstem Herzen jemand ... ganz anderen?«

Eleonora starrte die Freundin an. »Für jeden von ihnen. Wenn ich nur wüsste, dass er mir treu ist und mit mir aufbricht in ein neues Leben.«

Fritzi legte ihre Hand auf den Schenkel der Freundin. »Ach, Ele. Du kannst dir Treue nicht verdienen, schon gar nicht erdienen. Das weiß kaum jemand besser als ich.« Es wussten aber auch viele andere, wie sie, der Star, dem die Männer zu Füßen lagen, ihrem Bully die perfekte Hausfrau war, wie sie sich den Ruf der besten Gastgeberin erarbeitet hatte, wie sie, die tournee- und auftrittsmüde in der freien Zeit am liebsten daheim ihre Ruhe hatte, ihren exkursionssüchtigen Mann begleitet hatte auf Weltreisen, auf anstrengenden Kurztrips, auf Dampferfahrten in den hohen Norden. Und wie sie ihn auf der Couch liegend erwartete, bis er endlich zurückkam aus Bars, Nachtclubs, Tanzlokalen, Varietés oder von irgendwelchen Boxkämpfen, ohne ihn mit Fragen zu quälen oder Bemerkungen zu fremden Parfums abzuschießen.

»Weißt du Ele, Treue und Untreue gehorchen nicht den Gesetzen der Logik. Du kannst zu jemandem unendlich gut sein, ihm alles bieten, Geld, Schönheit, Aufmerksamkeit, und trotzdem geht er zu anderen Frauen. Und du kannst jemanden schlecht behandeln, betrügen, ausnutzen, und er bleibt dir treu ergeben. Auch wenn's kein Masochist ist.«

Sanft und klangvoll kam es von der Flurseite: »Richtig, das gibt es.« Strumpfsockig stand Werfel da, einen Teller mit einem Leberwurstbrot in der Hand. »Ich habe Sie nicht belauscht, meine schönen Freundinnen. Ich bin auf dem Weg ins Venezianische Zimmer, weil's mir da am besten schmeckt. Nur den letzten Satz habe ich mitbekommen. Und der hat sich angehört, als sei ich gemeint.« Er biss in sein Leberwurstbrot und brummte während des Kauens. »Manche raunen sich ja zu, ich sei meiner Frau hörig und deshalb gar nicht mehr fähig, untreu zu sein, aber die irren sich.«

Eleonora und Fritzi fassten sich an den Händen wie Kinder.

»Es ist eben so, dass ich der Alma damals, als sie hochschwanger Blutungen bekam nach einer heißen Liebesnacht, ewige sexuelle Treue geschworen habe.« Kaum jemand konnte so verständlich mit vollem Mund reden wie Werfel. »Ich habe mich damals entsetzlich schuldig gefühlt, ich hatte sie nämlich nicht geschont. Nicht nur, weil das Kind, also unser Kind, dann kurz nach der Geburt gestorben ist: an dieses Gelübde halte ich mich, weil ... weil mir das Halt gibt.«

Er schluckte, verneigte sich, murmelte »Pardon«, biss noch mal in sein Brot und schlurfte weiter den Flur entlang.

»Siehst du«, sagte Ele, »das ist es: ihm gibt die Treue Halt. Genau das brauche ich auch, verstehst du?«

Fritzi streichelte Eleonoras Hand, gleichmäßig und ruhig, als wäre die Freundin krank und alt, nicht etwa achtzehn Jahre jünger als sie selbst. »Ich glaube, du musst dich endlich von der Idee verabschieden, auf irgendetwas ein Recht oder Ansprüche zu haben. Weil du so schön, gebildet, weltgewandt, begabt, wohlerzogen und großzügig bist, meinst du, du müsstest mühelos jeden Mann kriegen, der weniger zu bieten hat. Sei es, weil er wie Toscanini sehr viel älter ist, aus kleinen Verhältnissen stammt und nicht gerade ein Held der Männlichkeit ist, sei es, dass einer wie Forster weder deine Kultur noch deinen Stil oder gar dein kosmopolitisches Auftreten besitzt. Aber das haut nicht hin, Ele. Liebe ist kein Tauschgeschäft.«

Eleonora saß zusammengesunken da. »Aber ich engagiere mich doch, ich gebe doch alles her, gebe alles hin.«

Fritzi schüttelte den Kopf. »Engagement ist auch keine Währung, meine Liebe. Schon gar keine, mit der du Treue kaufen kannst.« Sie blickte auf und schaute um sich. Die Kupferstiche an den holzgetäfelten Wänden zeigten maskierte Gestalten, Figuren der *commedia dell' arte*, jedoch monströs verzerrt, mit langen, warzigen Nasen, Schnäbeln, Hundegesichtern und anderen grotesken Profilen. »Wenn du glaubst, jemand sei dir treu, Ele, dann glaubst du ja, du könntest in diesen Menschen reinschauen wie durch eine Glasscheibe. Aber wir alle tragen unsere Masken, nicht nur beim Schauspiel. Und wenn du jemandem seine herunterreißt und dir einbildest, du sähest nun sein wahres Gesicht, dann siehst du vielleicht nur die nächste Maske, die er schon so lang trägt, dass sie mit ihm verwachsen ist.« Die Massary schwieg und studierte weiter jene Stiche, die unten den Namenszug des Jacobus de Gheyn trugen.

»Aber Fritzi, ich bitte dich, was hat der gute Rudolf denn bitte mit Masken und Maskierung zu tun?«

»Na ja, auf der Bühne ist er als Graf überzeugend, auch als mächtiger Höfling, aber er vergisst nie, wo er herkommt. Auch wenn er so tut, als sei er bis auf die Knochen ein erfolgsverwöhnter Dandy. Er hat mir erzählt, wie er in Wien in jungen Jahren gewohnt hat. Gehaust hat. Da kommen mir ja die Zimmer meiner Eltern in der Brittenau im Nachhinein wie ein Palast vor mit den schwarzbraunen Tapeten, den düsteren Möbeln und den Spitzendeckchen. Im ersten Stock von einem Pawlatschenhof hatte der Rudolf eine Besenkammer gemietet, die hat kein Fenster gehabt, nur ein Luftloch in Mannshöhe.«

Eleonora setzte sich aufrecht hin und entzog Fritzi ihre Hand. »Ich verstehe. Du willst mir bedeuten, dass euch viel verbindet, wovon ich keine Ahnung habe, ich dummes arrogantes Schwein.«

Fritzi nahm Eleonoras Hand erneut. »Ele, sei froh, dass du das nicht teilst. Die Schmiere in der Provinz, wo wir angefangen haben, ist kein Vergnügen. Die liefert dir bis an dein Lebensende Stoff für Albträume. Mein erstes Theater war ein verdreckter Tanzsaal, voll wie eine Müllhalde mit geleerten Wein- und Bierflaschen, Zigarettenstummeln, Papierfetzen, kaltem Rauch und schmutzigen Tellern. Auf Bierfässern lagen Bretter, das war die Bühne, Vorhang gab es keinen. Und nach der Vorstellung habe ich mir im Zimmer Fleischabfälle auf dem Ofen gar gekocht. Danach kannst du dich nicht wirklich sehnen.«

Eleonora tat, als bemerke sie die streichelnde Hand der Freundin nicht. »Du willst mir doch durch die Blume mitteilen, dass es mit uns, also mit Rudolf und mir nichts werden kann. Habe ich recht, Fritzi?«

Fritzi schüttelte den Kopf. »Nein, ich will dir nur ganz unverblümt sagen, dass ich mir nicht recht vorstellen kann, wie das mit euch beiden funktionieren soll.«

Sie sah, wie Eleonoras Nasenflügel sich anspannten. »Ich werde das Klischee, eine hochnäsige Zicke zu sein, offenbar nicht los. Und wenn ich bis zu den Ellenbogen in den Dreck greifen würde, um zu helfen.«

Die Massary sah das blasse, fragile Gesicht ihrer Freundin von der Seite an, dachte daran, wem Ele still, ohne Aufhebens Geld geliehen hatte, eigentlich geschenkt, oder statt Barem Bilder aus dem Familienbesitz vermacht, an wie vielen Krankenbetten sie gesessen hatte, wie oft sie ihren betrogenen Freundinnen, ihr selber ebenso wie berühmten Kolleginnen von Käthe Dorsch bis Tilla Durieux zugehört hatte bei ihren Klagen. Und dann, als es 1932 in Berlin losging, als randalierende Nazis kreischten, sie wollten das Judenpack auf deutschen Bühnen nicht mehr sehen, als die SA mit dem

Schlachtruf »Juden raus!« in die Theater eindrang und Kassen pfändete, als Goebbels die Berliner ermunterte, diese ganze asiatische Horde vom märkischen Sand zu vertreiben, da war Ele für viele der rettende Engel gewesen. Sie drängte ihre jüdischen Bekannten, sich auch ohne jede Aussicht auf ein neues Engagement irgendwohin abzusetzen, und half ihnen, die Flucht nach Wien, Zürich oder London zu organisieren, oft auch zu finanzieren. Denn nicht alle waren so gut gepolstert wie die Massary und Pallenberg. Einem wie Forster aber, der weder verfolgt noch bedürftig war, meinte die Massary anzumerken, wie ihm Eleonoras Güte zusetzte.

»Weißt du«, sagte sie, »es gibt Menschen, die fühlen sich durch zu viel Aufopferung terrorisiert und hassen schließlich ihren Wohltäter wie einen Terroristen. Und bei Forster gibt es da, denke ich, noch ein anderes Problem.«

»Nämlich?«

»Er wird immer befürchten, dass du ihn in tiefster Seele eigentlich verachtest. Und wenn es etwas gibt, was jede Beziehung stranguliert, dann ist es dieses Gefühl.« Sie hörte Eleonora scharf einatmen und setzte nach. »Ob es berechtigt ist oder nicht.«

Da begann Eleonora zu weinen. Wie der Regen draußen, ohne dramatische Geräusche, gleichmäßig flossen die Tränen. Fritzi reichte ihr ein Taschentuch, legte einen Arm um die Schultern der Freundin und schwieg.

Nur sie bemerkte es, dass Forster plötzlich dastand.

»Was hat sie denn?«, fragte er.

Eleonora hob den Kopf und sah ihn an aus geröteten Augen. »Schön, dass dich das interessiert.«

Forster schickte einen Blick zu Fritzi und zuckte die Schultern.

»Ich verfluche die Gaben, mit denen ich gesegnet bin«, brachte Eleonora heraus. »Das sind Danaer-Geschenke. Sie bringen mir nichts als Unglück. Wäre ich doch hässlich, unbegabt und vor allem arm geboren ...«

Forster schüttelte den Kopf. »Du weißt nicht, was du da sagst, Ele. Du weißt nicht, wie Armut schmeckt und riecht und wie widerlich sie sich anfühlt. Du weißt nicht, wie es ist, wenn du als junger Mensch gar nicht wagst, mit jemandem etwas anzufangen, weil du nichts bieten kannst. Ich hätte meine Flamme nicht mal zu einer Debreziner mit Kren einladen können und schon gar nicht nach Hause.« Seine Hände zitterten leicht, als er sich eine Zigarette anstecken wollte. Seine Stirn war fleckig. Forster wirkte, als habe er Lampenfieber.

Eleonora schneuzte sich. Ihre Stimme klang verweint, aber beherrscht. »Ach, das hast du auch nicht getan, als du in Berlin längst ein Star warst. Wahrscheinlich, weil daheim irgendeine verheimlichte Dauerfreundin gewartet hat. Du hast doch deine Gagen gehortet, vermutlich, um weiterhin als armer Schlucker zu gelten und keinen Neid zu ernten. Das müsste ich von dir lernen.«

Forster neigte sich leicht vor. »Soll ich dir verraten, wer zu Hause gewartet hat und dort noch immer wartet? Meine alte Mutter. Mit der habe ich früher eine Besenkammer geteilt, in der nicht mal ein Stuhl Platz hatte, wo sie auf einem Schemel saß beim Essen ... Essen aus dem Papier, weil jeder Kocher verboten war ... und ich auf dem Bett. Heute teile ich mit ihr eine möblierte Dreizimmerwohnung, sie kommt sich vor wie die Königinmutter. Und das Geld habe ich gebraucht, um ihr von einem tauglichen Chirurgen das tumorkranke Auge entfernen und ein Glasauge einsetzen zu lassen. Für die Erholungsreise danach in solchen Hotels mit roten Teppichen, wie du sie, seit du denken kannst, gewohnt bist, habe ich bereits wieder Schulden gemacht.«

Eleonora schwieg. »Vielleicht«, sagte sie dann mit einer ausladenden Geste, »sollte ich es wie der Ludwig Wittgenstein machen und mein Vermögen verschenken. Er hat sein ganzes Erbe den Geschwistern überlassen.«

Fritzi tätschelte ihr die Hand. »Ach Ele, erstens verschenkst du ohnehin jede Menge, zweitens bist du dann nicht auf einmal arm geboren. Wer seine Vergangenheit retuschiert, betrügt sich um sich selber.«

Forster betrachtete die beiden Frauen verwirrt, besorgt und mitleidig zugleich. Er rieb sich den Leib. »Ich geh jetzt zu Kätchen in den dritten Stock auf ein Leberwurstbrot. Da ist alles so schön normal.«

Wortlos sahen die beiden ihm nach.

»So einfach ist das, wenn man nicht Bescheid weiß«, sagte Eleonora, dachte an Kommers eigentümliche Beziehungen zur Prinzessin Hohenlohe, an seine unüberschaubaren Netzwerke, seine undurchdringliche Freundlichkeit, an sein Faible für schöne Frauen und an sein asexuelles Dasein. Trotzdem, auch sie hätte jetzt am liebsten irgendwo bei Kätchen auf einem Sofa gelegen, sich den Kummer von der Seele geredet und sich eingehüllt gefühlt von seiner wärmenden, niemals bedrängenden Aufmerksamkeit wie von seinem Kamelhaarplaid. War Kommers eigentümliche Lebensform ein Rezept für jene Gelassenheit, die er fast immer ausstrahlte, mit der er auch bei ihr auf Schloss Kammer zum Mittelpunkt wurde, obwohl er sich immer am Rande des Geschehens bewegte? Und konnte das auch ein Weg für sie selber sein – jeder Affäre, jeder Liebschaft und erst recht jeder Ehe zu entsagen, keinerlei sexuelle Bindung einzugehen und so auch nicht betrogen werden zu können? Das hieß ja keineswegs, auf Erotik und animierende Trabanten des anderen Geschlechtes zu verzichten, wie Kommer vorführte. Der wurde auf Empfängen, Festen oder auf den beliebten Frühstückseinladungen meist von mehr schönen Frauen umlagert als gut aussehende Heldentenöre, elegante Finanzmagnaten, mächtige Regisseure oder weltberühmte Dirigenten. Sie nahm sich vor, Kommer danach zu fragen, ob sein Modell auch für sie tauglich wäre. Am besten gleich nachher, wenn Forster den Platz geräumt hatte.

»Weißt du, was mir Noel Coward erzählt hat?«, brach Fritzi in Eleonoras Gedanken ein. Die schüttelte den Kopf.

»Wir haben über London geredet, weil ich jetzt oft hinreisen muss, um für sein Stück mein Englisch zu verbessern, und dann natürlich wegen der Proben, das weißt du ja, Ele. Und ich habe ihn gefragt, ob ich da auch ein paar Bekannten aus Berlin oder Wien begegnen werde. Die Liesl Bergner ist ja schon da …«

»Das weiß ich, Fritzi, aber womit hat dich Noel denn verblüfft?«

Fritzi war auf einmal ganz der Bühnenstar, raffiniert bis in ihren zuckenden Oberlippenbogen. »Dass Rudolf Kommer sehr häufig in London gastiert.« Sie zupfte den Kragen ihres Kleides zurecht. »Denn dort, hat Noel gesagt« – sie strich ihre Locken nach hinten – »lebt Kommers Ehefrau.«

XIV.

Der Himmel war weiß emailliert. Nichts bewegte sich. Kein Lufthauch erleichterte dem Tag das Atmen. Sie fühlte, dass ihre Haut feucht war und jede Bewegung anstrengte, aber sie hörte nicht auf, ihn zu streicheln mit ihrer kräftigen rechten Hand, weil er sich ihr willenlos hingab. Seit einer Viertelstunde schon saß Eleonora auf der weißen Gartenbank und verwöhnte Reinhardts Terrier.

Alma blieb, ein Glas in der Hand, kurz stehen. »Vielleicht sollten Sie sich auch einen anschaffen, Ele. Der Treue eines Hundes können Sie sich sicher sein, die ist ihm angeboren, weil er derart lange domestiziert ist.«

»Aber wenn jemand kommt, der besonders geduldig streichelt ...«, lächelte Ele, »kippt er um, oder?«

Alma zuckte die Schultern und entfernte sich mit wiegendem Schritt.

Eleonora kraulte beständig weiter, der Hund hatte seinen Kopf auf ihr Knie gelegt und die Augen geschlossen.

Wenn sie nur einmal rankäme an Reinhardt, wenn sie einmal den Fuß in die Tür stellen und ihm beweisen könnte, wie stetig sie ihn verwöhnen würde, unaufdringlich, ohne irgendwelche Forderungen zu stellen, wenn sie nur ein paar Wochen lang Gelegenheit hätte, ihre zärtliche Ergebenheit zu beweisen, vielleicht versickerte dann sein Bedürfnis nach Helene ganz ohne dramatische Ereignisse, so wie der Regen des gestrigen Tages im trockenen Erdreich. Und wenn sie ihn einmal hätte, das schwor sich Eleonora, gäbe sie ihn nie mehr her.

Ein paar Schritte von ihr entfernt standen drei Männer um einen der steinernen Zwerge, die zwischen den Thujen im Garten verteilt waren. Der Zwerg überragte sie, weil er auf einem Sockel thronte. Eleonora versuchte, die Hand im drahthaarigen Fell des Hundes, genau mitzubekommen, worüber Weill, Reinhardt und Weisgal redeten.

»Was fasziniert Sie eigentlich an diesen Gnomen? Sie müssen ja in die Biester vernarrt sein.« Weill starrte die Figur an mit ihrem Höcker am Rücken und dem übermächtigen Schädel. »Ihre treue Gusti ist ja diskret, aber Kommers Andeutungen konnte ich entnehmen, dass die Zwerge ein Riesengeld gekostet haben.« Er konnte nicht wissen, mit wie vielen privaten Besitzern Reinhardt, seine Frau, vor allem aber seine Sekretärin korrespondiert hatten, oft monate-, sogar jahrelang, um sie davon zu überzeugen, dass die Zwerge in Schloss Leopoldskron besser aufgehoben seien und zudem unter ihresgleichen, also in bester Gesellschaft.

»Sie haben uns vor allem Überredungskunst gekostet.« Reinhardt, beide Hände in den Taschen seines nachtblauen Anzugs, sprach leise wie immer, wenn es um Geld ging und darum, eben jenes Thema zu vermeiden. »Und Gusti hat auch noch eine Menge detektivischer Energie investiert, denn seit die Zwerge aus dem Park von Schloss Mirabell strafversetzt worden sind, waren sie in alle Winde zerstreut.«

»Aber warum wollten die Herren von Mirabell die Zwerge denn loswerden?«, fragte Weill.

»Nicht die Herren, eine Dame, eine einzelne Dame. Es war irgendeine Erzherzogin, die während ihrer Schwangerschaft Angst bekam, sie könnte sich, wie das damals hieß, in diese Gnome verschauen. Und dann ebenfalls so ein verwachsenes Wesen gebären.«

Weill grinste. »Und ihre Erben werden sich grün geärgert haben, dass sie solche Raritäten rausgeschmissen hat. Es ist unfasslich, dass sich etwas derartig Lächerliches wie der Aberglaube der Vernunft so erfolgreich widersetzt und einfach nicht auszurotten ist.«

»Etwas derartig Lächerliches?« Weisgals krauses Haar sah aus, als wäre es elektrisiert. »Für mich hat der Aberglaube etwas Monströses. Und wir sollten ihn nicht unterschätzen. Was ist Antisemitismus denn schon anderes als ein durch die Jahrhunderte tradierter Aberglaube, geladen mit Ideologie? Die einen behaupten, der Anblick verwachsener Gnome sei schuld, wenn sie Missgeburten zur Welt bringen, die anderen sagen, an ihrem Unheil seien einzig und allein die Juden schuld.«

Reinhardt streichelte den bemoosten Zwerg an der kurzen Wade und lächelte wie ein beschenktes Kind. »Das ist ja brillant, lieber Meyer, sie liefern mir ein schlagendes Argument dafür, dass sich die Zwerge von Mirabell hier richtig zu Hause fühlen müssen.«

Weisgal sah ihn an, als entrüste ihn dieses Lächeln. »Das ist leider viel treffender, als Sie glauben, lieber Reinhardt. Das trifft mitten ins Braune. Ich habe gerade ein Buch von einem gewissen Körber gekauft. ›Antisemitismus der Welt in Wort und Bild‹ heißt es. Die Fotos zeigen bucklige, verwachsene, verkrüppelte, minderwüchsige Juden, gegen die unsere Zwerge hier geradezu Schönheitsköniginnen sind.« Er schaute hinauf an dem steinernen Gnom mit seinem viel zu großen grotesken Schädel.

»Und was will der Verfasser mit dem Panoptikum sagen?«, fragte Weill.

Weisgals Gesicht glühte bereits wieder. »Dass die Vermischung einer solchen Brut mit den Ariern die größte Kulturschande der Welt sei und der Anfang vom Untergang. Das schreibt er ausdrücklich.« Er schaute Weill an wie einen begriffsstutzigen Lehrling. »Finden Sie das auch lächerlich? Also mir, lieber Weill, vergeht da das Lachen.«

Weill fasste in Weisgals Haar, was dem augenscheinlich misshagte und ihn keineswegs beruhigte. »Freuen Sie sich doch wenigstens daran«, sagte Weill, »dass Reinhardt und ich zwei so reizende und willige Kulturschänderinnen wie Helene und Lotte gefunden haben.« Er zwinkerte Reinhardt zu. »Allerdings könnte man unsere Damen verdächtigen, sie seien doch abergläubisch, denn vermehren wollten sie sich bisher nicht mit uns, was?«

Weisgal schüttelte den Kopf, betastete die dünne Moosschicht auf der steinernen Figur. Reinhardt bemerkte es und sagte strahlend. »Ja, das haben wir geschafft, dass die Patina dranblieb. Und hier im feuchten Leopoldskron gedeiht sie ja bestens.« Von den langen Briefen an Gusti Adler, wie sorgsam und aufwendig sie die Objekte verpacken lassen müsse, damit ja nichts verloren gehe von dieser verletzlichen Beschichtung, verriet er nichts, wohl wissend, dass ihn keiner verstanden hätte.

»Aber die Patina gedeiht nur, solange die Deutschen hier nicht Einzug halten«, sagte Weisgal. »Ich schwöre es Ihnen, diese Saubermänner schrubben so etwas sofort ab.« Reinhardt schwieg. Er wusste ja, dass die Nationalsozialisten längst nach seinem Anwesen gierten. Die angedrohte Zwangspfändung in diesem Sommer hatte ihre Absichten, sich Leopoldskron anzueignen, überdeutlich verraten. Beinahe hätte der Trick funktioniert, ihm eine deutsche Steuerschuld anzulasten, damit seine Überschuldung hoffnungslos und eine Übernahme des Schlosses rechtens geworden wäre. Leopoldskron sollte bereits jetzt in eine Empfangshalle für die Gäste des Führers verwandelt werden, in Vorfreude darauf, bald ganz Österreich samt Salzburger Festspielen in den Griff zu bekommen.

Eleonora sah, wie Francesco sich zu den Dreien gesellte. »Klar, der Dreck muss weg.« Er blickte künstlich angewidert an dem Zwerg empor. »Wenn Hitlers Reinigungstrupp übermorgen in Österreich anrückt, dann wird alles Unreine getilgt und alles Ungeziefer vernichtet, das jüdische zuerst.«

»Ganz recht«, dröhnte Weisgal. »Ich frage mich schon lange, warum Sie alle aus Berlin ausgerechnet nach Österreich abgehauen sind.«

»Weil Reinhardt hier die Verräter besser vergessen kann.« Francesco gestikulierte, sprach hoch und scharf. »All seine lieben, ergebenen Schüler, ob sie Gründgens, Krauß, Harlan oder Jannings heißen, denen er Rollen geschenkt hat, wie man jemandem das Leben schenkt. Nicht wahr, Max? Diese Kerle, die süchtig sind nach Erfolg, macht ihre Sucht genauso skrupellos wie einen Heroinabhängigen. Um im Geschäft zu bleiben, haben sie ihren Entdecker, dem sie ewige Dankbarkeit geschworen hatten, leichten Herzens verkauft. Und hier muss Max nicht dauernd an diese Schleimer denken und an die braunen Usurpatoren seines Theaters.«

»Aber das sind doch hilflose Manöver«, fiel Weisgal ihm ins Wort. »Eine Flucht bringt wenig, wenn der Fluchtort sich nur noch graduell unterscheidet von dem, dem man entflohen ist. Ich kann es nicht mehr hören, dieses Gerede, der Austrofaschismus sei das kleinere Übel. Sie haben doch keinen blassen Dunst mehr, was Freiheit ist, wenn Sie das hier als befreiend empfinden.«

»Immerhin«, sagte Weill leise, »werden die Juden hier noch in Ruhe gelassen. Sogar Lodenmäntel und Lamberghüte lässt man sie verkaufen.«

»Und wir dürfen uns hier auch noch mit den Ariern sexuell vermischen, so es uns gelüstet«, kam es von Francesco. »Wenn das keine Attraktion ist!«

Weisgal musterte Francesco. Seine tänzerische Pose, sein Gesicht, braungolden und fein bis in die Nasenflügel wie das eines geschnitzten gotischen Engels.

»Warum gleiten Sie immer ins Erotische ab, wenn wir beim Politischen sind?« Weisgal blies die Frage wie eine Rauchwolke in Francescos Profil.

Der wandte sich ihm lächelnd zu. »Weshalb reden Sie von abgleiten, lieber Weisgal? Warum setzen Sie die Erotik unterhalb der Politik an? Aber egal. Sagen wir, ich gleite vom Politischen hinüber ins Erotische. Aus einem simplen Grund: ich finde, dass sich beides nicht voneinander trennen lässt. Sehen Sie, meine ehemalige Braut ...«

»*Sie* waren mal verlobt?

»Ja, auch wenn Sie es nicht glauben, mit einer Dame, einer echten Dame. Ruth Landshoff-Yorck heißt sie. Sie ist schön wie ein nächtlicher Genius, so wenig zimperlich wie die Seeräuber-Jenny und hat mit achtzehn in Murnaus ›Nosferatu‹ mitgespielt. Weil sie die Nichte vom Verleger Samuel Fischer ist, kennt sie fast jeden, der gut schreibt, hat selbst für ihren zweiten Roman, den aber keiner mehr gedruckt hat, vierzigtausend Mark Vorschuss kassiert, trägt die besten Smokings, den schwärzesten Lippenstift, liebt Transvestitenlokale, die Bankrotteure von Venedig und Koks zum Frühstück. Ja, es hat an ihr alles gestimmt. Nur das Geschlecht nicht.«

Weisgal holte aus seiner Hosentasche eine Handvoll

geschälter Walnüsse und fing an, sie eine nach der anderen mit automatenhafter Gleichmäßigkeit in den Mund zu schieben. »Aber warum haben Sie diese Ruth dann überhaupt heiraten wollen?«

»Aus demselben Grund wie Erika Mann unseren Gründgens geheiratet hat oder kürzlich unsere Annemarie Schwarzenbach – wohlgemerkt die wahre Liebe meiner Ruth – irgendwo in Teheran einen französischen Diplomaten.«

Er zog seine emaillierte Zigarettendose heraus. »Das heißt, eigentlich sind es zwei Gründe. Der nächstliegende: Wir werden genötigt, normal zu sein – die Mutter wünscht es, die Gesellschaft fordert es, das Gesetz befiehlt es. In diesem Juni, gerade zwei Monate ist es her, haben die Nazis den Paragrafen 175 radikal verschärft und erweitert um den Paragrafen 175 a. Jetzt kann ich für zehn Jahre im Zuchthaus verschwinden, wenn irgendwer versichert, ich habe mit einem Geschlechtsgenossen beischlafähnliche oder unzüchtige Handlungen vollbracht.« Er entnahm der Brusttasche seines taubengrauen Jacketts die schillernde Zigarettenspitze, steckte eine überlange, dünne Zigarette ein und sah Weisgal an. »Hätten Sie die Güte, einem so verderbten Menschen Feuer zu geben?«

Weill war schneller.

»Es reicht doch, finde ich«, redete Francesco weiter, »dass der arme wilde Oscar im Zuchthaus ein Wrack wurde. Um mich und mein Cello wäre es jedenfalls schade.«

Weisgal futterte weiter seine Nüsse. »Und was ist der zweite Grund, Herr von Mendelssohn?«

Francesco seufzte. »Dass wir selbst, ich meine damit Eleonora, Ruth, mich und unseresgleichen, zwar alles lieben, was mit Ex beginnt, abgesehen von Exekutionen und Exekutiven. Dass wir uns aber klammheimlich nach dem Normalen sehnen. Eigentlich verachten wir es, weil es nach Angst vor dem Risiko des Lebens riecht. Wir suchen das Extreme, den Exzess, die Exaltation, aber wenn die Wirkung nachlässt ...«

»Die Wirkung wovon?«, kam es von Weill.

»Von der letzten Glücksdroge. Ob sie Sex hieß oder Kokain, Champagner oder Morphium, Absinth oder Gruppenorgie. Wenn der Mund trocken ist und die Seele verkohlt, dann wird sie wach, die Sehnsucht nach dem Normalen. Aber das ist eben auch eine Sucht.« Er sandte einen Blick zu seiner Schwester, die noch immer auf der Bank saß und Reinhardts Hund kraulte.

»Und glauben Sie mir, es ist gar nicht so einfach, dieser Sucht zu widerstehen. Warum sonst hätte meine Schwester schon zweimal geheiratet? Warum immer wieder diese peinlichen bürgerlichen Anwandlungen? Warum können wir nicht unserem Ruf treu bleiben?«

Reinhardt betrachtete die glänzenden Spitzen seiner Maßschuhe und drückte die Zunge in die Backentasche. Weisgal schwieg und versuchte dabei so auszusehen, als schockiere ihn keines von Francescos Worten.

Eleonora hatte aufgehört, den Terrier zu streicheln. Ihre Lider waren zu zwei Dritteln herabgelassen, ihre Lippen geöffnet. Reglos lag ihre Hand auf dem Fell. Überwach lauschte sie dem, was ihr Bruder sagte. Wie nah fühlte sie sich ihm. Sie hörte den Ernst in seinem Spott, die Verzweiflung in seinem Gelächter. Ja, er ausgerechnet verstand sie und ihre Sehnsucht nach Treue, obwohl sie ihren Jessi ebenso betrog wie der sie und Francesco selbst seinen Liebhabern selten länger als eine Woche die Treue hielt. Sie dachte an jene Nacht, in der

Ruth mitten auf dem ausladenden Canapé im Grunewalder Elternhaus gelegen hatte, rechts von ihr Francesco im geöffneten Pelzmantel und sonst gar nichts, links von ihr sie selbst im seidenen Etuikleid. Sie dachte daran, wie Ruth sich das Smokinghemd aufgeknöpft hatte, Eleonoras Hand zu ihren festen kleinen Brüsten führte und mit Nachdruck darauf legte. Sie erinnerte sich an jene Morgenstunden, wo sie in Ruths Gesicht gesehen hatte und in das von Francesco, wie sich dann beide Gesichter übereinanderschoben, sie den Bruder in Ruth sah und Ruth im Bruder. Und Eleonora verspürte etwas von der Erregung, die sie damals durchlaufen hatte. Danach aber war mit der Ausnüchterung wieder dieses Verlangen wach geworden, von dem Francesco gerade gesprochen hatte. Dieses Verlangen, endlich einmal unauffällig, gefestigt, durchschnittlich, sogar bieder zu sein und vor all jenen Verführungen und Verwirrungen einen Abscheu zu empfinden wie ein Hund vor einer Pfütze Schnaps. Aber gab es das überhaupt, dieses Normale? War es nicht ein Wahngebilde, umso übermächtiger, je weiter man sich im wirklichen Dasein von ihm entfernt fühlte?

Da hörte sie Francesco. »Vielleicht ist es ja auch nur ein Aberglaube, dass es das Normale überhaupt gibt. Vielleicht tun sich hinter der Fassade des Normalen die wahren Abgründe auf. Und vielleicht sind die vermeintlich Normalen entschieden perverser als wir.«

Vor Eleonoras Augen ging erneut das Bild von Ruth zwischen ihnen auf dem Canapé auf. Nun sah sie drei blasse, makellose, nackte Körper auf dem dunkelroten Canapé, die mit ihren gelenkigen Fingern aufeinander spielten wie auf vertrauten Instrumenten, ohne einander anzusehen. Und darüber hing eingerahmt ein Doppelporträt von Felix und Fanny Mendelssohn-Bartholdy, an einem Flügel nebeneinander sitzend. Beide, Fanny wie Felix, hatten Partner geheiratet, die dem Geschwister keinerlei Konkurrenz machten, die nicht musikalisch waren und aus einer anderen Welt zu stammen schienen. Bis zu Fannys jähem frühem Ende hatten die beiden einander Briefe geschrieben wie verzehrend Liebende. Waren Francesco und sie der entkräftete Abglanz der beiden Hochbegabten? Wollten auch sie beide in tiefster Seele nicht, dass ein anderer Mensch dem Bruder, der Schwester alles bedeutete? Erhoffte sie sich selbst deshalb ihr Glück von so deutlich älteren Männern wie ihrem ersten Ehemann Edwin Fischer, wie Reinhardt oder Toscanini, weil die nicht in Wettstreit mit dem Bruder traten?

Wie aus weiter Ferne hörte sie Reinhardts Stimme. »Das Problem ist eben, dass der Aberglaube oft verführerischer ist als der Glaube. Er stellt billige Zaubermittel gegen unsere Ängste bereit. Und er befriedigt unsere heimlichen Wünsche, unsere primitiven Gelüste nach Rache und Vergeltung.« Er sah zuerst Weisgal, dann Weill forschend an. »Wenn wir schon beim Aberglauben sind: Wissen Sie eigentlich, worauf Sie die ganze Zeit schauen? Wie dieser mächtige Höhenzug dort drüben heißt?«

Eleonora sah, wie Weill und Weisgal gleichzeitig den Kopf hoben und mit zusammengekniffenen Augen in ihre Richtung blickten, jedoch über den Weiher hinweg in die Ferne. Dorthin, wo sich der Untersberg erstreckte, dieses hohe Tafelgebirge auf der deutsch-österreichischen Grenze, unverkennbar an der Scharte in seiner Mitte; selbst an einem lichten Sommertag wirkte es noch düster und abweisend.

»Sachlich betrachtet«, hörte sie Reinhardt reden, »ist der Untersberg der nördlichste und höhlenreichste Gebirgsstock der Berchtesgadener Alpen, der vor allem aus Hauptdolomit, Dachsteinkalk und Liaskalk besteht. Weil die Kalkmassen von ungleichem Alter und Gefüge sind, tritt an vielen Stellen Marmor zutage, der herrliche Untersberger Marmor, aus dem der Altar, Böden und Treppenbrüstungen hier in Leopoldskron gemacht sind. Aber das Sachliche interessiert kaum einen.«

Noch immer waren die Blicke von Weill und Weisgal auf den Untersberg gerichtet. Francesco wandte sich um und sah auf den Höhenzug mit dem markanten Profil. »Mich interessiert das Sachliche auch nicht, nur das Unsachliche«, sagte er.

»Die Menschen hier«, machte Reinhardt weiter mit seiner Probenstimme, »glauben seit Jahrhunderten daran, dass in diesem Berg Kaiser Friedrich sitzt, die einen behaupten, Friedrich der Erste, also Barbarossa, die anderen sagen, es sei sein Enkel, Friedrich der Zweite, manche erzählen auch, es sei Karl der Große, aber egal welcher: ein großer Stauferherrscher soll im Bergesinneren zusammen mit seinen Rittern schlafen bis zum Tag seiner Wiederkehr. Wenn die Not am größten sei, heißt es, wenn die Raben nicht mehr um den Berg kreisten, werde er sich erheben und in die große Schlacht auf dem Walserfeld ziehen, die Endschlacht zwischen dem Guten und dem Bösen.«

Es fuhr wie ein Schrecken durch Eleonoras Glieder: Entscheidungsschlacht. Wie konnte sie das vergessen? Morgen in aller Frühe wollte sie mit Fritzi zum Attersee aufbrechen und sich dort vorbereiten auf die Transatlantikpassage im September. Die Chancen waren zerronnen. Oder doch noch nicht ganz?

Reinhardt war noch nicht fertig. »Zu guter Letzt, so die Legende, werde er dann Gericht halten unter dem kahlen Birnbaum, der die Weltesche Yggdrasil vertritt, und dann werde dieser Baum wieder grünen und Früchte tragen. Und das Goldene Zeitalter soll anbrechen.«

Reinhardt hatte ruhig gesprochen.

Weill runzelte die Stirn. »Gut, das ist eine alte Legende, haben Sie gesagt, aber wir waren beim Aberglauben. Und ich kann mir nicht vorstellen, dass daran irgendwer heute noch wirklich glaubt.«

»Doch«, sagte Reinhardt. »Nicht nur irgendwer, sondern allen voran der sogenannte Führer ... und Sie können sich denken, warum. Angeblich hat er deswegen den Wohnsitz auf dem Obersalzberg gewählt, von wo er einen unverstellten Blick auf den Untersberg hat. Es heißt, er habe sich sogar noch ein versenkbares Fenster einbauen lassen. Vielleicht träumt er aber auch vom Gral und sich selber als Gralsritter, denn den Untersberg umwabern auch noch alle möglichen Templergeschichten.«

Weisgal wippte auf den Zehenspitzen und vibrierte am ganzen Körper. »Und das halten Sie aus, verehrter, über alles verehrter Reinhardt, Tag für Tag auf diesen Berg zu schauen, diesen Hitler-Berg? Das halten Sie einfach so aus?«

Reinhardt presste die Handflächen aneinander. »Ich, lieber Meyer, sehe ja alles von der anderen Seite, verstehen Sie? Ich sehe die Rückseite, und die ist immer aufschlussreich.«

»Verharmlosen Sie damit das Ganze nicht auf sehr gefährliche Weise?«, zischte Weisgal.

Francesco berührte mit zwei Fingern Weisgals Wange, sog hörbar die Luft ein und blies dann seine Finger. »Nicht so hitzig, lieber Freund. Aberglaube kann auch ganz unschuldig sein. Denken Sie an unseren Freund Toscanini. Der legt immer die Hand auf den Hosenlatz, wenn er den Namen von Mussolini ausspricht, damit dessen böser Blick ihm nicht das Gemächt abtötet.«

Vom Haus her näherte sich eine schwerfällige Gestalt, ein kleingemustertes Kleid am formlosen Leib, auf der Nase eine große Hornbrille. Schwer atmend blieb sie vor der Gruppe stehen, zupfte Francesco am Ärmel und Eleonora hörte sie auf Italienisch fragen: »War da gerade von meinem Mann die Rede?«

Sie drückte Francesco ihre Handtasche in den Arm, zog ein Taschentuch heraus, setzte die Brille ab und rieb sich die Nase trocken. »Aber er hat heute etwas Wichtigeres zu tun. Er hat nur mich hier abladen lassen.« Sie lachte, stopfte das Taschentuch zurück in ihre Handtasche, nahm sie am Henkel, tätschelte Francesco den Arm und schleppte sich zu der Bank, auf der Eleonora saß.

»Keine Angst, *bambina*«, stöhnte Carla und ließ sich neben sie fallen. Sie stellte die Handtasche auf ihre Knie, beide Hände am Griff. »Männer, Männer ...«, murmelte sie, das Auge auf die vier an der Zwergenstatue gerichtet. »Ich habe Ihnen Unrecht getan, *bambina, scusi.* Arturo hat mir gestanden, dass diese angefangenen Briefe einer anderen gegolten haben.« Carla warf einen kurzen Blick auf Eleonora. »Genau so jung und schön wie Sie, ach ja.«

Sie streckte ihre Beine aus. Die Beine waren geschwollen und steckten in undurchsichtigen hautfarbenen Strümpfen, die Füße in Sandalen. Carla beäugte sie von den Knien bis zu den Zehen. Dann schaute sie Eleonoras nackte Porzellanbeine an.

»Wissen Sie, *bambina*, es ist manchmal hart. Aber warum, denken Sie, halte ich das alles aus?«

Eleonora schwieg, Carla klappte die Handtasche auf, sah hinein, klappte sie wieder zu. »Weil ich weiß, dass er mich nie verlassen wird, bis zu meinem oder seinem Tod nicht.«

»Und woher nehmen Sie die Sicherheit?«, fragte Eleonora, verärgert, wie spitz ihre Stimme dabei klang.

Carla sprach mit leicht erhobenem Kopf wie im Gebet vor einem Kruzifix, ruhig, fest und andächtig. »Weil Arturo davon überzeugt ist, dass Gott einen Mann straft, wenn er seine Frau verlässt, sogar wenn er nach dem Tod der ersten eine zweite heiratet. Arturo ist nicht wirklich fromm, nein, aber er hat ein magisches Denken. Und er meint, sich mit dieser Art von Treue Gottes Gunst zu erhalten.« Sie seufzte. »Viele bemitleiden mich, *bambina,* aber vielleicht hätte ich es schlechter erwischen können. Ich werde bis an mein Ende Signora Toscanini bleiben, und keiner wird mich von dem Platz an seiner Seite verdrängen. Keiner. Oder besser gesagt keine.« Mit dem zufriedenen Gesicht eines Kindes sah sie Eleonora von der Seite an. Sie öffnete die Handtasche, zerrte ihr Taschentuch heraus. Doch in diesem Augenblick sprang Eleonora auf und rannte davon. »*Poverina*«, murmelte Carla. »*Poverina.*« Das hörte Eleonora nicht mehr. Sie rannte auf das Schloss zu, als werde sie verfolgt. Ohne ein einziges Mal stehen zu bleiben, hetzte sie die Treppen hinauf in den dritten Stock, riss die Tür ihres Zimmers auf, lehnte sich an den weißgefassten Schrank, der ihr am Rücken wehtat mit Schlüsseln und Schlössern, und atmete durch. Dann ging sie zum Fenster, öffnete es ungeduldig und schaute hinunter.

Auf die Bank hinten im Garten setzte sich nun Helene neben Carla. Hinter Helene stand Reinhardt, eine Hand in der Hosentasche, die andere auf Helenes Schulter gelegt. Es war das erste Mal, dass Eleonora sah, wie er sie berührte. Auf der zweiten Bank, ein paar Meter daneben, saß Forster, eng flankiert von Berta und Fritzi. Und während Eleonora dieses Bild betrachtete, riss die weiße Wolkendecke auf, und ein prächtiges Licht beleuchtete die Szene. Eleonora schloss die Augen. »Wenn ich schon abhängig bin, dann besser von dir«, redete sie vor sich hin. »Denn du gibst mir das, was ich brauche, wenn ich es will. Immer, jederzeit.«

Eleonora ging zu ihrer Schmuckschatulle und öffnete sie langsam. »Du bist mir treu. Dich nehme ich mit auf die große Reise.«

Sie griff hinein, entnahm zuerst eine Ampulle, dann die Spritze. Sie trat wieder ans Fenster, brach den gläsernen Hals der Ampulle ab und zog den Inhalt auf die Spritze. Direkt am Fenster. Jeder könnte sie sehen. Als die Spritze voll war, warf Eleonora noch einmal einen Blick hinab. Das Licht war noch goldener geworden. Niemand schaute herauf zu ihr, niemand schaute sich um, wo sie denn blieb. Da schob sie den dünnen Ärmel ihres Kleides hoch. Die Ader in der Ellbogenbeuge schimmerte hellblau.

Eleonora von Mendelssohn verlässt mit ihrem Bruder Francesco von Mendelssohn auf der RMS Majestic am 4. September 1935 Europa vom französischen Cherbourg aus in Richtung USA; in den beiden folgenden Jahren wird sie nur noch besuchsweise nach Schloss Kammer an den Attersee zurückkehren.

Meyer Weisgal, Lotte Lenya und Kurt Weill reisen auf demselben Schiff in die USA; ein Foto zeigt alle fünf am 10. September 1935 an der Reling bei ihrer Ankunft in New York.

1936 wird Eleonoras Ehe mit Emmerich Jescensczky geschieden. 1937 folgt Rudolf Forster Eleonora auf deren Drängen in die USA, wo sie am 8. August 1938 getraut werden. Forster bleibt dort beruflich erfolglos. Ohne es Eleonora mitzuteilen – nur Max Reinhardts Sohn Gottfried weiht er ein –, reist er in einer Nacht-und-Nebel-Aktion zurück nach Europa, wo er an alte Bühnenerfolge anknüpfen kann und auch im Film reüssiert. Sie leiht Forster Geld, schreibt ihm und Carola, der neuen Frau in seinem Leben, in den vierziger Jahren dann Briefe voll zärtlicher Fürsorge.

Franz Werfel und Alma Mahler-Werfel haben sich zur geplanten Premiere der »Eternal Road« im November 1935 ebenfalls nach New York eingeschifft, kehren dann aber wieder zurück. Werfel zögert lange mit der Flucht; erst 1940 fliehen Alma und er über die Schweiz durch das von den Deutschen besetzte Frankreich und entkom-

men dann in allerletzter Minute, nach einer Gewalttour über die Pyrenäen, in die USA, nach Beverly Hills. Ihr Retter ist Rudolf Kommer. Er verleiht und verschenkt großzügig Geld, dessen Quelle bis heute unklar ist.

Eleonoras Kontakt mit Arturo Toscanini wird in New York enger; er tritt noch zweimal, 1936 und 1937, bei den Salzburger Festspielen auf, kündigt 1938 mit dem Anschluss und Reinhardts Abschied jedoch sofort seine Mitwirkung auf.

Im März 1938 enteignen die Nationalsozialisten den »Judenbesitz« Leopoldskron; die Figuren im Park werden abgeschrubbt. Prinzessin Stephanie von Hohenlohe übernimmt die Rolle der Gastgeberin in Hitlers Namen und nutzt das Schloss zugleich als Liebesnest für sich und Fritz Wiedemann, Hitlers Adjutanten. Als Reinhardt in Hollywood die Nachricht von seiner Enteignung erreicht, sagt er nur: »Ich habe es gehabt.« Die Prinzessin wird später erzählen, Kommer habe sie ermuntert, das Schloss zu übernehmen, um es vor einem schlimmeren Schicksal zu bewahren.

Toscanini lebt nun in New York und auf seinem Sommersitz, dem Isolino im Lago Maggiore. Als Ada Mainardi Toscanini gegenüber immer zurückhaltender reagiert, vermutet er dahinter politische Feigheit; er weiß, dass sie seinetwegen überwacht wird. Er unterstellt Ada Angst, sich zu ihm und einer kompromisslos antifaschistischen Einstellung zu bekennen, beendet die Korrespondenz tief verletzt und beginnt eine Affäre mit Eleonora.

Max Reinhardt hat es, trotz guter Kontakte und seines immensen Ansehens, schwer, in den USA Fuß zu fassen. Als »The Eternal Road« im Januar 1937 endlich uraufgeführt wird, lästert Lion Feuchtwanger, es handle sich dabei um ein »jüdisch-amerikanisches Oberammergau«.

Das Stück wird ein großer Publikumserfolg, finanziell aber ein Fiasko. Die Betriebskosten der Mammutinszenierung mit 245 Mitwirkenden übersteigen die budgetierten 150 000 bis 200 000 Dollar bei weitem; mehr als eine halbe Million kostete das Unterfangen.

Der Mitorganisator Rudolf Kommer lebt in einem teuren New Yorker Hotelzimmer. Dort wird im März 1943 seine Leiche gefunden. Dass er als Doppelagent gearbeitet hat, wird erst nach seinem Tod aufgedeckt.

Reinhardts Versuche, als Leiter einer eigenen Schule und als Filmregisseur in Hollywood zu arbeiten, scheitern. Er und seine Frau wissen oft nicht mehr, wie sie ihr alltägliches Leben bestreiten sollen. Helene schlägt sich mit kleinen Rollen in Hollywood durch; er zieht von Hollywood zurück nach New York. Bei einem Spaziergang wird sein Hund, ein schwarzer Scotty, von einem fremden Hund angefallen. Reinhardt erleidet in der Folge am 24. September 1943 einen Schlaganfall, ist halbseitig gelähmt und kann nicht mehr sprechen. Helene Thimig erfährt weder, wie schlecht es ihm geht, noch dass Eleonora sich auf Bitten des Sohnes Gottfried als unbezahlte Krankenpflegerin des ewig Geliebten verdingt. Reinhardts Zustand verschlechtert sich rapide. Der behandelnde Arzt warnt, dass er nur noch kurze Zeit leben werde. Am 18. Oktober beruhigt Gottfried Helene dennoch telegrafisch: »No reason for alarm.« Elisabeth Bergner erfährt, dass Helene Thimig nicht über den Ernst der Lage informiert ist, bittet Eleonora, sich in die Lage dieser Frau zu versetzen und Helene zu benachrichtigen. Doch laut Bergner verkündet Eleonora: »Lebend kriegt sie ihn nicht noch einmal.« Bergner schickt ein anonymes Telegramm an Reinhardts Gattin. »Bitte sofort kommen.«

Am 23. Oktober 1943 betritt Helene Thimig Reinhardts Zimmer. Die anwesende Krankenschwester hält sie für eine Fremde. Ein Foto von Helene, das immer auf Reinhardts Nachttisch stand, fehlt; Helene findet es zusammengeklappt unter dem Möbel. Eleonora schildert tief verwundet der Bergner, was nun geschieht: »Er hat doch niemand mehr erkannt! Und wie sie hereinkam und sich über ihn beugte, hat sich sein ganzes Gesicht aufgehellt. Er hat gelächelt. Er hat sie erkannt.«

Am 31. Oktober 1943 um ein Uhr früh stirbt Reinhardt. Beim Begräbnis fühlt sich Helene alleingelassen. »Viele dachten damals, dass es nur selbstverständlich wäre, wenn ich mich umbrächte«, schreibt sie später. »Sie machten mir – offen oder mit versteckten Worten – klar, dass ich nach diesem Verlust unmöglich weiterleben könne.«

Im Jahr darauf, am 11. Februar 1944, wird Eleonoras Ehe mit Forster in ihrer Abwesenheit in Wien geschieden; Forster erwähnt Eleonora in seiner Autobiografie mit keinem Wort.

1946 wird Helene Thimig telegrafisch gefragt, ob sie bei den Salzburger Festspielen im »Jedermann« auftreten wolle. Mit geschenkten fünfhundert Dollar reist sie per Schiff nach Europa. Acht Jahre nach dem Abschied betritt sie Schloss Leopoldskron wieder, und ihr ist »wie jemandem, der nach längerer Abwesenheit zurückkommt, die Fenster öffnet, die Räume lüftet, nach dem Rechten sieht«.

Leopoldskron geht an Reinhardts Erben zurück. Helene Thimig trifft 1947 in der New Yorker U-Bahn den Wiener Verlegerssohn Clemens Heller wieder, der davon träumt, in Europa Sommerkurse für Harvard-Studenten abzuhalten, um Europäern und Amerikanern eine Begegnungsstätte zu bieten, und nach einem Platz dafür *sucht. Er begeistert Helene für sein Vorhaben, und so wird das Schloss an die Harvard-Stiftung verkauft.*

Eleonora schließt 1947 eine vierte Ehe mit Martin Kos-leck, einem homosexuellen, schwer depressiven und dro-gen- und alkoholabhängigen Porträtmaler, der auch als Darsteller von KZ-Aufsehern oder als Propagandaminis-ter Goebbels in amerikanischen Filmen auftritt.

Am 3. April 1950 erliegt Kurt Weill überraschend ei-nem Herzinfarkt. Bis zuletzt hat er mit Lotte Lenya zusammengelebt und -gearbeitet. Beide waren in den USA beruflich erfolgreich. Lotte hatte ihren Mann wei-terhin mit verschiedenen Liebhabern betrogen; trotzdem ist sie eifersüchtig gewesen auf die treue, tröstende Dauer-geliebte Weills in Kalifornien, die dann dicht verschleiert an seinem Grab steht.

Im Januar 1951 stürzt sich Eleonoras vierter Ehemann Martin Kosleck aus Verzweiflung darüber, dass sein jun-ger Kollege Christopher Drake seine Liebe nicht erwidert, aus dem Wohnzimmerfenster von Eleonoras New Yorker Drei-Zimmer-Appartement in der 73rd Street und erlei-det eine schwere Wirbelsäulenverletzung; er blieb bis zu seinem Tod 1994 mit Christopher Drake befreundet.

Am 24. Januar 1951 wird Eleonora in ihrer Wohnung tot aufgefunden. Auf dem Nachttisch finden sich verschie-dene Spritzen, auf dem Boden ein geleertes Röhrchen Schlaftabletten und eine halb leere Flasche mit Äther. Auf Eleonoras Mund liegt ein äthergetränktes Tuch, darüber eine Badematte und ein Handtuch. Was Gottfried Rein-hardt damit meint, wenn er schreibt, sie habe den Selbst-mord »mit einiger Nachhilfe« verübt, ist unklar. Rätsel-haft auch die Aussage von Eleonoras Freundin Ruth Landshoff-Yorck, die das Gerücht vom Freitod als Falsch-meldung brandmarkt und betont, Eleonoras »grausam vorzeitiges, von schlimmsten Zufällen und einigem bösen Willen begleitetes Ende«, habe »mit Eleonoras freiem Willen nicht das Geringste zu tun« gehabt.

Francescos Leben verläuft von da an zunehmend chaotisch. Immer wieder versucht er, Halt in der Arbeit als Regisseur oder Cellist zu finden, immer wieder verfällt er seinen Süchten und landet in Entzugsanstalten, psychiatrischen Kliniken und sogar im Gefängnis. Er stirbt am 22. September 1972 im New Yorker St. Claire's Hospital.

Das Schicksal der Mendelssohn-Geschwister, symbiotisch, verwöhnt, hochbegabt, exzentrisch, politisch engagiert, erinnert an das von Erika und Klaus Mann, mit denen sie gut bekannt waren.

Kommentiertes Personenregister

Adler, Auguste, »Gusti« (1890–1984) Tochter aus gebildetem, liberalem jüdischem Elternhaus, Nichte des Sozialistenführers Victor Adler. Sie begann zuerst eine Karriere als Künstlerin und wurde mit ihrer Schwester Marianne bei Malern der Klimt-Gruppe ausgebildet. Durch ihren theaterbegeisterten Vater lernte sie die gesamten Stars des Wiener Burgtheaters kennen; ihr Vater war mit Hugo Thimig, dem Burgtheaterdirektor und Vater von Helene, Hans und Hermann, eng befreundet. Bei einem Reinhardt-Gastspiel begeisterte er sich aber für dessen progressiven Stil, was die Freundschaft mit Hugo Thimig fast zerstört hätte. Als Feuilletonistin, unter männlichem Pseudonym publizierend, rühmte Gusti Reinhardts Kunst sehr früh; 1919 wurde die engste Freundin von Helene Thimig, dann Privatsekretärin von Max Reinhardt und folgte dem Ehepaar auch ins amerikanische Exil. Sie blieb unverheiratet.

Bergner, Elisabeth (1900–1988) Geboren in Galizien, begann ihre Laufbahn als Schauspielerin in Zürich (1916–1918), wo sie zeitweilig die Garderobe mit Lotte Lenya teilte. In Zürich begann sie eine intime Freundschaft mit Viola Bosshardt, mit der sie dann nach Berlin zog. Ihre Auftritte dort, unter anderem als Heilige Johanna, waren triumphal; sie arrivierte zur Kultfigur. Um der Freundin die Aufenthalte im Lungensanatorium bezahlen zu können, begann sie in Filmen mitzuspielen und war tief bestürzt über Violas Tod. 1932 bekam sie einen Filmvertrag in England; aus dem Aufenthalt wurde ein dauerndes Exil. 1933 heiratete sie den Filmregisseur und -produzenten Paul Czinner, unterhielt aber weiterhin amouröse Beziehungen zu Frauen. Wie sehr ihr Verhältnis zu ihrer engen Freundin Eleonora von Mendelssohn auch erotischer Natur war, ist nicht bekannt. Bei deren Hochzeit mit Martin Kosleck war Bergner Trauzeugin. In ihren Lebenserinnerungen »Bewundert viel und viel gescholten« (1978) gibt sie eine ergreifende Beschreibung von Eleonora und nennt sie »die vielgeliebteste Freundin und die ungeliebteste Frau«.

Darvas, Lili (1902 oder 1904–1974) Die Schauspielerin aus Budapest wurde Max Reinhardt von Freunden, auch von Ferenc Molnár empfohlen und wurde in Berlin, Wien und Salzburg in seinen Inszenierungen gefeiert. So bei den Salzburger Festspielen 1926 in dem *commedia dell'arte*-Stück von Gozzi, »Turandot«, 1927 als Lady Milford in Schillers »Kabale und Liebe« neben Helene Thimig als Luise, 1930 noch einmal in dieser Rolle neben Rudolf Forster als Präsident. Dreimal verkörperte sie die Guten Werke im »Jedermann«. Sie ging mit Molnár ins Exil.

Fischer, Edwin (1886–1960) Schweizer Pianist, großer Beethoven- und Bach-Interpret, erster Ehemann von Eleonora von Mendelssohn. Sein Produzent Fred Gaisberg über ihn: »Naiv und einfach, ein blauäugiges Baby von einem Mann, der Typ, der nach Mutters Fürsorge zu schreien scheint.« Sein Klaviertrio mit Wolfgang Schneiderhahn und Enrico Mainardi, jenem Cellisten, dessen Frau Ada Toscaninis Geliebte war, wurde weltberühmt.

Forster, Rudolf (1884–1968) Österreichischer Schau-spieler, dritter Ehemann von Eleonora von Mendelssohn. Forster wurde vor allem in Reinhardt-Inszenierungen berühmt und als Mackie Messer in der »Dreigroschen-oper« von Brecht und Weill, 1931 von Georg Wilhelm Pabst verfilmt. 1937 emigrierte er in die USA, 1938 hei-ratete er in Kalifornien seine Kollegin Eleonora von Men-delssohn. 1940 zurückgekehrt ins Dritte Reich, spielte er auch in antisemitischen Filmen wie »Wien 1910«, wo er den Bürgermeister Lueger verkörperte. Zuckmayer nahm ihn jedoch in seinem »Geheimreport« über die nazisti-schen Kontaminationen von Kollegen ausdrücklich in Schutz (wie auch Hugo, Hans und Hermann Thimig).

Harlan, Veit (1899–1964) Der Sohn eines Bühnen-schriftstellers wurde am Seminar von Max Reinhardt zum Schauspieler ausgebildet und durch ihn bekannt. Harlan, eng befreundet mit Francesco von Mendelssohn und Gustav Gründgens, bekannte sich bereits im März 1933 in einem Interview für den »Völkischen Beobach-ter« zur Politik der Nationalsozialisten. In zweiter Ehe mit Kristina Söderbaum verheiratet (wegen ihrer zahl-reichen Opferrollen als Reichswasserleiche bespöttelt). 1940 erhielt er von Goebbels den Auftrag zu dem antise-mitischen Hetzfilm »Jud Süß«, in dem Werner Krauß, der erste Teufel in Max Reinhardts »Jedermann« und sein letzter Mephisto im Salzburger »Faust«, gleich meh-rere Rollen übernahm. Harlan verfilmte 1943 Storms Novelle »Immensee«, der Max Reinhardt sein Pseudo-nym entlehnt hatte.

Hollnsteiner, Prof. Dr. Johannes (1895–1971) Österreichischer Theologe und Kirchenhistoriker, Augustiner. 1934 erhielt er einen Lehrstuhl für Kirchenrecht in Wien. Hollnsteiner war Beichtvater des Kanzlers Kurt Schuschnigg und hatte eine Affäre mit Alma Mahler-Werfel. 1933 rief er zu einer Verchristlichung der säkularisierten Kultur auf, schrieb aber zugleich für Brückenorgane wie die Wochenschriften »Das neue Reich« und »Sichere Zukunft«. Im Mai 1941 trat er aus dem Orden aus und heiratete, 1945 wurde er verhaftet und in das amerikanische Internierungslager für ehemalige Nationalsozialisten in Salzburg-Glasenbach gesperrt, 1947 ohne Verurteilung entlassen. Er konnte jedoch an keiner wissenschaftlichen Institution mehr Fuß fassen.

Heims, Else (1878–1958) Erfolgreiche Bühnenschauspielerin, erste Frau von Max Reinhardt und Mutter seiner beiden Söhne Wolfgang, vorehelich geboren, und Gottfried; in jungen Jahren eine kokette und erotisierende Erscheinung. Die Treue zur Mutter hinderte ihre Söhne daran, freundschaftliche Gefühle zu Reinhardts zweiter Frau Helene zu entwickeln; bis an ihr Ende blieb sie »Frau Thimig« für die Brüder.

Kommer, Rudolf K. (1885–1943) Aus Czernowitz, genannt Kätchen. Er arbeitete zeitweise als Autor und Feuilletonist, als Korrespondent und Regieassistent. Nach dem Ersten Weltkrieg wurde er Max Reinhardts Agent und Verbindungsmann in Großbritannien und den USA. Kommer half 1940 Franz Werfel, in die USA zu fliehen, und Alfred Kerr, in den USA zu überleben. Er übermittelte Kerr auch Schecks von Eleonora von Mendelssohn (in deren Schloss Kammer am Attersee Kommer Stammgast war). Erst postum wurde Kommer als Doppelagent enttarnt, der seit 1919 verdeckt für die deutsche Propaganda gearbeitet und während des Dritten Reichs Spionage für die Nationalsozialisten und die Amerikaner betrieben haben soll. Den Werdegang des charismatischen Mannes hat Karlheinz Wendler in seiner Dissertation über »Alfred Kerr im Exil« 1981 untersucht und auch Dokumente der CIA abgedruckt, die deutlich den Verdacht aussprechen, dass Kommer als jüdischer Emigrant in den USA Nazi-Agent war. Sein intimer Verkehr mit Prinzessin Stephanie von Hohenlohe hatte ihn allerdings bereits verdächtig gemacht. Die amerikanische Staatsbürgerschaft wurde ihm mehrmals verweigert. Von Kommers Herzkrankheit wußte bis zu seinem überraschenden Tod niemand etwas.

Landshoff-Yorck, Ruth, eigentlich Ruth Yorck von Wartenburg (1904–1966) Schriftstellerin, Übersetzerin, Schauspielerin, Journalistin und Rundfunkautorin. Die Nichte des Verlegers Samuel Fischer war mit Francesco von Mendelssohn verlobt, jedoch immer mehr am eigenen Geschlecht interessiert. In New York lebte sie zeitweise mit Eleonora von Mendelssohn, mit der sie die Jugend in Berlin verbracht hatte, zusammen in einer Wohnung. Zu Eleonoras Tod äußert sie sich in ihren »Autobiographischen Impressionen«, 1963 unter dem Titel »Klatsch, Ruhm und kleine Feuer« erschienen.

Lehmann, Lotte, eigentlich Charlotte (1888–1976) Eine der bedeutendsten Sopranistinnen des zwanzigsten Jahrhunderts, geboren im brandenburgischen Perleberg, verheiratet mit dem jüdischen Bankier Otto Krause. Ihr Biograf Alan Jefferson belegte 1988 ihre zahlreichen Affären. Lotte Lehmann gab zu, Hitlers »Mein Kampf« gelesen zu haben, was sie nicht daran hinderte, bei offiziellen Veranstaltungen der NSDAP aufzutreten. Erst nach dem Anschluss emigrierte sie, längst gefeierter Star an der Metropolitan Opera in New York, mit ihrem Mann in die USA, wo sie 1951 ihre sensationell lange Karriere beendete.

Lenya, Lotte, eigentlich Karoline Blamauer (1898–1981) Die Lenya wurde in Wien als Tochter eines trunksüchtigen Lohnkutschers und einer Wäscherin geboren, verdingte sich als Elfjährige bereits als Prostituierte, kam 1913 für ein knappes Jahr nach Zürich, wo sie von einer Ballettmeisterin unterrichtet wurde. Schlug 1921 in Berlin eine Laufbahn als Tänzerin und Sängerin ein, lernte 1924 Kurt Weill kennen und heiratete ihn zwei Jahre später. 1928 kam der Durchbruch, als sie in der »Dreigroschenoper« von Bert Brecht und Kurt Weill als Seeräuber-Jenny auftrat, 1930 triumphierte sie in »Aufstieg und Fall der Stadt Mahagonny«, ebenfalls ein Gemeinschaftswerk von Bert Brecht und Weill. Weill über sie: »Sie kann keine Noten lesen, aber wenn sie singt, dann hören die Leute zu wie bei Caruso.«

Mahler-Werfel, Alma (1879–1964) Die Tochter des Landschaftsmalers Emil Jakob Schindler, Stieftochter des beliebten Malers Carl Moll, war wohl die bekannteste *femme fatale* ihrer Epoche. In ihrem Salon war Sexualität selbstverständliches Gesprächsthema. Hochintelligent und hochmusikalisch verliebte sie sich blutjung in Gustav Klimt, dann in den Heldentenor Erik Schmedes, den Theaterintendanten Max Burckhard, ihren Kompositionslehrer Alexander von Zemlinsky, bis sie im Salon von

Berta Zuckerkandl Gustav Mahler, den Wiener Hofoperndirektor, persönlich kennenlernte und ihn heiratete. Noch während seiner tödlichen Krankheit begann sie eine Affäre mit dem Architekten Walter Gropius, der 1915 ihr zweiter Gatte werden sollte. Ihr dritter Ehemann wurde 1925 Franz Werfel. Die Liste ihrer Liebhaber reicht vom Maler Oskar Kokoschka über den Komponisten Franz Schreker bis zum Dichter Gerhart Hauptmann.

Massary, Fritzi, geboren als Friederike Massarik (1882–1969) In der Wiener Leopoldstadt in einem jüdischen Elternhaus aufgewachsen, begann der Aufstieg der Massary in Berlin am Metropol-Theater; dank ihres Arbeitgebers wurde die Karriere auch durch das 1903 geborene uneheliche Kind Liesl (Elisabeth Maria) nicht zerstört. Am Münchner Künstlertheater trat sie 1911 in einer Inszenierung von Max Reinhardt in »Themidore« von Digby La Touche auf – neben dem damals noch verheirateten Max Pallenberg. 1913 verließ Pallenberg Frau und Tochter und zog zur Massary nach Berlin; sie wurden dort zum berühmtesten Künstlerpaar. 1917 heirateten die beiden, Pallenberg adoptierte die uneheliche Tochter. Die Massary wurde zur Königin der Revuen und Operetten im Berlin der zwanziger Jahre. Sie war eng befreundet mit Eleonora von Mendelssohn, die sie häufig auf deren Schloss Kammer am Attersee besuchte. Schon Ende 1932 verließ sie mit Pallenberg Berlin und zog nach Wien. Nach dem Tod von Max Pallenberg 1934 lebte sie vorübergehend bei Tochter und Schwiegersohn in Sanary-sur-Mer, ging 1937 dann nach London, um für ihre Rolle in Noel Cowards Stück »Operette« zu proben; die Premiere fand 1938 statt. 1939 emigrierte sie schließlich in die USA.

Mendelssohn, Eleonora von (1900–1951) Die Tochter von Giulietta und Robert von Mendelssohn wuchs in einer Welt des kultivierten Luxus auf. Der Vater Bankier im Geldhaus seiner Familie und ein begabter Geigenspieler, die Mutter Sängerin und Pianistin aus der italienischen Künstlerfamilie Gordigiani. Giulietta war in jungen Jahren eine der sogenannten Musen von Gabriele D'Annunzio, der sie in »Il Fuoco« verewigte. Die Geschwister Eleonora und Francesco machten aus der elterlichen Villa in Berlin-Grunewald den Treffpunkt der kulturellen Elite und den Schauplatz extremer Feste. Horowitz und Toscanini, Harlan und Gründgens, Wegener und Kortner, die Bergner, die legendäre Yvette Guilbert, Hindemith, aber auch Mainardi, der Mann von Toscaninis späterer Liebschaft Ada, verkehrten dort. Eleonora wuchs zur anerkannten Schauspielerin heran, deren Innerlichkeit die Kritik hervorhob.

Nach der gescheiterten Ehe mit Edwin Fischer und einer zweiten mit Emmerich von Jescensczky wanderte sie 1935 mit ihrem Bruder in die USA aus, wo sie zahlreiche Emigranten finanziell und mit ihren Beziehungen unterstützte, für mittellose Verfolgte des NS-Regimes sammelte, sich um Affidavits und Visa kümmerte und Empfehlungsbriefe schrieb. Schauspielerisch konnte sie jedoch keine Erfolge verbuchen. Ab 1940 absorbierte sie die Sorge um Francesco. Ihrer kurzen dritten Ehe mit Rudolf Forster folgte die vierte mit Martin Kosleck, einem homosexuellen, depressiven Porträtmaler und Schauspieler. Sie selbst litt an Asthma und starb beinahe an den Folgen einer Wurmerkrankung. Kosleck stürzte sich von einer Affäre in die nächste und war mehrfach suizidal. 1951 starb Eleonora kurz nach einem erneuten Selbstmordversuch Koslecks unter ungeklärten Umständen.

Mendelssohn, Francesco von (1901–1972) Ausgebildet zum Cellisten unter anderem von Arthur Williams und Pablo Casals, trat der jüngere Bruder Eleonoras in ganz Europa als Solist auf, wurde Mitglied des Klingler-Quartetts. Nebenbei schrieb er ein Buch über Eleonora Duse, spielte in Stummfilmen mit und galt als der schrillste und elitärste Playboy Berlins. Obwohl bekennend homosexuell, verlobte er sich mit Ruth Landshoff-Yorck. Als er nicht mehr im Klingler-Quartett mitspielen durfte, gab er seine Cellistenkarriere auf und führte Regie am Theater. Er war Trauzeuge von Veit Harlan und Intimfreund von Gründgens und war fassungslos über deren nazifreundliche Haltung. Bei der Vorbereitung und endlich der Aufführung von »The Eternal Road« rangierte Francesco als »Associated Director«, fiel aber oft wegen Trunkenheit aus. Einige Male kehrte er, auch von Toscanini ermuntert, zum Cellospiel zurück, blieb jedoch Opfer seiner Süchte. Trotz seines Raubbaus am eigenen Körper starb er erst 1972. Die meisten Informationen über ihn und Eleonora verdanken wir der Forschung Thomas Blubachers.

Molnár, Ferenc, eigentlich Ferenc Neumann (1878–1952) Heute außerhalb Ungarns fast vergessen, war Molnár ein erfolgreicher Schriftsteller, der mit seiner Vorstadtlegende »Liliom« als Bühnenautor den Durchbruch schaffte und international berühmt wurde, obwohl das Stück bei der Uraufführung in Budapest durchgefallen war. Molnárs Werke, vor allem die Boulevardstücke, wurden nicht nur in Ungarn, Österreich und Deutschland, sondern auch in Italien und den USA zu Publikumserfolgen. Seine beiden ersten Ehen hielten nur sehr kurz. In dritter Ehe heiratete er die Schauspielerin Lili

Darvas, an die fünfundzwanzig Jahre jünger als er, mit der er 1937 vor den Nationalsozialisten zuerst in die Schweiz, nach Genf, floh, von dort aus 1939 schließlich nach New York, wo er trotz schwerer Depressionen an Filmdrehbüchern und neuen Theaterstücken arbeitete.

Neher, Erika, geborene Tornquist (1903–1962) Frau des Bühnenmalers und -ausstatters Caspar Neher, der auch für die Salzburger Festspiele arbeitete. Sie stand Kurt Weill in den Jahren der Trennung von Lotte Lenya als Geliebte und vor allem als Vertraute zur Seite. Ihr offenbarte der schwer an Psoriasis Leidende seine Depressionen, Selbstzweifel und Seelennöte, die er Lotte Lenya sein Leben lang verheimlichte.

Reinhardt, Max, eigentlich Max Goldmann (1873–1943) Der gebürtige Wiener mit ungarischem Pass begann seine Karriere als Schauspieler, wobei er in jungen Jahren in den Rollen alter Männer glänzte. 1901 gründete er in Berlin, als er mit der Schauspielerin Else Heims verheiratet war, das Kabarett »Schall und Rauch«, 1905 übernahm er die Leitung des Deutschen Theaters Berlin, wo er mit seinem neuartigen Inszenierungsstil für Furore sorgte. Als Mitbegründer der Salzburger Festspiele erwarb er 1918 Schloss Leopoldskron, Lebensmittelpunkt aber blieb Berlin, wo er im umgebauten Zirkus Schumann sein »Großes Schauspielhaus« eröffnete. 1920 legte er seine Berliner Ämter nieder und übernahm das Josefstädter Theater in Wien, gründete eine Schule für Regie- und Schauspiel. 1933, nachdem er in Berlin soeben erst einen neuen Vertrag unterzeichnet hatte, verließ er Deutschland für immer, lebte auf Leopoldskron und emigrierte 1937 mit Helene Thimig, seiner zweiten Frau, in die USA.

Reinhardt, Gottfried (1913–1994) Der zweite Sohn von Max Reinhardt und Else Heims führte mit achtzehn bereits selbst Regie bei Erich Kästners »Pünktchen und Anton«, übersiedelte 1932 in die USA, wo er als Regieassistent von Ernst Lubitsch, Lektor, Drehbuchautor, Regisseur und Produzent bei Metro-Goldwyn-Meyer arbeitete. Nach dem Krieg wohnte er zeitweise in Schloss Klessheim bei Salzburg. In seinen Erinnerungen an den Vater, 1973 unter dem Titel »Der Liebhaber« erschienen, gibt er einen subjektiven, lebendigen Einblick in das Dasein seines Vaters.

Schuschnigg, Dr. Kurt (1897–1977) Österreichischer Politiker, Stammgast im Salon der Alma Mahler-Werfel. Unter Dollfuß bereits Justiz-, später zusätzlich Unterrichtsminister, hatte Schuschnigg großen Anteil an der radikalen Ausschaltung des Parlaments durch Dollfuß und dem Aufbau des Ständestaats. Nach der Ermordung von Dollfuß 1934 wurde er dessen Nachfolger als Kanzler und setzte dessen autoritären Regierungskurs mithilfe der »Vaterländischen Front« fort. Sein Versuch, sich mit Hitler zu verständigen, führte dazu, dass Österreich sich zunehmend am Deutschen Reich orientierte und sich international isolierte. Für den 13. März 1938 setzte Schuschnigg eine Volksbefragung an, bei der die Österreicher über die Unabhängigkeit von Hitler-Deutschland entscheiden sollten, doch schon am 12. März marschierten die deutschen Truppen ein. Der festgenommene Schuschnigg riet seinen Landsleuten in einer Abschiedsrede im Rundfunk, den Nationalsozialisten keinen Widerstand zu leisten. Bis 1945 wurde er unter bevorzugter Behandlung in verschiedenen Konzentrationslagern interniert. 1947 emigrierte er in die USA, wo er an der

Universität von St. Louis Rechtsgeschichte lehrte. 1967 kehrte er nach Österreich zurück.

Thimig, Helene (1889–1974) Österreichische Schauspielerin, Tochter des Schauspielers und Burgtheaterdirektors Hugo Thimig, Schwester von Hans und Hermann, ebenfalls Schauspieler, die oft bei Reinhardt auftraten. In erster Ehe war sie mit dem Kollegen Paul Kalbeck verheiratet, nach Reinhardts Tod lebte sie fünfundzwanzig Jahre mit Anton Edthofer zusammen, ohne ihn zu heiraten.

Ihre Erinnerungen »Wie Max Reinhardt lebte – eine Handbreit über dem Boden« erschienen 1973; dort findet sich auch die im Roman wörtlich zitierte Darstellung von Eleonora von Mendelssohn.

Toscanini, Arturo (1867–1957) Der Sohn eines mittellosen Schneiders aus Parma beschloss nach seinem Cellostudium zunächst, Komponist zu werden. Obwohl seine ersten Kompositionen sehr erfolgreich waren und ausgezeichnete Kritiken ernteten, verabschiedete er sich von diesem Berufsziel, weil er sich zu klein fühlte neben seinem Idol Verdi. Er wurde zum berühmtesten Dirigenten seiner Zeit. Über Turin und die Mailänder Scala kam er an die Metropolitan Opera in New York. Mit dreißig heiratete er die Bankierstochter Carla Martini, damals eine hübsche Sängerin. Carla wurde die Mutter seiner drei Kinder Wolfgang, Wally und Wanda. Von Toscaninis langjähriger Liebesbeziehung zu Enrico Mainardis Frau Ada, einer Pianistin, erfuhr die Nachwelt vor kurzem; der Toscanini-Forscher und -Biograf Harvey Sachs publizierte 2002 den Liebesbriefwechsel, aus dem dieser Roman zitiert (»The Letters of Arturo Toscanini«). Über Toscaninis letzten Auftritt in Schloss Leopoldskron

1937 berichtete Berta Zuckerkandl: Auf Wunsch Reinhardts nahm Toscanini beim Gala-Diner den Ehrenplatz zwischen Lotte Lehmann und Helene Thimig an der Spitze der Tafel ein. Bruno Walters Frau, ebenfalls an der Tafelspitze platziert, sah, dass Hitlers Wiener Statthalter Franz von Papen ihr Tischherr sein sollte, und bat um Versetzung. Papen erschien, Toscanini verließ »*Mai più!* Nie mehr!*«* schreiend den Saal.

Mit Eleonora von Mendelssohn, die er durch deren Mutter bereits als kleines Mädchen kennengelernt hatte, begann er erst als über Siebzigjähriger ein Verhältnis. Trotz seiner Liebschaften brach Toscanini nach Carlas Tod völlig zusammen und erholte sich nur mühsam. Als ihm hingegen zugetragen wurde, Eleonora habe sich umgebracht, soll er sich laut Ruth Landshoff-Yorck »abfällig darüber geäußert haben«. Ruth ließ ihm über seine Tochter Wally deshalb die Nachricht zukommen, Eleonora sei nicht freiwillig aus dem Leben geschieden. Seine Tochter Wanda heiratete den Pianisten Vladimir Horowitz, ebenfalls in Berlin dereinst Gast der Mendelssohns.

Vogl, Adele und Paul Das Ehepaar war in Leopoldskron bis 1937 angestellt und folgte dann Reinhardt und seiner Frau ins amerikanische Exil. Das Faktotum, Hausmeister Russinger, der in Leopoldskron im Erdgeschoss wohnte, blieb mit seiner Frau dort.

Walter, Bruno, eigentlich Bruno Walter Schlesinger (1876–1962) Als einer der größten Mozart- und Mahlerdirigenten, die es je gab, war Walter ein Hauptakteur der Salzburger Festspiele und in den zwanziger und dreißiger Jahren Stammgast auf Schloss Leopoldskron. Alma Mahler-Werfel, die ihn förderte und mit Kurt Schuschnigg bekannt machte, wandte sich von ihm ab, als er in seiner Kurzbiografie über Gustav Mahler Alma mit keinem Wort erwähnte. Im amerikanischen Exil jedoch kamen sich die beiden wieder nahe.

Weill, Kurt (1900–1950) In Dessau als Sohn eines Chasen, eines jüdischen Kantors, geboren, wurde seine musikalische Begabung früh gefördert. Der strenggläubige Vater Weill war ein Anhänger der Freikörperkultur. Kurt Weill, intellektuell und universell gebildet, und Lotte Lenya waren ein ungleiches, aber letztlich unzertrennliches Paar. In den Briefen an Lotte äußerte sich Weill drastisch und kritisch über die Künstler, mit denen er arbeitete, von Brecht über Werfel bis zu Reinhardt, wie es in den Zitaten in diesem Roman aufscheint. Der hinreißende Briefwechsel zwischen Lenya und Weill erschien 1998 auch auf Deutsch unter dem Titel »Sprich leise, wenn Du Liebe sagst«.

Weisgal, Meyer W. (1894–1977) Zionist, politisch engagierter Theaterproduzent, wie Weill Sohn eines Chasen. Später sollte er nach Israel auswandern und Berater des Präsidenten Chaim Weizmann werden. Weisgals engagierter, bei aller Tragik optimistischer Lebensbericht erschien 1971 unter dem Titel: »So far. An Autobiography«. Er enthält auch genaue Schilderungen vom Lebensstil Max Reinhardts, von den Schwächen und Neigungen Eleonora von Mendelssohns, Alma Mahler-Werfels und Franz Werfels.

Werfel, Franz (1890–1945) Der Sohn eines wohlhabenden jüdischen Prager Handschuhfabrikanten studierte in Prag, Leipzig und Hamburg Jura und Philosophie, allerdings ohne Abschluss, und trat dann auf Drängen des Vaters bei einem Hamburger Speditionskaufmann als Volontär ein. Ungefähr zu dieser Zeit veröffentlichte Karl Kraus Werfels erste Gedichte in der »Fackel«. Nach dem Militärdienst, aus dem er sich durch einen selbst initiierten Unfall unter großem Risiko – Androhung, vors Kriegsgericht gestellt zu werden – herausmanipulierte, arbeitete er als Verlagslektor in Leipzig, dann als freier Schriftsteller in Wien, wo er ein Verhältnis mit Alma begann, Mahlers Witwe und zu der Zeit noch verheiratet mit Gropius. Bevor er sie heiraten durfte, musste er 1929 auf ihr Drängen aus der jüdischen Religionsgemeinschaft austreten; doch wenige Monate später, am 5. November 1929, trat er ihr wieder bei, wovon Alma nichts erfuhr. Im November 1933 erschien sein Roman »Die vierzig Tage des Musa Dagh«, im selben Jahr wurden seine Schriften in Deutschland verboten und verbrannt. Als er Alma Mahler 1929 geheiratet hatte, näherte Werfel sich dem Katholizismus so sehr an, dass viele später meinten, er sei konvertiert. Seine Frömmigkeit schlug sich in dem Lourdes-Roman »Das Lied von Bernadette« nieder, mit dem er sein Gelübde einlöste, für die gelungene lebensgefährliche Flucht im Jahr 1940 zu danken. 1933 wurden seine Schriften in Deutschland verbrannt und verboten. Sein früher Tod kam unerwartet.

Zuckerkandl, Berta (1864–1945) Feuilletonistin und Salonière aus Wien, deren Mann, ein renommierter Hals-Nasen-Ohren-Arzt, bereits 1910 gestorben war, schilderte die Feste auf Leopoldskron in ihren Erinnerungen »Österreich intim«. Warum sie für die geistige Elite des Landes so unverzichtbar war, verriet sie selbst mit dem Satz, der auch im Titel einer Biografie von Lucian

O. Meysels von 1984 zitiert wird: »In meinem Salon war Österreich.« 1938 emigrierte sie nach Paris, wo ihre Schwester lebte, später nach Algier.

Zuckmayer, Carl (1896–1977) In Nackenheim am Rhein als Sohn eines Weinflaschenkapselherstellers geboren, studierte er zunächst Geisteswissenschaften, dann Biologie und Botanik in Frankfurt und Heidelberg, um es dann Mitte der zwanziger Jahre in Berlin als Stückeschreiber zu versuchen. Sein erstes Stück fiel durch; seine Inszenierungen sorgten für Skandale. 1925 heiratete er in zweiter Ehe Alice Frank, geborene von Herdan, und schaffte den Durchbruch mit dem Stück »Der fröhliche Weinberg«. Ein Jahr danach kaufte er die Wiesmühl in Henndorf bei Salzburg, die zu seinem Exil wurde, als er 1933 als jüdischer Autor Deutschland verlassen musste und seine Stücke dort Aufführungsverbot erhielten. In seiner Autobiografie »Als wär's ein Stück von mir«, 1966 erschienen, beschreibt Zuckmayer ausführlich das Leben auf Leopoldskron. 1938 emigrierte er mit seiner Familie in die Schweiz, 1939 in die USA.